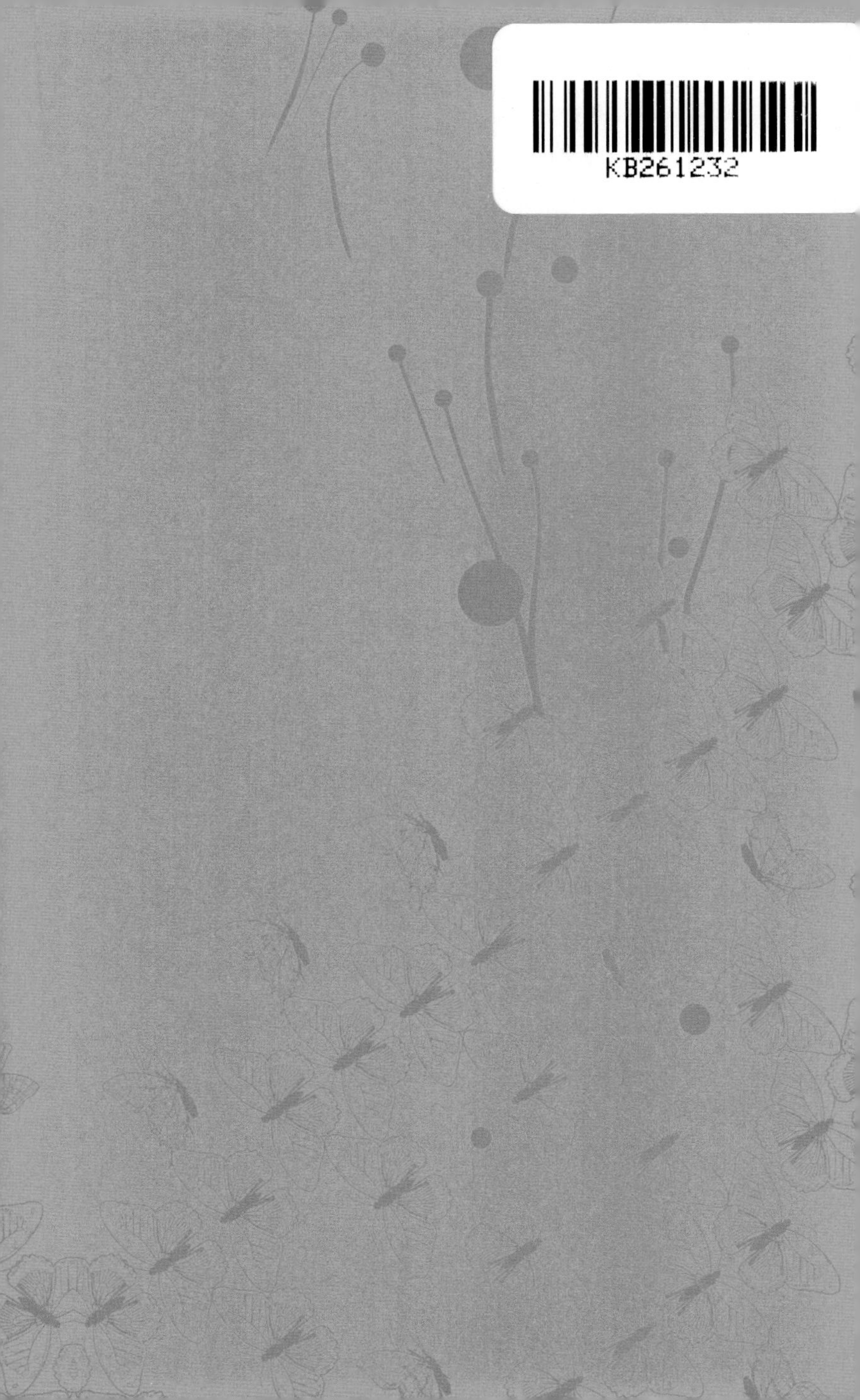

KB261232

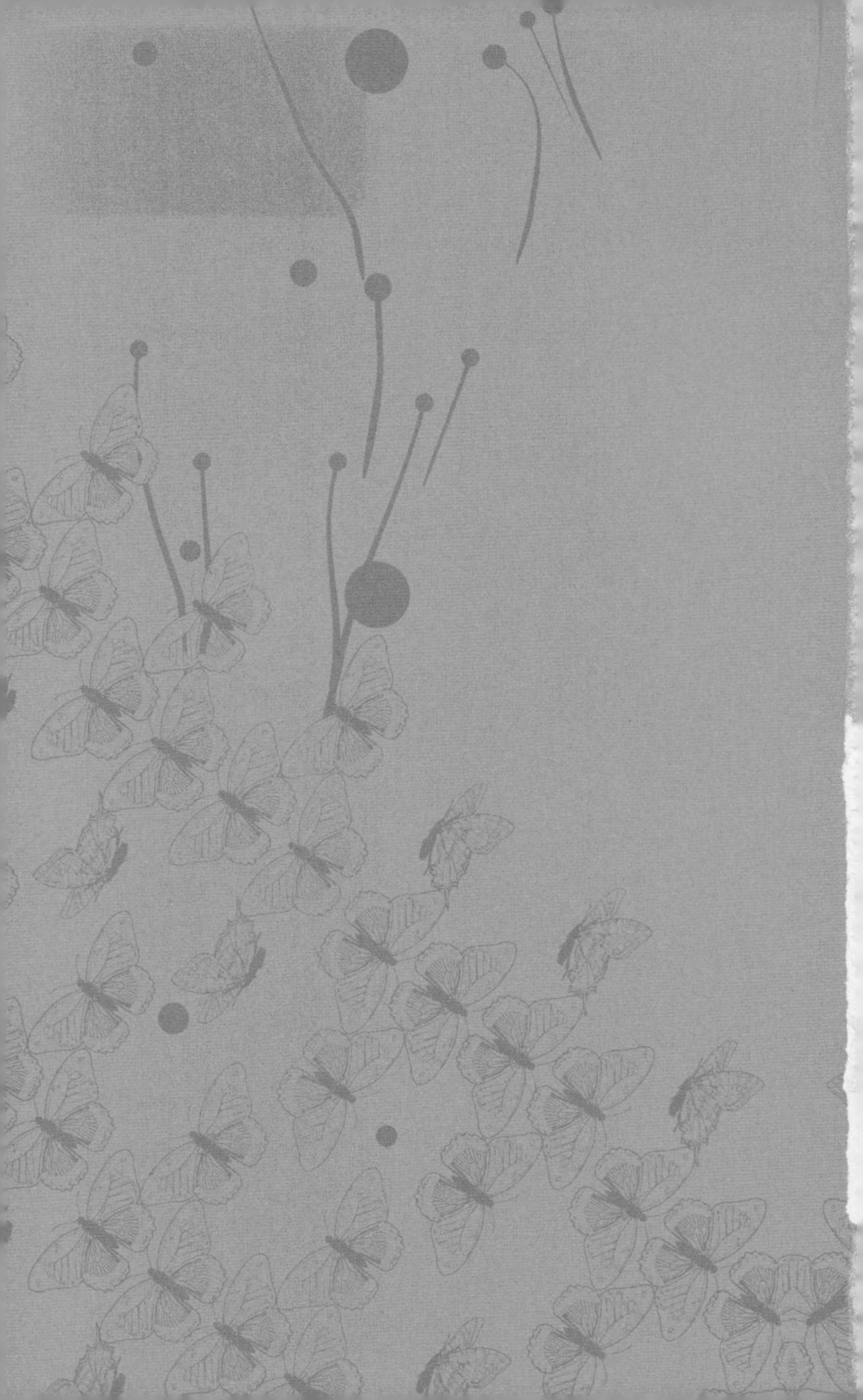

열대예찬

정글을 헤매는 행복

열대예찬

최재천 지음

현대문학

열대에서 만났던 개미핥기, 나무늘보, 뱀, 박쥐
그리고 개미들에게 이 글들을 읽어주고 싶다.

『열대예찬』을 세상에 내놓은 지 어언 8년이 흘렀다. 여전히 나는 많은 글을 쓰고 산다. 내 이름 석 자가 들어간 신문 칼럼을 위해 매주 쓰는 한 편의 에세이와 더불어 서평, 추천의 글, 그리고 학술논문 등을 줄기차게 쓰고 있다. 틈만 나면 컴퓨터 앞에 웅크리고 앉아 뭔가를 쓰고 있는 나를 보며 아내는 종종 전생에 글 못 써 죽은 귀신이냐고 나무란다. 어쩌면 그런지도 모르겠다. 나는 글 쓰는 게 좋다. 내 삶에서 글을 쓰는 순간만큼 행복한 순간은 없다.

내가 8년 전보다 요즘 부쩍 많이 하는 일 중 하나가 강연이다. 물론 1999년 'EBS 세상보기'라는 프로그램에서 매주 한 번씩 거의 6개월 동안 강연한 것이 발단이었다. 하지만 최근 몇 년 동안에는 강연 요청이 너무 많아져 기분 나쁘지 않게 거절하는 일도 하루일과의 큰 부분이 되고 말았다. 나는 강연 중에 책 애기를 많이 한다. 가끔 내가 쓴 책에 대해 애기할 기회도 있다. 그러다 보면 본인이 쓴 책 중에서 가장 아끼는 책이 무엇이냐는 질문을 받곤 한다. 1999년에 출간한 『개미 제국의 발견』을 시작으로 지난 10년 남짓 동안 역서와 편저를 합하면 거의 30권의 책을 냈지만, 나는 잠시도 주저하지 않고『열대예찬』이라고 답한다. 따지고 보면 주요 일간지에 글을 쓰면 훨씬 더 많은 사람이 읽는 법인데, 내게는《현대문학》에 글을 쓰는 일이 몇백 배 더 힘들었다. 이른바 글쟁이들이 읽는다고 하니 손끝이 얼어붙는 듯싶었다. 한 달에 원고지 50매를 채우는 게 그렇게 힘들었던 적은 일찍이 없었다. 특별히 산고가 심했던 자식이라 그런지 애정도 남다르다.

《현대문학》에 글을 연재하던 2002년 어느 날 현대문학상 시상식에 초대를 받았다. 난생처음 문학상 시상식에 참석한 나는 이름으로만 듣던 유명한 문인들을 먼발치에서 바라보며 행사장 한구석에 쭈뼛거리고 있었다. 다행히 최승호 시인이 나를 발견하고 다가왔다. 2001년『춘아, 춘아, 옥단춘아, 네 아버지 어디 갔니?』에서 함께 대담했던 그는 내가 유일하게 아는 척할 수 있는 문인이었다. 그의 인도로 행사장 중간쯤에 있는 의자에 함께 자리를 잡고 앉았다. 잠시 후 박완서 선생님께서 따님과 함께 들어오셨다. 우리보다 대여섯 줄 앞에 앉으시려던 선생님은 무슨 까닭인지 다시 일어나 뒤쪽으로 걸어오시기 시작했다. 그러지 않아도 나는 선생님의 소설을 끔찍하게 좋아했고, 그해 초에는 고등학교 국어 교과서에 내 글이 선생님의 글과 앞뒤로 나란히 실린 터라 언젠가 선생님을 꼭 한번 뵙고 싶던 참이었다. 점점 더 가까이 다가오시는 선생님을 겸연쩍게 곁눈질하고 있노라니 아예 우리 줄로 들어서시는 게 아닌가? 순간 나는 '아, 최승호 시인과 인사를 나누시려는 구나'라고 생각하고 의자에 앉은 채 몸을 한껏 뒤로 젖혀 공간을 만들어 드렸다. 그런데 뜻밖에도 선생님은 내게 "최 선생님 글을 내가 잘 읽고 있습니다"라고 말씀하시는 것이었다. 나는 너무도 황망하여 자리에서 벌떡 일어나 "아, 예, 선생님, 아, 예, 선생님"을 반복하며 몇 번이고 꾸벅꾸벅 절만 하고 서 있었다. 선생님의 수줍은 듯 따뜻한 미소가 그립다.

8년 전과 비교할 때 내게 생긴 또 다른 변화는 내가 드디어 나의 무대를 중남미 열대에서 동남아시아 열대로 옮기기 시작했다는 것이다. 2007년부터 나는 학생들과 함께 인도네시아 자바의 구눙 할리문 살락Gunung Halimun-Salak 국립공원에서 자바 긴팔원숭이 연구를 하고 있다. 인도네시아의 수도 자카르타에서 정남향으로 대여섯 시간쯤 달리면 갈 수 있는 그곳에서 나는 꿈에도 그리던 영장류 연구를 시작했다. 어려서 동물원 철책 안에 앉아 있던 '사촌'들을 바라보며 언젠가 반드시 그들의 삶을 연구해보리라 다짐했던 그 꿈을 이룬 것이다. 긴팔원숭이는 비록 우리가 원숭이라고 부르지만 사실 원숭이가 아니라 침팬지, 고릴라, 오랑우탄과 마찬가지로 유인원의 일종이다. 우리가 흔히 원숭이라고 부르는 존재들보다는 훨씬 우리와 가까운 사촌이라는 말이다. 그들은 그들의 이름이 말해주듯 긴 팔을 이용해 숲 속에서 그야말로 날아다닌다. 처음 연구를 시작할 때에는 언뜻 우리를 보기만 해도 줄행랑을 치던 그들이 이제는 우리가 다가가도 아무런 구애도 받지 않고 자기 할 일을 다 한다. 긴팔원숭이는 침팬지, 고릴라, 오랑우탄과 달리 우리와 비슷하게 일부일처제를 유지하는 유인원이다. 그들은 또한 우리를 제외하고는 가장 아름다운 목소리로 노래하는 유인원들이다. 대개 암수가 함께 듀엣으로 노래하는 게 보통인데 우리가 연구하는 자바 긴팔원숭이는 독특하게 솔로로 노래한다. 몇 년 전 내가 처음으로 그들을 보러 갔을 때 젊은 암컷 한 마리가 거의 손에 잡힐 듯한 거리까지 내려와 내 얼굴을 빤히 쳐다본 적이 있다. 정말 너무 가까이 다가와 그 녀석의 심장 소리가 들리는 것 같았다. 하지만 그건 내 심장 소리였다. 1분도 채 안 되는 짧은 만남이었지만 내 심장은 한참을 그렇게 두들겨댔다. 보통 20여 미터 높이의 숲 천장에서 노는 녀석이 날 만나러 그렇게 가까이 내려와 줄 줄이야. 아무래도 나는 오랫동안 그들과 사귀게 될 것 같다.

내가 열대에 첫발을 들여놓은 게 1984년이니 이제 거의 30년이 다 돼간다. 시인 바이런은 "사람들이 정사라고 하는 걸 신들은 간통이라 부르는데, 이는 무더운 지방에서 훨씬 더 흔하다"라고 했다. 나는 아무래도 저 무더

운 열대와 돌이킬 수 없는 사랑에 빠진 듯싶다. 그것이
정사든 간통이든 내겐 참으로 헤어나기 어려운 사랑의
열병이다. 나는 열대를 사랑한다. 그래서 나는 마냥 행복
하다.

2011년 어느 봄날 열대를 그리며

최재천

나는 꿈을 자주 꾼다. 밤과 낮 가리지 않고. 밤에는 말할 것도 없지만, 낮에도 종종 나도 모르게 나만의 꿈 세계로 스멀스멀 기어들곤 한다. 그렇다고 내가 허구한 날 끄덕끄덕 졸며 산다는 얘기는 아니다. 그저 몸은 멀쩡하니 이곳에 있는데 마음이 툭하면 자기 혼자 길을 떠나버린다.

지난 1년간은 이 증상이 부쩍 심했다. 그런 나를 보며 아내는 주제넘게 왜 《현대문학》에 연재를 맡았느냐며 측은해했다. 그것 때문만은 아니라며 변명을 늘어놓았지만 마음 한구석이 늘 켕겼음을 고백한다. 과학 하는 사람의 글치고 읽어줄 만하다 해서 여기저기 겁 없이 글이랍시고 휘갈기며 살았는데, 막상 진짜 글을 쓰는 분들이 읽는 문예지에 졸문을 올려야 한다고 생각하니 오금이 저려 정말 혼이 났다. 겨우 열두 달을 넘긴다 싶었더니 이번엔 한데 묶어 책으로 내야 한단다. 어쩌다 내가 이런 헤어나지 못할 수렁에 빠져 허우적거리고 있는지.

아직 과학적으로 확실히 밝혀진 것은 아니지만 꿈은 누구나 거의 매일 밤 꿀 것이다. 다만 깨어났을 때 기억을 할 때가 있고 그렇지 못할 때가 있는 것뿐이리라. 아침에 일어나 꿈에 나타난 것들이 마치 비디오를 보듯 줄줄이 휘감겨 나타난다는 사실은 그만큼 잠을 깊이 못 이룬 탓이라고도 한다. 하지만 꼭 그런 것 같지도 않다. 나는 꿈도 많이 꾸지만 상당히 숙면을 하는 편이다. 그저 반 시간만 눈을 붙여도 못 갈 곳 없이 다 다녀온다.

다른 이들도 그런 경험이 있는지 모르지만, 내게는 같은 꿈을 여러 번 반복하여 꾸는 버릇이 있다. 예전에는 고향 강릉 꿈을 자주 꿨다. 서울서 살면서도 틈만 나면 늘 고향의 개울물로 뛰어드는 내 모습을 하염없이 지켜보아야 했다. 그러던 것이 열대에 다녀온 후로는 사뭇 달라졌다. 열대의 정글이 훨씬 더 자주 내 꿈에 나타난다. 그렇다고 해서 내가 고향을 잊은 것은 아니리라. 그저 마음이 간사해서 그럴 것이다. 어릴 때 고향 들판에서 만나던 동물들과 커서 열대에 가서 만난 동물들은 그 화려함이 도무지 비교가 되지 않는다. 흑백영화를 보다가 어느 날 갑자기 총천연색 컬러무비에 두 눈이 휘둥그레진 격이다.

나는 열대에 있으면 그냥 행복하다. 그 후텁지근한 바람의 냄새도 좋고 마구잡이로 옷 속까지 파고드는 소나기의 감촉도 황홀하다. 그래서 늘 이렇게 열대와 춤을 추며 살고 싶다. 나는 한 번도 열대를 구경하지 못하고 인생을 마감해야 하는 이들에게 자꾸 미안하다. 나만 혼자신 나는 구경을 하고 온 것 같아 마음이 편치 못하다. 우리가 이렇게 복잡한 온대의 도시에서 문명에 부대끼고 사는 동안 열대의 정글 속에는 지금도 그 원초적 삶들이 아무런 부끄럼 없이 발가벗고 춤을 춘다. 삶은 왜 이렇게 우리를 자꾸 박쥐 아니면 나무늘보로 갈라놓으려 하는 것일까? 그래도 나는 가끔 박쥐와 나무늘보 사이를 왔다 갔다 할 수 있어 행복하다.

정글의 새벽은 막 건져낸 두부 같다. 잠에서 깨어나 기지개를 켜는 정글은 세상을 향해 향기로운 김을 뿜어낸다. 그 김 속에서 퍼올리는 내 글에 소재가 마를 리는 없다. 다만 그들을 제대로 엮어내지 못하는 내 붓이 안타까울 따름이다. 그런 안타까움에 자꾸만 그늘로 숨으려는 나를 연신 등 떠밀어 끝내 홀로 서게 한 《현대문학》 식구들에게 야속함과 더불어 고마움을 전한다.

함께 있으면서도 가끔 혼자서 꿈속으로 미끄러져내리는 나를 손목 잡아 이끌어준 아내에게 이제야 겨우 마음 한구석을 열어 보인다. 고마워.

2003년 연희동 내 다락방에서

최재천

차례

개정판 서문　7

서문　12

열대에서 드디어 행복을 찾다　17

정글에는 뱀이 날 기다리고 있었다　37

왜 사냐건, 어떻게 사냐건　55

자연과 함께 춤을　75

섹스와 기생충　93

축구, 수컷, 그리고 암컷　113

혀를 잘린 새　133

자식이 뭐길래　153

두 번째 집을 짓고 싶다　171

자연의 뒷모습　197

자연은 순수를 혐오한다　217

우리 장례식엔 누가 올까　237

돌아오지 못하는 길　259

언젠가는 과학을 시로 쓰리라　279

열대에서 드디어 행복을 찾다

그렇게 꿈에도 그리던 열대에 내가 첫발을 들이밀게 된 때는 타잔네 동네를 동경하기 시작한 지 20년이 족히 지난 후였다. 정글 속에서는, 그러니까 자연 속에서는 내 몸만 자유로워지는 게 아니라 정신까지도 족쇄를 풀고 자유로워지는 것 같았다. 그날 밤 나는 연구소 한쪽 구석에 쪼그리고 앉아 아버지께 편지를 썼다. "아버지, 저 행복합니다. 비록 아버지께서 원하시는 길로 가진 못했지만 오늘 이 순간 저는 한없이 행복합니다."

나는 어려서 타잔 영화를 끔찍이도 좋아했다. 초등학교 몇 학년 때였는지 이젠 기억도 가물가물하지만, 매주 토요일 어머니가 저녁상을 차려 들여올 무렵이면 어김없이 시작하던 그 타잔 영화를 나는 거의 빠짐없이 다 보았다. 텔레비전 화면에 두 눈을 모두 빠뜨린 채 밥알이 입으로 들어가는지 콧구멍으로 들어가는지 상관하지 않았다. 시원한 나무 위에 그림 같은 집을 짓고 늘 반라의 미녀와 함께 살며 손만 뻗으면 잘 익은 바나나며 파인애플들이 흐드러진 곳. 천국이 있다면 아마 저런 곳이리라 생각했다. 흑백텔레비전이었지만 내 눈에는 온갖 색들의 꽃들이며 과일들이 생생하게 보였다.

그렇게 꿈에도 그리던 열대에 내가 첫발을 들이밀게

된 때는 타잔네 동네를 동경하기 시작한 지 20년이 족히 지난 후였다. 내게는 마치 사방이 40리나 되는 성에 겨자를 가득 채워 넣은 뒤 백 년에 한 개씩 꺼내어 겨자가 다 없어져도 그치지 않는다는 그 겁劫과 같은 긴 기다림이었다. 1984년 여름 중미의 스위스라고 불리는 나라 코스타리카에 갈 기회가 생겼다. 그 전해에 펜실베이니아주립대학에서 생태학으로 석사학위를 받고 하버드대학 박사과정에 입학한 후 한 학기를 마치자마자 나는 이른바 열대생물학이라는 학문에 입문하기 위하여 10주간에 걸쳐 코스타리카의 여러 지역을 돌며 현장학습을 시켜주는 여름학교에 지원서를 제출했다. 어느 봄날 날아든 입학통지서에는 열대로 뛰어들기 전에 맞아야 할 예방주사 목록과 준비물들이 상세하게 적혀 있었다. 소풍가방을 챙기는 아이처럼 나는 일찌감치 그 많은 준비물들을 꼼꼼히 마련하여 차곡차곡 배낭 속에 넣어두고 떠날 날만을 기다렸다.

당시에는 아직 미국에서 코스타리카로 가는 직행항로가 개발되지 않았던 터라 나는 여름학교가 시작하기 이틀 전 늦은 밤에 보스턴을 떠났다. 새벽녘 마이애미에 도착하여 공항 대합실에서 몇 시간 동안 자다깨다를 반복하다가 동이 트고도 한참이 지난 후에야 비로소 파나마행 비행기에 오를 수 있었다. 지도상으로 보면 파나마가 분명히 더 남쪽에 있는 나라지만 그땐 그렇게 돌아가야

만 했다. 파나마시티에서 코스타리카의 수도 산호세까지
는 비행기로 그저 한 시간 남짓한 거리였다. 산호세공항
에 내리자 서산의 해는 이미 길게 동쪽으로 드러눕기 시
작했다. 집 떠난 지 거의 스무 시간이 흐른 뒤였다. 미리
연습해둔 스페인어 몇 마디를 구사하며 용케 집합장소인
시내 호텔에 도착했다. 말이 호텔이지 널찍한 타일 바닥
의 뜰을 뺑 둘러 이층까지 사방으로 작은 방들이 다닥다
닥 붙어 있는 일종의 유스호스텔이었다. 별나게 후줄근
해 보이는 주임교수에게 신고를 마치고 미리 도착한 다
른 대학의 대학원생 몇몇과 간단한 인사를 나눈 후 나는
일찍 잠자리에 들었다.

이튿날 새벽 일찍 나는 잠에서 깨었다. 열대에 온답시
고 새로 장만한 슬리핑백이 낯설어서인지 밤새 뒤척였
다. 건물 뒤쪽 벽에 아무렇게나 튀어나온 수도꼭지를 틀
고 이를 닦고 간단한 세수를 했다. 얼음같이 찬 물이었
다. 새벽 공기 역시 조금 춥다 싶을 정도로 차가웠다. 열
대라도 산호세가 고원지대에 있기 때문이었다. 수건으로
얼굴을 훔치고 있는데 언제 다가왔는지 어젯밤에 만난
주임교수가 벌써 일어났느냐고 물었다. 대답 대신 나는
오늘 정글에 가는 거냐고 되물었다. 그는 열대가 처음인
모양이군, 하며 내 등을 툭 쳤다. 잠을 설치게 만든 건 낯
선 슬리핑백뿐만이 아니었다. 20년을 기다려온 내 가슴
이 이젠 하루도 더 기다릴 수 없다며 칭얼대고 있었다.

드디어 내가 타잔네 동네 근처에 온 것이다.

헌데 웬놈의 입학식이 그리도 긴지. 몇 가지 서류를 작성해야 했고 코스타리카대학의 교수로부터 코스타리카의 역사와 지리에 대한 강의도 들어야 했다. 오전 열한 시가 넘어서야 겨우 준비된 버스에 올라탈 수 있었다. 산호세 시내를 벗어난 지 두 시간도 채 안 돼 포장도로는 끝이 났다. 아스팔트 위를 달릴 때에도 덜컹거리던 버스가 비포장도로에 들어서자 온갖 관절이 다 쑤시는지 신음 소리가 요란했다. 길이 너무 좁아 한쪽 바퀴가 벼랑 아래로 떨어질 듯 비칠거리기도 하고, 간밤에 내린 비 때문에 다리가 떠내려간 곳에서는 모두 내려 다리 옆 냇물을 건너야 하기도 했다. 버스도 혼자 허리까지 물에 잠긴 채 냇물을 건넜다.

그렇게 해서 저녁 무렵 우리가 도착한 곳은 라셀바La Selva라는 전형적인 열대우림지역이었다. 커다란 통나무 집 안에 아무렇게나 배낭들을 던져 넣고 모두 식당으로 향했다. 저녁 메뉴는 간단하게 쌀밥과 검은 콩이었다. 식사가 끝나자 라셀바 열대연구소 소장의 간단한 인사말씀이 있었다. 연구소에서 지켜야 할 몇 가지 수칙들과 주변 정글에 출몰하는 위험한 동물들에 대한 주의사항들이었다. 주로 독사와 독충, 그리고 재규어에 대한 얘기였다. 재규어? 언젠가 어느 동물원 철책 안에서 잠시도 쉬지 않고 홰홰 어치렁거리던 그 점박이 표범 말인가? 보고 싫었다. 철책 없는 정글 안에서 보고 싶었다. 가슴 저 깊은 곳으로부터 뜨거운 물방울 같은 것이 치밀어올랐다. 그건 결코 무서움이 아니었다. 언젠가 공항에서 혼자 먼 여행을 하고 돌아오던 아내를 맞이하며 느꼈던 그런 뜨거움이었다. 문득 미국에 두고 온 아내의 얼굴이 떠올랐다. 산호세에서 엽서라도 한 장 띄우고 올걸.

저녁이 끝나자 이어서 열대에서의 첫 밤을 기념하기 위한 파티가 벌어졌다. 음악이 쏟아지고 술이 흘렀다. 캔사스대학에서 온 여학생의 요청으로 한바탕 몸을 흔들고 난 다음 나는 슬며시 파티장을 빠져나왔다. 재규어가 보고 싶었다. 숙소로 돌아가 배낭 속에서 간단한 도구들을 챙겼다. 미리 마련해온 작은 전조등을 이마에 두르고 나는 숲으로 난 좁은 길로 들어섰다. 얼마나 걸어 들어갔을까. 파티의 음악 소리가 희미해질 만큼 들어갔을 때 갑자기 등 뒤에서 나뭇가지가 우지끈 부러지는 소리가 들렸다. 재빨리 몸을 돌려 소리가 났던 쪽으로 전조등을 비춰 보았지만 아무것도 볼 수 없었다. 전조등은 별 도움이 되질 않았다. 빛이 쏟아지는 작은 원 안만 밝게 보일 뿐 그 주변은 오히려 더 깜깜해 보였다. 전조등을 꺼버렸다. 순간 칠흑 같은 어둠이 온 정글을 삼키고 말았다. 두 눈은 분명히 있는 대로 치뜨고 있었지만 정말 아무것도 보이지 않았다.

어려서 강릉 시골집에 아직 전기가 들어오지 않던 시

절 한밤중에 정랑에 가던 기억이 났다. 정랑은 강원도 사투리로 뒷간을 말한다. 달이 없는 밤이면 정말 한 치 앞도 보이지 않았다. 순전히 기억에 의존하여 툇마루를 거쳐 마당으로 내려선 뒤 감나무 밑을 돌아 닭장 옆에 있는 정랑에 들어서야 했다. 정랑에 얽힌 귀신 얘기들을 너무 많이 알고 있어서였는지 그런 밤의 어둠은 두려움 그 자체였다. 그런데 웬일인가. 전조등을 끄고 맞은 정글 속의 어둠은 어쩐 일인지 전혀 두렵다는 생각이 들지 않았다. 어려서 맞닥뜨리던 정랑의 어둠은 늘 와락 내 목을 졸랐다. 그런데 정글의 어둠은 포근하기까지 했다. 그곳은 재규어는 있어도 사람이 없는 곳이었다. 사람이 없으면 귀신도 없거니. 나는 그곳에 그렇게 서서 한참이나 자연의 품에 안겨 있었다. 어렴풋이 나뭇잎들의 윤곽이 실루엣처럼 드러나기 시작했다. 꿈에도 그리던 타잔네 동네는 결국 또 흑백으로 내 앞에 나타났다. 하지만 그 화려한 열매들과 꽃들은 여전히 내 마음속에 피어 있었다.

다시 전조등을 켜고 연구소로 돌아오기 시작했다. 숲을 거의 다 빠져나올 무렵 그 유명한 잎꾼개미의 행렬과 마주쳤다. 하버드대학 내 지도교수 실험실에서만 보던 그들을 드디어 자연에서 만난 것이었다. 그들은 나뭇잎을 잘라다 그걸 거름 삼아 버섯을 경작하는 지구 최초의 농사꾼들이다. 산에서 나무를 해오는 사람을 나무꾼이라 부르니 이파리를 거둬들이는 개미들을 잎꾼이라 부르면 어떨까 싶어 내가 붙인 우리말 이름이다. 사실 나보다 먼저 개미를 연구하던 국내학자들이 붙여준 이름이 없는 것은 아니었다. 그들이 턱으로 이파리를 도려내는 모습을 보고 '가위개미'라는 이름을 붙여주었는데 엄밀하게 말하면 그리 정확한 이름이 아니다. 그들이 이파리를 자르는 행동을 자세히 관찰해보면 턱을 가위처럼 사용하는 것이 아니라 흡사 톱처럼 사용한다는 것을 쉽게 알 수 있다. 그래서 그들의 영어 이름도 '이파리를 자르는 개미 leaf-cutter ant'로 되어 있다.

그날 밤 내가 만난 잎꾼개미들은 공교롭게도 나뭇잎이 아니라 꽃잎을 나르고 있었다. 폭이 한 뼘도 넘을 듯 보이는 신작로 위로 제가끔 꽃잎들을 머리에 인 개미들이 앞을 다투며 행진하고 있었다. 조금 떨어져서 바라보니 몸색깔이 땅색과 별로 다르지 않은 개미들의 모습은 보이지 않고 분홍빛 꽃잎들만 바람에 흔들리듯 찰랑찰랑 숲 속으로 사라지고 있었다. 나는 그 꽃잎들의 행렬을 따라 또다시 숲으로 들어가기 시작했다. 얼마나 들어갔을까. 불현듯 내가 사람들이 만들어놓은 길을 벗어나 개미들의 길을 따라가고 있다는 걸 깨달았다. 마치 내가 인간의 세계를 떠나 개미의 세계로 들어서고 있는 것 같은 착각이 들었다. 그날이 내겐 정글 초행이었던 것을 감안하면 결코 현명한 행동이 아니었다. 이러다 영영 인간세계로 돌아가지 못하는 것은 아닐까 하는 생각에 갑자기 식은땀이 흐르기 시작했다. 홀연 자연의 품이 차갑게 느껴졌다. 등산로를 찾아야겠다는 생각으로 좌우를 둘러보았다. 들어온 방향과 길이 있었던 방향을 고려하여 진로를 잡고 길을 찾아 나섰다. 한참을 찾아 헤맸지만 길은 보이지 않았다. 가슴이 두근거리기 시작했다. 그러다 다시 잎꾼개미들의 행렬과 마주쳤다. 바로 그때였다. 그들의 길을 거꾸로 따라가면 숲의 입구가 나올 것이라는 걸 깨달은 것이. 길은 그리 멀지 않았다. 개미들의 도움으로 나는 다시 인간 세상으로 돌아올 수 있었다.

이튿날 아침, 일행과 함께 한 산행에서 나는 그 잎꾼개미들을 또 만날 수 있었다. 그들은 여전히 꽃잎을 나르고 있었다. 저녁때 하산길에 만난 그들은 아직도 꽃잎을 나르고 있었다. 그날 밤에도 나는 잠을 잊은 채 그들의 꽃길을 따라다니기 바빴다. 숲의 다른 쪽에서 마주친 다른 군락의 잎꾼개미들은 죄다 이파리들을 나르고 있었건만 유독 그들은 밤낮을 가리지 않고 꽃잎만 물어들였다. 그들의 꽃잎 나르기는 그들이 잎서리를 하던 그 나무가 어느 날 쥐고 있던 꽃잎들을 모두 떨굴 때까지 계속되었다. 전에는 가끔 떨어진 꽃잎도 이고 가더니만 나무가 모든 꽃잎들을 한꺼번에 땅 위로 떨어뜨리고 나니 참으로 변덕스럽게도 더 이상 꽃잎을 탐하지 않았다. 생각해보면 애써 나무 꼭대기까지 오르지 않아도 손쉽게 꽃잎들을 얻게 된 듯싶은데, 무슨 까닭인지 그들은 새로운 나무를 하나 정해선 언제 그랬냐는 듯 다시 이파리만 물어들이기 시작했다. 아무리 힘이 들어도 신선한 것이 아니면 쓰지 않겠다는 그들의 신토불이 정신이 남달라 보였다.

그해 여름 코스타리카에서 보낸 두 달 내내 나는 그렇게 종종 잎꾼개미들을 따라 혹은 박쥐들을 따라 밤길을 헤맸지만 끝내 재규어는 보지 못했다. 멀리서 재규어의 포효처럼 들리는 으르렁거림을 한두 번 들었을 뿐이다. 물론 타잔도 제인도 그리고 치타라는 이름의 침팬지도 만나지 못했다. 정글 속을 걸으며 어려서 들었던 타잔의 무뚝뚝한 대사—"타잔은 안 간다. 타잔은 정글을 지켜야 한다. 치타, 어서 가자."—를 수없이 반복해 보았지만 그들은 끝내 날 만나러 나오지 않았다. 침팬지는 아프리카에 살지 신대륙의 정글에 있는 것이 아닌 만큼 내가 동네를 잘못 찾은 것은 사실이다.

침팬지는 아니더라도 내가 야생원숭이들을 처음으로 가까이 만난 것은 코스타리카 다음으로 찾은 열대국가 파나마에서였다. 운하의 나라 파나마에는 일찍이 미국 스미스소니언이 차려놓은 열대연구소가 있다. 그중 가장 유명한 곳은 파나마운하를 만드느라 생긴 가툰Lake Gatun이라는 거대한 인공호수 가운데에 떠 있는 바로콜로라도섬Barro Colorado Island의 열대연구소이다. 예전에는 산봉우리였던 곳이 발밑에 물이 차들어오면서 졸지에 섬이 돼

버린 것이다. 그렇게 해서 갇혀버린 온갖 동물들은 밀렵이 금지된 덕에 여태껏 그런 대로 잘 살고 있다. 호수 건너편 육지에는 이미 많은 동물들이 밀렵꾼들의 손에 사라지고 말았다. 아무리 하느님께서 우리더러 "바다의 고기와 공중의 새와 땅에 움직이는 모든 생물들을 다스리라" 하셨지만 우리들이 '다스린' 곳치고 제대로 살아남은 곳이 드물다. 하지만 바로콜로라도섬에 사는 생물들만 보더라도 우리가 하느님이 진정 우리에게 바라신 대로 책임 있는 청지기로 거듭날 수만 있다면 지구에겐 아직 희망이 있다.

코스타리카에서 열대생물학 수업을 마친 후 비행기를 타고, 버스를 타고, 기차를 타고, 카누를 타고 억수 같은 열대비가 쏟아붓는 한밤중에 나는 바로콜로라도섬에 도착했다. 아무도 없는 간이역에 내려 미리 나와 날 기다리고 있던 작은 배에 올라탔다. 퍼붓는 빗속에 달이 있을 리 없건만 호수 저편 먼 산들의 윤곽이 어렴풋이 드러났다. 물가를 떠나 호수 가운데로 들어서자 파도가 점점 더 거세게 일기 시작했다. 이러다 배가 뒤집히기라도 하면 어쩌나 가슴을 졸이고 있는 참에 나를 태울 때부터 줄곧 단 한마디도 하지 않던 사공 양반이 갑자기 고개를 돌려 나를 향해 스페인 말로 무어라 고함을 질러댔다. 빗속이라 일부러 크게 말한 것 같긴 했지만 무슨 말을 하는지 도무지 알아들을 수가 없었다. 내 스페인어 실력이 짧은 건 말할 나위도 없었지만, 무섭게 내리붓는 빗속에 그 넓은 호수를 그 작은 배로 가로지르고 있다는 현실을 나는 어떻게 받아들여야 할지 갈피를 잡지 못하고 있었다. 내 의지와는 전혀 상관없이 어떤 미지의 동굴 속으로 빨려 들어가고 있는 것 같았다. 도대체 어느 세월에 저 건너 산에 다다를 것이란 말인가, 과연 무사히 땅을 밟을 수 있을 것인가 걱정하고 있는데, 왠지 배가 오른쪽으로 기운다 싶더니 갑자기 몇 개의 불빛이 나타나며 거대한 절벽이 눈앞에 벌떡 솟아올랐다. 그 섬은 그렇게 갑자기 내 앞에 모습을 드러냈다. 배낭을 메고 선착장에 내려서자 그 깜깜한 자연이 날 다시 포근하게 안아주었다.

다음 날 아침 일찍 연구소 사무실에 들러 섬의 등산로 지도를 받아들곤 나는 곧바로 정글 안으로 들어섰다. 어젯밤과는 달리 쾌청한 날이었다. 뜨거운 햇살에 금방 물에 빠졌다 나온 것 같은 자연이 훈훈한 김을 뿜어올리고 있었다. 김이 오르고 있어 훈훈해 보였지 막상 숲 속으로 들어서니 냉랭한 습기가 코끝으로 스며들었다. 얼마를 그렇게 걸어 들어갔을까. 갑자기 머리 위에서 캑캑 우우 요란스러운 소리가 들려왔다. 고개를 들어 올려다보니 저만치 나무 꼭대기에 얼굴에 흰 털들이 복슬복슬 나 있는 흰얼굴꼬리말이원숭이 가족이 오순도순 모여 앉아 있었다. 그들 중 몇몇이 나와 시선이 마주치자 갑자기 소리를 지르며 이리 뛰고 저리 뛰며 야단법석이었다. 나는 얼른 가방에서 쌍안경과 관찰노트를 꺼냈다. 사실 나는 민벌레라고 부르는 몸길이가 1센티미터의 반의반 정도밖에 안 되는 작은 곤충들의 사회를 연구하기 위해 그곳에 간 것이었지만 늘 원숭이를 연구하고 싶은 꿈을 간직하고 있었다. 모든 학문이란 궁극적으로 인간이란 과연 어떤 존재이며 우리는 왜 태어나 이런 삶을 살고 있는가를 이해하기 위해 하는 것이 아닐까 싶다. 동물의 행동을 연구하는 나 역시 궁극에는 인간의 본성을 이해하고자 하는 욕망을 품고 있다. 그러자면 왠지 언젠가는 원숭이를 연구해야 할 것만 같다.

사실 나는 그 당시 원숭이들의 행동을 어떻게 관찰해야 하는지 전혀 알지 못했다. 다만 그들의 일거수일투족을 상세히 기록해볼 뿐이었다. 처음에는 나를 내려다보며 온갖 기성을 질러대던 그들은 시간이 흐르면서 차츰 나의 존재를 무시하며 자기들 일에 바빠지기 시작했다. 그런 가운데에도 그들 중 한둘은 절대 나로부터 시선을 멀리하지 않았다. 얼마나 오래 그렇게 그들의 동작을 지켜보고 있었을까. 갑자기 내가 그들을 지켜보는 것이 아니라 그들이 나를 관찰하고 있다는 생각이 들었다. 나도 물론 그들의 세계를 찾아간 것이지만 그들 입장에서 보면 갑자기 외지에서 '털 없는 원숭이' 한 마리가 나타나 자기들 담 너머를 기웃거리는 것이리라. 우리는 너무 자주 우리 인간의 관점에서만 세상을 바라보고 가늠한다.

심지어는 그들의 세상에 들어가서도 말이다. 나는 사실 그들의 허락도 없이 그들의 담 안에 들어선 것이다. 이거 야말로 청하지도 않은 객이 주인더러 이러쿵저러쿵하는 격이 아니고 무엇이랴.

　나는 아름다운 고도 강릉에서 태어났다. 미국에서 태어나 강릉 풍경이 낯설 수밖에 없을 아들 녀석이 언젠가 할머니를 뵈러 가는 길에 물끄러미 창밖을 내다보다 불쑥 "아빠, 우리 이담에 여기 와서 살자" 할 만큼 아름다운 곳이다. 어려서는 군인이었던 아버지를 따라 여러 곳으로 옮겨다니며 살았지만 학교에 들어갈 무렵부터는 서울에서 살았다. 하지만 나는 고 3 시절을 빼곤 방학이란 방학은 거의 하루도 빠짐없이 강릉 할아버지 댁에서 지냈다. 지금은 강릉비행장 안으로 들어가버려 사라지고 없지만, 그때만 해도 나는 1년 중 거의 석 달 반가량은 내가 태어난 바로 그 집에서 보낼 수 있었다. 방학을 하기가 무섭게 다음 날 새벽 다섯 시면 나는 어김없이 서울역 개찰구에 줄을 섰다. 이젠 대관령에도 훤한 길이 뚫려 막히지만 않으면 세 시간 안에 강릉 바다를 볼 수 있게 되었지만, 그 당시에는 기차를 타고 태백산맥 남단을 돌아 족히 열서너 시간을 달려야 갈 수 있는 곳이었다. 연착이라도 할라치면 열일고여덟 시간도 우스웠다. 그래도 나는 갔다. 무엇이 나로 하여금 그렇게도 끈질기게 그곳으로 잡아당겼는지는 모르지만 열 길 물길을 차고 오르면서도 자기가 태어난 강으로 돌아가는 연어마냥 나는 줄기차게 돌아갔다. 여덟 달 반 동안 서울에 있을 때에도 난 늘 그곳을 생각하며 살았다. 밤에 꿈을 꿔도 한 달에 적어도 두어 번은 그곳에 가 있었다.

할아버지, 할머니, 그리고 삼촌들을 만나는 것은 더할 수 없는 즐거움이었다. 그러나 그곳에는 분명 그 이상의 무엇이 있었다. 그곳에는 앞뚜르('앞뜰'의 강원도 방언) 할아버지 논 옆으로 흐르는 개울 속의 가시고기, 우리집 황소를 묶어놓은 뒷산 소나무 밑의 쇠똥구리, 처마 끝 지푸라기 속에서 아직 눈도 채 뜨지 못한 생쥐 새끼들, 눈이 많이 온 겨울에는 가끔 텃밭에까지 내려오는 노루 가족, 그리고 내가 그렇게도 보고 싶어 했던 그러나 할아버지의 무용담 속에만 숨어 있던 호랑이가 날 기다리고 있었다. 당시 강릉 사람들에게는 감히 엄두조차 내기 어려운 거대한 존재였던 대관령, 그 엄청난 병풍으로 가로막힌 동해 바닷가 작은 마을은 어린 내게 늘 이 세상이 아닌 어떤 먼 세상이었다. 늘 나무들과 동물들, 그리고 바다가 기다리고 있던 다른 세상이었다. 그곳이 바로 자연이라는 곳인 줄은 훨씬 후에야 깨달을 수 있었다.

대학에 들어가서도 나는 여전히 그곳을 잊지 못하고 있었다. 그러나 막연하게나마 직장을 얻어야 한다는 것쯤은 알고 있었기에 그곳엘 가도 전처럼 마음이 홀가분

하지 않았다. 어떤 면에서는 고등학교 시절보다 시간 여유가 더 많았지만 쉽게 그곳으로 발길이 돌아서질 않았다. 하지만 꿈은 여전히 꿨다. 도대체 어떤 직업을 택해야 그곳에 자주 갈 수 있을까 늘 고민하며 지냈다. 대부분의 직장들은 휴가라야 1년에 겨우 몇 주를 줄 뿐이었다. 나도 어쩔 수 없이 무슨 직장이든 잡아야 하고 1년 중 겨우 몇 주 동안만 쇠똥구리며 가시고기들을 만날 수 있을 뿐이라는 걸 생각하니 사는 게 영 신이 나질 않았다. 놀면서도 밥을 먹을 수 있는 직업은 없을까 이리저리 뒤져보았다. 작가가 되면 그럴 수 있을 것 같았다. 그래서 대학 시절 내내 찬바람만 불면 늘 신춘문예를 생각했다. 결국 한 번도 용기를 내지 못했지만.

그러던 어느 날, 내가 이미 한발을 들여놓은 학문인 생물학이 바로 그 '놀고먹는' 직업을 내게 안겨줄 수 있다는 사실을 알아냈다. 생물학과에 다니면서도 그런 걸 몰랐느냐고 반문할지 모르지만, 그때나 지금이나 생물학과에 있어봐야 매일 흰 가운을 입고 실험실 안에서 세포나 그 속에 들어 있는 단백질 또는 DNA나 들여다볼 뿐이어서 자연을 느끼기 어렵다. 어처구니없게 들리겠지만 생물학 안에 늘 자연과 가까이 호흡할 수 있는 생태학이란 분야가 있다는 걸 그때 처음 알았다. 긴 나의 방황은 그 한순간에 끝이 났다.

내가 원숭이 가족을 올려다보고 있는 동안 무슨 까닭인지 주변이 점점 어두워졌다. 그러더니 어디선가 깊숙하게 웅웅거리는 소리가 들리기 시작했다. 방향을 가늠하기 어려운 소리였다. 사방에서 동시에 나를 둘러싸고 있는 공기를 흔드는 것만 같았다. 원숭이들은 아까보다 더 높고 가는 소리들을 내며 황급히 어디론가 사라졌다. 아직 아침 열 시도 채 안 된 시각이었건만 온 세상이 서서히 암흑의 수렁으로 빠져드는 듯싶었다. 그러더니 천장이 무너져내리듯 숲의 저 꼭대기가 열리며 굵직한 빗줄기들이 내리쏟기 시작했다. 마치 누군가가 저 위에서 나를 향해 양동이로 물을 끼얹듯 죽죽 쏟아졌다. 순식간에 속옷까지 쫄딱 젖었다. 나는 한참 동안 그곳에 그렇게 가만히 서서 쏟아지는 비를 맞이했다. 그러다 갑자기 두 손을 하늘로 치켜들고 "나는 행복하다, 나는 행복하다"를 외쳐댔다. 물론 영어로 소리친 것이지만 진정 내 가슴 저 깊은 곳으로부터 솟구쳐나온 환희의 찬가였다. 내가 드디어 자연의 품으로 돌아온 것이다.

나는 사실 안경을 끼기 시작한 중학교 3학년 때부터 비 맞는 걸 끔찍하게 싫어했다. 빗방울이 안경 렌즈에 튀어 세상을 가리는 것이 너무나 싫었기 때문이다. 그리고 빗물이 튀어 바짓가랑이가 다리에 척척 감기는 것도 소름 끼칠 정도로 싫어했다. 하지만 정글 속에서는 달랐다. 안경 렌즈 위로 빗물이 줄줄 흐르고 바지뿐 아니라 온몸이 속까지 완전히 젖은 채 온갖 덩굴에 다리가 걸려 진흙탕에 나뒹굴어도 마냥 좋았다. 정글 속에서는, 그러니까 자연 속에서는 내 몸만 자유로워지는 게 아니라 정신까지도 족쇄를 풀고 자유로워지는 것 같았다.

그날 밤 나는 연구소 한쪽 구석에 쪼그리고 앉아 아버지께 편지를 썼다. "아버지, 저 행복합니다. 비록 아버지께서 원하시는 길로 가진 못했지만 오늘 이 순간 저는 한없이 행복합니다."

정글에는 뱀이 날 기다리고 있었다

그는 그리 어렵지 않게 그 뱀을 찾았다. 뱀은 내 왼발에서 그 저 한 발짝 남짓한 곳에 있었다. 낮에 있던 곳에서 한 1미터 쯤 옮겨 앉은 것이다. 해리를 따라 길로 빠져나온 뒤 한참이 지나도록 내 온몸의 뼈들은 걸음을 걷기가 불편할 정도로 삐 걱거렸다. 때로 생명의 위협을 느껴 두려워한 것은 사실이지 만 나는 한 번도 그들을 징그럽다고 생각해본 적은 없다. 생 명을 가진 다른 모든 것들과 마찬가지로 그들은 언제나 아름 다웠다.

그날도 나는 정글 바닥에 길게 드러누운 잘생긴 나무 한 그루를 발견하곤 그 긴 몸을 이 잡듯 구석구석 어루만지고 있었다. 아무도 없는 정글이니 망정이지 그러고 있는 나를 먼 데서 누구라도 보았다면 참으로 가관이었으리라. 훤한 대낮에 더 이상 항거할 힘도 없는 상대를 풀숲에 뉘어놓고 그 몸 위에 양 다리를 걸치고 올라탄 채 아랫도리부터 시작하여 천천히 옷을 벗기고 있었으니 말이다. 사실 내가 잡고 있던 놈들은 이가 아니라 우리말로는 민벌레라 부르는 작은 곤충들이었다. 몸길이가 겨우 2밀리미터밖에 되지 않는 이 작은 곤충들은 나무가 썩어감에 따라 나무껍질과 목질 사이가 벌어지며 생기는 틈새에 사는 놈들이다. 몸길이로만 비교해도 족히 8백 배 이상 큰 인간이 보기에는 참으로 하찮은 벌레지만 그들에게도 나름대로 엄격한 서열이 있고 복잡한 남녀관계가 있다. 나는 그런 그들의 사회생활을 연구하고 있었다. 늘 떼를 지어 움직이는 것은 물론 워낙 예민한 놈들이라 그냥 대문을 벌컥 열고 덮쳐서는 한 마리도 잡을 수가 없다. 그래서 나는 늘 떨리는 손끝으로 옷고름을 풀 듯, 나무껍질을 손톱만큼씩 아주 조심스레 벗기며 그들을 추적한다.

내가 그 나무의 저고리 맨 윗단추를 풀 때쯤이었을까, 내 등뒤 오솔길 저만치에서 누군가가 날 향해 버럭 소리를 지르곤 멀어져갔다. "제이, 그 나무 위에 부시매스터 bushmaster가 앉아 있으니 조심하게." 제이는 미국 친구들이 나를 부르는 이름이었고, 소리를 지르고 숲 속 더 깊은 곳으로 사라지고 있던 양반은 당시 버클리에서 그곳 코스타리카 라셀바 열대연구소에 뱀을 연구하러 와 있던 해리 그린Harry Green 교수였다. 한바탕 굵은 빗줄기가 내리친 후 온갖 새들과 개구리들, 그리고 풀벌레들이 저마다 한껏 목청을 돋우고 있던 터라 그가 외치고 간 소리들이 그리 잘 들린 것은 아니지만 '부시매스터'란 말만큼은 더할 수 없이 또렷하게 들렸다. 부시매스터! 몸길이가 무려 3미터에 이르는, 전 세계의 살무사 중 가장 큰 무시무시한 뱀이다. 라틴아메리카 사람들에게 부시매스터는 공포 그 자체다. 지역마다 제가끔 달리 부르는 이름이 줄잡아 50개가 넘는다. 그만큼 그에 대한 관심이 높다는 증거이리라. 분류학의 아버지라 불리는 스웨덴의 생물학자 린네가 일찍이 '조용한 방울뱀'이라 부른 이 뱀은 암소나 잠든 여인으로부터 젖을 빤다는 전설을 달고 다닌다.

"해리, 해리." 이미 그 뒷모습이 거의 보이지 않을 만큼 사라져버린 해리를 나는 필사적으로 불렀다. 마치 사랑하는 여인처럼 부둥켜안고 있던 그 나무를 위아래로 아무리 훑어보아도 내 눈엔 그 뱀의 그림자조차 보이질 않았기 때문이다. 해리가 사라진 쪽으로 고개도 돌리지 못한 채 나는 있는 힘을 다해 그의 이름을 불러댔다. 다행히 그가 가던 길을 되돌아 내 곁으로 왔다. 나는 이미 반쯤 쉰 목소리로 그에게 뱀이 어디 있느냐고 물었다. 해리는 그저 거기 있지 않느냐고 답할 뿐이었다. 그가 나뭇가지를 하나 집어 그 뱀의 코끝을 건드릴 만큼 가까이 짚어주기까지 내 눈엔 그 뱀이 전혀 상을 맺지 않았다. 갈색 바탕에 검은 줄무늬가 얼기설기 나 있는 부시매스터는 내가 앉아 있던 곳에서 1미터도 채 안 되는 곳에 똬리를 틀고 아무것도 모른 채 슬금슬금 다가오는 한 어리석은 포유동물을 측은하게 지켜보고 있었던 것이다. 그렇게 나와 처음으로 눈이 마주친 그 뱀은 온몸 어느 곳 하나 일체의 흐트러짐조차 보이지 않았다. 그저 가끔 끝이 둘로 갈라진 검고 긴 혀를 위아래로 흐느적거릴 뿐이었다. 도대체 그 도도함은 어디서 온단 말인가?

부시매스터는 학술적으로 라케시스*Lachesis*라는 속屬에 속한다. 그리스 신화에 나오는 세 운명의 여신들 중 하나의 이름에서 따온 것이다. 제우스 곁에서 늘 그를 보좌했던 여신 테미스의 세 딸인 클로토, 라케시스, 그리고 아트로포스는 각기 운명의 실을 풀고, 짜며, 자르는 역할을 했다. 라케시스가 운명실의 길이를 결정하면 아트로포스가 그를 잘랐다고 한다. 그 운명의 여신이 나의 실을 만지작거리며 거기 그렇게 앉아 있었던 것이다.

마누엘이 여기 있다는 걸 몰랐느냐고 해리가 물었다. 마누엘이라면 한 열흘 전에 발견되어 연구소가 발칵 뒤집혔던 그 유명한 뱀이 아니던가? 마누엘은 식물생태를 연구하던 어느 미국 여교수의 조수로 일하던 코스타리카 학생이었다. 그 연구팀은 정글에서 큰 나무가 쓰러지며 생긴 빈 공간에 어떤 식물들이 어떻게 자리를 잡아가는가 하는 이른바 천이현상을 연구하고 있었다. 그날도 마누엘을 비롯한 연구원들은 정글 바닥을 기며 척박한 땅껍질을 뚫고 나오는 새싹들의 키를 재고 있었다. 그때 갑자기 한 친구가 마누엘더러 꼼짝도 하지 말고 그대로 있으라고 했다. 절대 밑을 내려다보지도 말고. 땅을 기고 있던 마누엘의 배 밑에는 부시매스터 한 마리가 똬리를 튼 채 앉아 있었기 때문이다. 절대로 내려다보지 말라는 얘기는 꼭 보라는 얘기가 아니던가. 마누엘은 끝내 내려다보았고, 커다란 부시매스터를 보는 순간 그의 몸은 바위처럼 굳어버렸다. 친구들이 굵은 나무막대 둘을 가져와 겨드랑 밑과 배 밑을 받쳐 그를 안전한 곳으로 옮기고도 한참 동안 마누엘은 몸을 움직이지 못했다고 한다.

내가 그날 산에서 돌아왔을 때 연구소 마당에는 정말 대단한 볼거리가 기다리고 있었다. 해리가 그 부시매스터를 잡아와 연구를 하기 위한 몇 가지 작업을 하고 있었다. 우선 뱀의 몸길이를 재기 위해 거의 열 명 가까운 사람들이 양 손으로 뱀의 몸을 누르고 일렬로 줄을 맞춰 앉았다. 그리곤 해리의 조수가 긴 줄자로 뱀의 몸길이를 쟀다. 거의 3미터가 다 되는 엄청난 놈이었다. 그리곤 해리가 뱀의 머리를 손으로 잡고 양쪽으로 눌러 입을 벌리게 한 상태에서 그의 조수가 긴 핀셋을 가지고 뱀의 목 깊숙이 라디오 신호장치를 밀어넣었다. 그러면 그 신호장치에서 나오는 전파를 안테나로 추적하며 뱀의 움직임과 상태를 점검할 수 있게 된다. 나는 이 전 과정을 빠짐없이 생생하게 필름에 담아두었다. 해리는 그 뱀을 마누엘이라 부르기로 했다. 정작 마누엘은 그리 반가워하는 눈치가 아니었다. 그 마누엘을 내가 통나무 위에서 다시 만난 것이었다.

해리는 내가 라셀바를 찾기 2년 전부터 그곳에서 뱀 연구를 하고 있었다. 그때까지 그는 이미 대여섯 마리의 부시매스터 몸속에 라디오 신호장치를 넣어두고 그들을 따라다니고 있었다. 어느 날 저녁 연구소 식당에서 막 식사를 시작하려는데 해리가 포크로 유리잔을 두드리며 자리에서 일어났다. 조수가 며칠간 어딜 가게 되어 임시로 자기를 도와줄 사람을 찾는다는 광고였다. 뭐 그리 경쟁이 심할 일도 아니었을 텐데 나는 해리의 광고가 미처 끝나기도 전에 손을 번쩍 치켜들었다. 그 통나무 위에서 마누엘을 만난 지 채 며칠도 되지 않은 때였다. 돌이켜보면 등골이 오싹할 경험이었건만 나는 대체로 동물들에 대한 두려움이 별로 없는 편이다. 내가 남보다 좀 둔한 건지 아니면 모자란 건지 모르겠지만 동물을 본다는 즐거움이 늘 두려움의 눈을 가린다.

이보다 3년 전인 1981년 여름 애리조나에서 있었던 일이다. 당시 펜실베이니아주립대학에서 생태학을 가르치던 교수가 애리조나 사막에서 길앞잡이라는 곤충의 행동과 생태를 연구하는데 조수를 구한다기에 자원하여 따라갔었다. 지금은 귀해졌지만 어려서 시골에서 자란 이들은 그리 어렵지 않게 길앞잡이를 보았을 것이다. 크고 강력한 턱을 사용하여 다른 곤충들을 사냥하여 잡아먹는 딱정벌레의 일종으로 연못가나 오솔길을 걷다보면 푸드득 푸드득 꼭 몇 발짝씩 앞서 난다고 해서 길앞잡이라 부른다. 우리는 학교에서 빌린 차 두 대에 나눠 타고 펜실베이니아에서 애리조나까지 꼬박 나흘을 달려 윌콕스Wilcox라는 작은 마을에 도착했다. 윌콕스는 애리조나대학이 있는 투손Tucson이라는 도시에서 동쪽으로 한 100여 킬로

미터 떨어진 곳에 있는, 그야말로 서부영화에 나옴직한 전형적인 미국 서부의 작은 마을이다. 마을 한가운데를 관통하는 길을 따라 모텔 하나, 주유소 하나, 식당 하나, 우체국 하나, 가게 하나가 나란히 늘어서 있는 그런 곳이다. 가끔씩 바람이 몰아치면 돌개먼지가 길에 나뒹굴던 것들을 죄다 사막 쪽으로 내몰곤 한다.

우리 일행은 교수를 포함하여 나와 같은 대학원생 셋 그리고 대학생 둘을 합하여 모두 여섯이었다. 매일 새벽 여섯 시에 일어나서 곧장 사막으로 나가 하루 종일 길앞잡이들을 따라다녔고 해가 진 후에도 그날 얻은 자료들을 정리하느라 늦도록 일이 끝나지 않는 강행군이 계속되었다. 그런 가운데에서도 우리는 한 번 걸러 주말마다 자유시간을 갖거나 아니면 함께 근처 산 위로 여행을 가기도 했다. 한번은 흡사 우리나라 산처럼 계곡을 따라 시원스레 개울물이 흐르는 곳으로 모두 야영을 갔었다. 점심식사를 마치고 모두 낮잠을 즐기는 시간이었다. 원래 태어나서 그때까지 한 번도 낮잠이라곤 자본 적이 없는 나는 혼자 조금 전에 차를 타고 지나쳐온 몇 군데 특별히 아름다운 곳들을 둘러보기 위해 계곡을 따라 산을 내려가고 있었다. 갑자기 풀숲에서 짧은 간격을 두고 달그락거리는 소리가 몇 번 연속하여 들렸다. 영락없는 방울뱀 소리였다. 반가운 마음에 얼른 나뭇가지를 하나 집어들고 풀들을 헤치며 살피기 시작했다. 그리 어렵지 않게 뱀을 찾을 수 있었다. 마름모꼴무늬방울뱀diamondback rat-tlesnake이었다. '핵잠수함' 김병현 선수가 뛰던 미국 프로 야구팀인 다이아몬드백스의 이름이 바로 이 뱀에서 온 것이다. 부시매스터에 비할 바는 아니지만 어쩌면 미국에서는 가장 무서운 뱀일지도 모른다.

그런데 내게 정체를 들켜버린 그 뱀은 내가 미처 사진기를 꺼내 들이대기도 전에 황급히 더 깊은 숲 속으로 몸을 피하려 했다. 나는 더 빠른 속도로 뛰어 뱀의 길을 가로막았다. 뱀은 방향을 약간 조절하여 또 숲 속으로 미끄러져 들어갔다. 나는 또 그쪽으로 달려가 길을 막았다. 그리곤 그 뱀이 멋지게 똬리를 틀고 앉은 모습을 사진기에 담고 싶어 나뭇가지로 연신 녀석의 비위를 건드렸다. 그렇게 한 십여 분 동안이나 실랑이를 벌인 끝에 나는 드디어 똬리를 튼 녀석의 모습을 화면에 잡을 수 있었다. 캠프로 돌아와 일행에게 그 애길 하자 한 친구가 대놓고 거짓말하지 말라며 핀잔을 주었다. 그러자 다른 친구들도 덩달아 가담했다. 그게 얼마나 위험한 일인데 하며 믿지 못하겠다는 표정들이었다. 그래서 나는 다음 날 산에서 내려오자마자 동네 우체국에 가서 뉴욕으로 필름을 보냈다. 한 일주일 남짓 후 사진이 도착했다. 그들의 눈 앞에 내가 그렇게 애써 찍은 사진을 들이대자 이번에는 모두 다시는 그런 짓 하지 말라고 날 나무랐다. 어려서 날 밖에 풀어놓고 부모님이 늘 마음을 놓지 못하셨던 일이 생각났다.

　해리의 조수가 되던 날부터 나는 또다시 올빼미 신세가 되고 말았다. 잎꾼개미들을 따라다니느라 또는 박쥐 연구하는 이들을 따라다니느라 밤잠을 설치는 게 이미 이골이 난 터라 뭐 그리 고될 것은 없었지만, 낮에도 잘 보이지 않는 뱀을 밤에 찾아야 한다고 생각하니 어딘지 좀 켕기는 데가 있었다. 해리는 그때 임신한 부시매스터를 한 마리 추적하고 있었는데, 우리가 흔히 냉혈동물이라 부르는 뱀도 새끼를 배면 체온이 오를까 궁금해하고 있었다. 사실 냉혈동물이란 말은 그다지 좋은 말이 아니다. 뱀과 같은 동물들은 우리들처럼 늘 몸 안에 난로를 피워 일정한 체온을 유지하는 것이 아니라 주변 온도에 따라 적절히 자기 체온을 변화시키는 것이므로 변온동물이라 하는 것이 더 옳다. 어쨌든 해리와 나는 그 임신한 뱀을 하루에 몇 번씩 주기적으로 찾아가 체온을 재기로 했다. 체온을 잰다고 해서 뱀의 겨드랑 밑이나 혀 밑에 체온기를 꽂아야 하는 것은 아니다. 뱀이 있는 곳에 가까이 다가가 안테나를 사용하여 미리 뱀의 뱃속에 넣어둔 라디오 신호장치와 교신하며 체온을 재는 것이다. 해리의 조수로서 내가 맡은 임무는 뱀 가까이 다가가 안테나를 뱀 쪽으로 향하도록 들고 서 있는 것이었다.
　아침부터 시작하여 해가 지기 전에 두 번이나 체온을

졌다. 밤 열 시쯤 한 번 더 재기로 하고 잠시 눈을 붙였다. 시계가 빽빽거리는 소리에 깨어 머리에 전조등을 두른 채 안테나를 들고 해리를 따라나섰다. 뱀은, 특히 부시매스터처럼 큰 뱀은 며칠 또는 길면 몇 주에 한 번씩만 먹이를 잡는다. 그리곤 쓸데없이 에너지를 낭비하지 않으려고 배가 꺼질 때까지 한자리에 그대로 가만히 앉아 있다. 낮에 이미 두 번씩이나 가본 곳이라 깜깜한 밤중에도 쉽게 찾을 줄 알고 대수롭지 않게 숲으로 들어섰다. 해리는 길에 남아 계측기기를 들여다보고 있었다. 그런데 이게 웬일인가. 그 임신한 부시매스터가 분명히 있어야 할 자리를 아무리 둘러보아도 보이질 않았다. 순간 온몸의 털들이 죄다 곤두서는 것만 같았다. 나지막이 해리를 불렀다. 그리곤 뱀이 없어졌노라고 보고했다. 해리는 날더러 보호색을 띠는 뱀이니 다시 잘 살펴보라고 했다. 나는 그 자리에 꼿꼿이 선 채로 상체만 좌우로 비틀며 근처를 몇 번이고 다시 샅샅이 둘러보았다. 여전히 뱀은 보이지 않았다. 그때서야 해리가 날더러 꼼짝 말고 가만히 서 있으라며 내가 이마에 두른 전조등보다 훨씬 큰 등을 비춰들고 내 근처로 들어왔다. 뱀 공부하는 사람이라 달랐다. 그는 그리 어렵지 않게 그 뱀을 찾았다. 뱀은 내 왼발에서 그저 한 발짝 남짓한 곳에 있었다. 낮에 있던 곳에서 한 1미터쯤 옮겨 앉은 것이다. 해리를 따라 길로 빠져나온 뒤 한참이 지나도록 내 온몸의 뼈들은 걸음을 걷기가 불편할 정도로 삐걱거렸다. 불쌍한 마누엘을 어느 정도 이해할 수 있을 것 같았다.

실험실에서 흰 가운을 걸치고 생물학을 하는 이들은 좀 덜하지만, 나처럼 야외에서 생물학을 하는 이들은 심심찮게 자신의 야성미를 과시하기 위한 만용을 부린다. 비슷한 일을 하는 생물학자들끼리는 그럴 기회가 별로 많지 않지만 다른 사람들이 나타나면 공연히 객기를 부리는 게 사실이다. 나 역시 우우 아아 하는 사람들 앞에서 뱀 한 마리를 손에 감고 위용을 과시하는 사진이 두어 장 있음을 고백한다. 특히 열대연구소에 있다 보면 종종 관광객들이 들르게 마련이고 우리는 동물들을 다치지 않는 범위 내에서 숲으로부터 희귀한 동물들을 잡아와 그들에게 보여주곤 한다. 파나마의 바로콜로라도섬에 있을 때였다. 아침에 간단한 관찰을 마치고 점심시간에 맞춰 하산하던 길에 숲길을 가로지르는 뱀을 하나 발견했다. 언뜻 산호뱀coral snake처럼 보였다. 산호뱀은 살무사에 버금가는 독성을 지닌 뱀이다. 하지만 가까이 다가가 보니 넓은 붉은 띠 다음에 좁은 노란 띠, 검은 띠, 그리고 또 노란 띠가 번갈아 있는 전형적인 산호뱀이 아니었다. 그 뱀은 그리 넓지 않은 붉은 띠 다음에 좁은 검은 띠와 노란 띠, 그리고 다시 검은 띠가 반복되는 색띠들을 지니고 있었다. 물론 이들이 비교적 빠른 속도로 움직일 때면 색띠의 순서를 구분하기 어렵다. 그래서 이들 독이 없는 뱀들도 은근히 산호뱀의 악명을 이용해먹는 것이다. 산호뱀이 아니라는 판단이 서자 나는 별 생각 없이 손을 뻗쳐 그의 목을 잡으려 했다. 그런데 거의 다 쥐려는 순간 갑자기 손끝에 이상한 느낌이 들어 슬며시 등에 메고 있던 잠자리채를 펼쳐 그 속에 잡아넣었다. 산에서 내려와 관광객들 대여섯이 둘러앉아 있는 연구소 마당에 그 뱀을 풀어놓고 한바탕 강의를 하려는데 마침 그곳에서 도마뱀을 연구하고 있던 친구가 다가와 "와, 멋진 산호뱀이네" 하는 것이었다. 색띠의 순서가 다르지 않느냐고 묻자 그는 최근 지역마다 엄청난 변이들이 발견되어 더 이상 그 원칙을 따를 수 없게 되었노라고 했다. 내가 뱀과 가진 또 하나의 아슬아슬한 순간이었다.

우리 인간이 과연 뱀에 대한 공포심을 타고나는가에 대한 논란이 끊이지 않고 있다. 뱀이 정말 무서운 동물이라는 걸 지식으로 배우지 않았거나 또는 뱀과 특별히 험악한 경험을 겪지 않았더라도 선천적으로 뱀을 무서워하는 것인지 아닌지를 놓고 의견이 분분하다. 고등학교 시절 영어참고서에서 읽은 지문에 이런 것이 있었다. 도무지 세상에 무서운 게 없는 어느 사내가 한 번이라도 무서워해봤으면 좋겠다고 온갖 모험을 하는 얘기였다. 기억이 확실하진 않지만 그 사내는 귀신이 나온다는 집에서 하룻밤을 지내는 일을 비롯하여 별의별 놀랄 일들을 다 해보지만 좀처럼 두려움을 느끼지 못했다. 그러다 피곤

한 몸을 이끌고 잠시 눈을 붙인 사이에 짓궂은 친구 하나가 그의 옷 속으로 미꾸라지 몇 마리를 밀어넣는다. 몸 위로 무언가 슬금슬금 기어다니는 느낌에 사내는 홀연 잠에서 깨어나 두려움에 어쩔 줄 모른다. 그의 몸에는 소름마저 잔뜩 돋았다. 우리 인간은 어쩌면 뱀처럼 가늘고 길게 생긴 것들에 대한 두려움을 쉽게 습득하도록 진화했는지도 모른다.

하지만 아주 어린아이들은 뱀을 전혀 두려워하지 않는다. 아무리 실물과 흡사한 뱀 장난감이라도 그들의 손에 쥐여주면 그 즉시 입으로 들어간다. 미국에서 태어나 허구한 날 아빠가 일하는 자연사박물관에서 시간을 보낸 우리 꼬마도 어렸을 때 전혀 뱀을 두려워하지 않았다. 내가 미시건대학에서 교편을 잡고 있을 때 박물관 내 연구실 바로 옆방에는 뱀을 연구하던 동료가 있었다. 그의 방 안에서는 일 년 내내 그야말로 사흘이 멀다하고 작은 새끼뱀들이 태어나고 있었다. 당시 채 네 살도 안 된 우리 꼬마는 거의 매일같이 그 방에서 물렁물렁한 뱀 알들을 어루만지기도 하고 갓 태어난 새끼뱀들을 손에 쥐고 놀기도 했다. 뱀을 손에 칭칭 감고 다니질 않나 뱀의 머리를 통째로 입안에 넣고 쪽쪽 빨지를 않나 두려움은커녕 그보다 더 좋은 장난감이 없을 지경이었다. 그러던 아이가 한국에 와서 몇 년간 자연과 담쌓고 살더니 요즘엔 뱀을 무서워한다. 성경에 따르면 그 옛날 에덴에서 우리와 뱀은 서로를 두려워하지 않았다. 다만 지식의 나무를 둘러싸고 저지른 죄악 때문에 하느님께서 "내가 너로 여자와 원수가 되게 하고 너의 후손도 여자의 후손과 원수가 되게 하리"라고 말씀하신 후부터 우리 사이가 이렇게 된 것이란다. 뱀뿐 아니라 자연 전체에 대한 우리의 관계도 그런 것 같다. 예전에 자연 속에서 자연과 더불어 살 때에는 자연이 우리에게 마냥 공포의 대상이기만 했던 건 아니었던 것 같다. 자연의 엄청난 힘을 두려워하지 않았던 것은 결코 아니지만 그 품을 따뜻하게 느끼기도 했던 것 같은데, 자연을 떠나 우리끼리만 살기 시작하면서 점점 더 자연을 무서워하는 것 같다.

열대를 드나드는 사람들이라고 해서 모두가 다 나처럼 뱀과 아슬아슬한 경험을 많이 하는 것은 아니다. 물론 마누엘에 비할 바는 아니지만 나는 별나게 뱀을 자주 본다. 그리고 이상하리만치 뱀에게 한없는 매력을 느낀다. 열대를 드나들며 여러 곳에서 심심찮게 부딪쳤던 이들 중에 유명한 사진작가 마이클 포그던Michael Fogden이 있다. 아마 많은 이들이 그의 이름은 기억하지 못해도 그의 사진들에는 익숙해 있을 것이다. 그의 렌즈에 붙잡혀 우리 가까이 잡혀온 야생동물들은 셀 수 없이 많다. 마이클을 따라나서면 혼자서 정글 속을 한 달 이상 헤매도 보지 못할 동물들을 하룻밤에 다 만난다. 그는 매끄럽게 잘 다듬어진 긴 나무막대기를 자주 들고 다니는데, 그걸로 들추는 돌 밑마다 늘 새로운 뱀이 있었다. 하와에게 선악과를 권한 죄로 하느님이 배로 다닐 것을 명했던 동물. 진화생물학적 증거들로 보아도 뱀의 조상이 원래부터 발이 없었던 것은 아니었다. 그러나 발을 잃었다고 해서 행동이 부자유스럽게 된 것은 절대 아닌 것 같다. 오히려 그 매끈한 원통형 몸을 가지고 미끄러지듯 수영도 잘 하고 나무도 잘 탄다. 타고난 생김새 때문에 어쩌다 보니 사이비 과학자 프로이트로부터 성욕의 표상이라는 어처구니없는 오명을 뒤집어쓰질 않나, 아무런 과학적 증거도 없이 정력에 좋다는 우리 옛 문헌 탓에 우리 산야에서 끊임없이 수난을 겪고 있는 동물이지만 진화의 역사를 통해 뱀만큼 성공한 동물도 그리 흔하지 않다. 열대우림에 가장 많이 살지만 물 한 방울 없는 사막에서 바닷속까지 전 세계적으로 무려 2,700여 종이나 살고 있다.

우리 집에도 셋이나 있다. 아내와 나는 뱀띠 동갑이다. 그리고 아들 녀석은 우리와 띠동갑이다. 집안 어디를 둘러보나 그야말로 징그러운 뱀가족이다. 어떻게 그 많은 동물들 중 구태여 뱀이 십이지十二支의 하나로 뽑혔는지 나는 모른다. 그리고 사람이 언제 어디서 태어나야 하는지를 누가 결정하는지도 나는 모른다. 생물학자로서 나는 생명이란 우연한 것이라고 믿고 또 가르친다. 생명은 태초부터 지금까지 우연의 연속으로 이어져왔다. 적어도 지구의 생명은 늘 그렇게 이어져왔다. 하지만 나는 왜 나의 어머니와 아버지가 하필이면 전쟁통에 만나 결혼하여 뱀띠해에 날 낳았으며, 나는 또 왜 성장하여 지구 저 반대편까지 가서 불과 1킬로미터도 안 떨어진 동네에서 삶의 상당 부분을 보낸 또다른 뱀을 만나야 했는지 알지 못한다. 그리고 그 알량한 공부를 한답시고 오랫동안 아이를 갖지 않던 아내와 내가 어쩌다 우리를 닮은 또 한 마리의 뱀을 탄생시켰어야 했는지 그것도 나는 알지 못한다. 더욱이 언제든 자연 속으로 내가 몇 발짝 떼어놓기 무섭게 그들이 기어나와 내게 인사를 하는 연유도 모를 일이다. 때로 생명의 위협을 느껴 두려워한 것은 사실이지만 나는 한 번도 그들을 징그럽다고 생각해본 적은 없다. 생명을 가진 다른 모든 것들과 마찬가지로 그들은 언제나 아름다웠다. 나는 어쩌면 전생에 뱀이었는지도 모른다. 아니면 다음 생에 뱀으로 태어날 준비를 하고 있거나.

왜 사냐건, 어떻게 사냐건

나는 얼마 전부터 행복한 이등국가가 되자는 제안을 해왔다. 초강대국이 아니라 삶의 질이 높은 행복한 이등국가 말이다. 우리는 너무 자주 어쭙잖게 '세계 최초' '세계 제일'을 부르 짖는다. 행복한 이등이 되기 위해 꿈의 수위조절을 하고 나면 훨씬 편하고 아름다운 세상이 열릴 것이라고 생각한다. 나는 살면서 일등보다는 이등을 훨씬 자주 했다. 이등을 하며 '내 가 사실은 일등보다 더 훌륭한 사람인데' 라는 불만을 안고 살면 불행할 수밖에 없다. 그러나 이등으로 만족하며 살면 그 삶도 퍽 아름답다.

　정글 속은 대낮에도 어둡다. 제가끔 더 많은 햇빛을 받으려 그 좁은 하늘을 빈틈없이 꽉 메워버린 나무 이파리들의 극성에 한낮에도 어두컴컴하다. 유난히 작은 동물들을 찾아다녀야 하는 내게는 특별히 어두운 곳이다. 그래서 나는 열대에 있을 때면 낮에도 종종 이마에 전조등을 두르고 다닌다. 썩어가는 나무 둥치 속의 작은 나라에 사는 작은 친구들을 제대로 알아보려면 그럴 수밖에 없다. 그런데 참 이상한 일이다. 달빛이 햇빛보다 강할 리 없건만 정글의 밤길엔 가끔 전조등을 꺼도 좋다. 빛이 많아야 할 때 충분하지 못한 빛은 어두워도, 빛이 모자랄 때 한 가닥 빛은 한없이 밝다. 달이 밝은 밤이면 가끔 전조등을 끄고도 산길을 갈 수 있다.

　내가 처음으로 박쥐 연구자들의 뒤를 따라나섰던 그날 밤도 달이 유난히 밝았다. 제일 앞서 가던 핸들리 박사만 가끔씩 길 위에 있는 무언가를 확인하는 듯 손전등을 켰다 껐다 했을 뿐 우리는 오르락내리락 산길을 한참이나 그렇게 희미한 어둠 속에서 걸었다. 핸들리 박사는 내 추측으로 이미 칠십 줄에 접어든 노인이셨지만 여전히 스미스소니언 연구소에서 박쥐를 연구하고 계셨다. 평생 박쥐만 연구하신 분이셨다. 노인네가 그런 밤길에 어쩌면 그리도 빨리 걷는지 뒤따르는 내가 숨이 찰 지경이었다. 좀 멀다 싶긴 했지만 처음 따라나선 주제에 얼마나 더 가야 하느냐고 묻기가 미안해 그저 묵묵히 따라 걸었다. 족히 20분은 걸은 것 같았다. 핸들리 박사의 손전등이 홀연 긴 불줄기를 뿜어내기 시작했다. 외길로 내달리는 불빛이 나무 등걸 위로 구불텅구불텅 넘나들더니 이내 한 곳에 멈춰 섰다. 그곳에는 그날 낮 핸들리 박사의 조수들이 미리 쳐놓은 가는 그물에 주렁주렁 박쥐들이 쥐포처럼 매달려 퍼덕이고 있었다.

　핸들리 박사는 우선 손전등으로 그물에 걸린 박쥐들을 한 마리씩 쓱 훑어보았다. 그러는 동안 그의 조수들은 숙달된 솜씨로 뚝딱 임시 야외연구소를 만들어냈다. 접는 의자들을 빙 둘러놓고 그 가운데에는 전기수리공 공구함 같은 걸 펼쳐놓았다. 연구소가 세워지자 곧바로 그들의 작업이 시작되었다. 박쥐 한 마리를 그물에서 떼어 광목으로 만든 주머니에 넣은 다음 작은 손저울에 매단다. 이렇게 무게를 잰 다음 검지와 약지로 양 날개를 감아 쥐고 등 한복판에 중지를 구부려 내밀면 박쥐는 영락없이 손아귀에 든 쥐다. 작은 새가슴을 불쑥 내민 채 가쁜 숨만 할딱할딱 몰아쉰다. 이 자세로 연구자들은 박쥐의 몸과 치아 상태를 살피며 종을 분류한 후 목에다 군번줄을 묶어준다. 군번줄의 작은 구슬들을 꿰는 깍지에는 그 박쥐의 고유번호가 일련번호 형식으로 적혀 있다. 일종의 주민등록번호 또는 그야말로 군번과도 같은 것이다. 그래서 나중에 이미 군번줄을 목에 걸고 있는 박쥐를 잡으면 그간의 변화를 점검할 수 있게 된다. 날개는 얼마나 더 커졌나, 체중은 얼마나 늘었나, 다친 곳은 없나, 그동안 새끼를 밴 건 아닌가. 그날 밤에도 대충 열 마리에 한 마리 꼴로 이미 군번줄을 두르고 있는 박쥐들을 발견했다.

야생동물에 관한 한 모든 걸 직접 해보고 싶었던 나는 그들에게 참여할 기회를 달라고 요청했다. 그런데 웬일인지 평소에 그 맘좋던 할아버지가 선뜻 허락을 하지 않았다. 그리곤 박쥐란 동물이 워낙 신진대사율이 높아 서툴게 너무 오랜 시간 만지작거리면 기진맥진하여 죽는 수가 있다는 얘기만 반복했다. 그러고 보니 그들은 마치 은행이라도 터는 사람들처럼 엄청나게 서두르고 있었다. 알고 보니 다 그럴 만한 이유가 있었던 것이다. 하지만 끈질기게 배움의 기회를 달라고 졸라대는 내게 핸들리 박사는 이내 너그럽게 져주셨다. 허락은 해주셨지만 내 손에서 박쥐가 터지기라도 할세라 걱정하시는 눈빛이 어둠 속에서도 역력했다. 그의 걱정은 결코 지나친 것이 아니었다. 그날 밤 나의 연습 상대였던 박쥐는 끝내 다시 날지 못했다. 내가 그렇게 오래 만지작거린 것 같지도 않았는데 나의 서툰 솜씨가 박쥐를 더욱 긴장하게 만들었던 모양이다. 나도 훗날 나뭇잎을 변형하여 이른바 텐트를 만들어 비를 피하는 박쥐들의 행동을 연구하여 논문도 몇 편 낸 엄연한 박쥐 생물학자가 되었지만 그날 밤 내 손에서 죽어나간 그 박쥐를 오랫동안 잊을 수가 없다.

이처럼 숨막힐 정도로 빠른 생활 리듬을 갖고 있는 박쥐 같은 동물들이 있는가 하면 세상에는 또 그저 세월아 네월아 한없이 느긋한 동물들도 있다. 매일 밤 박쥐들이 떼 지어 날아다니는 중남미 정글에는 바로 곁에 있어도 있는 줄 모르는 나무늘보들도 산다. 나무늘보에는 두 종류가 있다. 발가락이 두 개인 녀석들과 세 개인 녀석들이 있다. 발가락이 두 개인 나무늘보들과 세 개인 나무늘보들이 과연 다른 종인지 아닌지를 놓고 생물학자들이 허구한 날 씨름을 하는 걸 아는지 모르는지 그들은 마냥 느긋하기만 하다. 어찌나 움직임이 느린지 대부분의 사람들은 아무리 오랫동안 정글생활을 해도 나무늘보를 한 번도 보지 못한다. 나 역시 몇 년을 정글에 드나들었어도 한 번도 내 눈으로 직접 찾질 못했다. 보고 싶어 숲 속 길을 걸을 때마다 열심히 두리번거렸지만 결국 단 한 번의 행운도 얻지 못했다.

그러던 어느 날 연구소에 영국 BBC방송 사람들이 나무늘보에 관한 다큐멘터리를 찍으러 왔다. 모두들 그저 며칠간 머물며 나무늘보를 화면에 담겠다는 그들의 오만에 코웃음을 쳤다. 그때 연구소에서 일하는 파나마 인부 한 사람이 그들에게 다가와 자기가 나무늘보가 있는 곳을 알고 있다고 했다. 유달리 일의 속도가 느려 우리끼리 나무늘보라고 별명을 지어줄까 생각했던 사람이었다. 그는 자기가 며칠 전에도 보았으니 아직 그 근처에 있을 것이라고 말했다. 촬영진은 잽싸게 장비를 챙겨 그의 뒤를 따랐다. 나무늘보를 한 번도 본 적이 없는 나도 따라나섰다. 그가 우리를 데려간 곳은 섬의 서남단에 위치한 어느 계곡 끝이었다. 며칠 전까지만 해도 저 나무에 있었는데 하며 호수 위로 길게 늘어진 나무 한 그루를 가리켰다. 한 사람에 둘씩 줄잡아 2, 30개의 눈들이 그 나무를 위아래로 샅샅이 뒤졌지만 어느 곳에도 나무늘보는 보이지 않았다. 실망한 우리들의 눈초리에 그도 약간 당황하는 듯했다. 그러나 그는 그리 오래지 않아 근처 다른 나무 위에서 늘어지게 몸을 늘이고 있는 나무늘보 한 마리를 찾아냈다. 느린 동물은 느린 사람의 눈에만 띄는 법인가? 며칠 동안 불과 두어 나무를 옮겨 앉았을 뿐이었다. 영국 사람들이 거의 일주일 동안 머물며 다큐멘터리를 찍는 동안 그 나무늘보는 서너 그루의 나무 사이를 오르락내리락할 뿐이었다.

우리 인간은 진화적으로 나무늘보보다는 박쥐나 쥐에 더 가깝다. 내가 늘 왜 이리 바쁘게 살아야 하나? 의아했다면 그럴 만한 생물학적 근거가 있는지도 모른다. 나도 누구 못지않게 바쁘게 사는 사람이다. 그저 하는 일이 많아 일정이 바쁘다는 뜻뿐만은 아니다. 실제로 몸을 잠시도 가만히 있지 못하고 늘 끊임없이 움직이며 산다. 그래서 그런지 체격에 비해 상당히 먹는데도 좀처럼 살이 찌질 않는다. 살이 미처 붙을 겨를이 없도록 뼈들이 도망다니기 때문일까? 우리 주변에 보면 살이 넉넉한 사람들이 대체로 훨씬 느긋한 성격을 지닌 것 같다. 하지만 이 관찰에는 분명 문제가 있다. 내가 지금까지 만나본 사람들 중 코스타리카 사람들처럼 느긋한 사람들도 많지 않은데 그들 중 뚱뚱한 사람을 별로 보지 못했다.

지금은 우리나라 제조업체들이 퍽 많이 코스타리카에 공장을 갖고 있지만 내가 처음 그곳을 드나들던 1980년대 초반만 해도 한국 사람은 거의 없었다. 물론 한국 음식점이 있을 리 만무했다. 내가 그곳을 드나들기 시작한 지 몇 년이 지나서야 드디어 '한국식당'이라는 우리 음식점이 산호세 시내 한구석에 생겼다. 하지만 그 전까지는 몇 달씩 그곳에 살아도 김치나 불고기는 냄새도 맡을 수 없었다. 추운 지방의 음식이 대체로 양념도 적고 별 맛이 없는 반면 열대로 갈수록 보다 자극적인 편인데 코스타리카 음식은 예외다. 연구소에서 주는 음식도 썩 좋은 편은 아니지만 여행하면서 길에서 사먹는 코스타리카 음식은 그저 대개 둘 중 하나였다. 검은콩과 밥 아니면 밥과 검은콩이었다. 아침이 밥과 검은콩이었으면 점심은 검은콩과 밥이고 저녁은 다시 밥과 검은콩으로 되돌아온다. 평소에 개고기를 빼고는 거의 아무거나 다 잘 먹는 편이지만 음식만큼은 별로 입에 맞지 않았다. 두 번째로 그곳에 갈 때부터는 안사람에게 부탁하여 볶은 고추장을 늘 한 병씩 챙겨 갔다. 하지만 그것마저 동이 나면 그때부터는 먹는 것에 관한 한 그저 밋밋한 나날의 연속이었다. 의무적으로 허기진 창자를 채울 뿐이었다.

누구한테서 들었는지 이젠 기억이 나질 않지만 어느 날 산호세 시내에 자장면을 하는 중국 음식점이 있다는 정보를 입수했다. 정글에서 잠시 빠져나올 기회를 갖자마자 나는 산호세에서 가장 번화가인 아베니다 센트럴 Avenida Central 바로 뒷골목 어딘가에 있다는 그 음식점을 찾아나섰다. 짧은 스페인어 실력과 손짓 발짓을 다 동원하여 자장면을 설명하며 이 집 저 집 기웃기웃한 끝에 드디어 찾았다. 전형적인 중국식 발을 밀치며 식당으로 들어섰다. 구석에 자리를 잡고 앉기가 무섭게 주인인 듯 보이는 중국인이 다가왔다. 그러더니 유창한 우리말로 자장면 드려요? 하고 물었다. 어, 예라 답하며 내가 한국 사람인 줄 어떻게 알았느냐 물었더니 그냥 보면 안다는 것이었다. 안사람은 날더러 늘 전형적인 한국 사람처럼 생겼다고 놀린다. 채씨 성을 가진 자기는 따지고 보면 중국 사람이면서.

오랜만에 먹는 자장면 맛은 정말 꿀맛이었다. 나는 사실 자장면을 그리 즐기는 편도 아니었지만 그날 그 집에서 먹은 자장면은 내가 이 세상에 태어나 먹어본 자장면 중 단연 최고였다. 그 주인아저씨는 나보다 그저 서너 살밖에 더 많지 않아 보이는 화교였다. 한국에서 태어나 살다가 코스타리카에 온 지 그저 십 년 남짓밖에 되지 않았다고 했다. 이런저런 자신의 인생 전부를 오랜만에 먹어보는 자장면이 입으로 들어가는지 코로 들어가는지 모를 내게 그는 쉼없이 쏟아냈다. 그날부터 나는 일부러 산호세에 나올 핑계를 만들기 시작했고 나올 때마다 어김없이 그 중국 음식점에 들렀다. 그는 내게 물어보지도 않고 늘 자장면을 내왔고 늘 내 옆에 바짝 붙어 앉아 끊임없이 얘기의 국수가락을 뽑아댔다. 내가 거의 비슷한 시기에 그 집 자장면의 맛이나 그 아저씨의 얘기에, 조금 과장되게 표현하면, 신물이 나기 시작할 때까지.

그러던 어느 날이었다. 음식점에 들어서는 나를 반겨 맞은 그는 이내 자장면 한 그릇을 내온 다음 그날은 같이 앉아 노닥거릴 시간이 없다는 말을 남기고 주방으로 들어가버렸다. 자장 곱빼기에 곱빼기는 족히 될 양을 먹어 치우느라 퍽 긴 시간이 흘렀고 음식점에 나만 남았을 무렵 그는 앞치마에 손을 닦으며 주방을 빠져나왔다. 그리곤 여느 때처럼 내 곁에 바짝 들러붙어 앉았다.

접시 닦던 녀석이 어제부터 안 나와. 코스타리카놈들은 도무지 이해할 수가 없어. 주머니에 돈이 조금만 고이면 그냥 사라져. 그러다 어느 날 보면 슬그머니 뒷문으로 들어와 또 그릇을 닦고 있어. 그러다 또 돈이 좀 생기면 사라지고, 또 나타났다 사라지고, 그래. 한국에서는 배달하던 녀석이 몇 달만 지나면 어깨 너머로 슬금슬금 배운 실력으로 저만치 골목 어귀에 자장면집을 차려 나가는데, 이놈들은 요리하는 걸 거저 가르쳐준다고 해도 싫대. 그러니 늘 요 모양 요 꼴로 살지.

코스타리카는 그때도 그랬지만 지금도 찢어지게 가난한 나라다. 코스타리카에 드나든 지 얼마 안 되었을 때부터 길모퉁이에 서 있는 경찰들의 복장이 자꾸 눈에 들어오기 시작했다. 오래전부터 중립국을 선언한 코스타리카에는 군대가 없다. 그런데 경찰 복장이 웬일인지 영락없는 군복이었다. 그것도 우리나라 군복과 어쩌면 그리도 흡사한가 의아하게 생각하고 있었다. 그러다가 그게 우리 군복과 흡사한 정도가 아니라 아예 우리 군복이었다는 걸 뒤늦게 알게 되었다. 세계 제일의 채무국 중 하나인 코스타리카의 대통령이 그 몇 년 전 빚 갚을 돈을 구하러 세계 각국을 순방하던 중 우리나라에 들렀더니 현금 대신 군복과 그 당시 막 출시되어 인기를 끌던 현대 미니트럭들을 싸주더라는 것이었다. 그러고 보니 당시 코스타리카 거리에 굴러다니던 차들은 모두 일본의 도요타 아니면 심심찮게 눈에 띄던 현대 미니트럭들이었다. 미니트럭을 조금 개조하여 온 가족이 다 함께 자가용처럼 타고 다니는 걸 종종 보았다.

언젠가 날 보러 그곳에 내려온 안사람과 쿠나Kuna 인디언들이 만든 민속품들을 사려고 기념품 가게에 들렀다. 어디서 왔느냐는 점원의 물음에 한국에서 왔다고 했더니 부자 나라에서 왔다며 물건값을 조금도 깎아주지 않았다. 부자 나라라니? 그들에게는 경찰복과 자가용을 선물한 부자 나라일지 모르지만 1970년대 말 내가 유학길에 오를 때만 해도 우리나라는 겨우 개발도상국 대열에 턱걸이를 하고 있었다. 미국에 처음 도착했을 때 나는 미국 도시들의 그 엄청난 장중함을 목 젖혀 올려다보던 영락없는 촌놈이었다. 그러다 만 15년 만에 다시 돌아온 서울은 내가 살던 미국의 작은 도시들과는 비교도 할 수 없는 엄청난 장중함으로 나를 짓눌렀다. 내가 한국을 떠날 때에는 이른바 강남이라는 곳이 존재하지도 않았다. 15년 만에 다시 찾은 서울에는 내가 알던 서울보다 훨씬 더 크고 화려한 새로운 서울이 들어서 있었다. 대학 때 알던 어느 누나가, 가가 거리귀신이데이, 했을 정도로 나는 원래 길눈이 밝은 편이지만 귀국하여 처음 강남이란 곳에 갔다가 사방천지를 구분하지 못해 헤맸던 기억은 지금도 새롭다. 특히 롯데월드 지하주차장에 차를 집어 넣으면 어디론가 지하 깊숙이 사라진다는 걸 모르고 차를 놓아둔 자리에서 20분이 넘도록 헤매며 황당해했던 기억은 잊을 수가 없다. 도미하기 전에 내가 살던 그 예전의 서울이라는 곳이나 내가 미국에서 살던 작은 마을에는 그런 거대한 지하주차장이 없었다. 내가 태평양을 넘나드는 동안 유독 내 반대편만 신나게 발전했던 것이다. 이처럼 세상이 날 늘 피해가는 걸 보면 나는 진정 영원한 촌놈이다.

그 당시 코스타리카의 수도 산호세에 있는 웬만한 부동산은 죄다 중국 사람들 소유라고 들었다. 정확한 통계 수치는 모르지만 그 화교 아저씨의 말에 의하면 코스타리카 부의 절반 이상이 중국인들 손아귀에 들어가 있단다. 그 옛날 그곳에 철도를 놓을 때 인부로 불려왔다가 그냥 눌러앉은 중국인들의 피땀 어린 노력의 결과이다. 어깨 너머로라도 자장면 마는 기술을 기어코 배우고야 마는 악착같음의 덕택이다. 그러나 돈을 거머쥔 중국인들과 있는 돈 다 빼앗기고도 히죽이 웃고 있는 코스타리카 사람들 사이에 누가 더 행복한지는 사실 대봐야 알 것 같다. 코스타리카 방방곡곡을 돌며 만난 그곳 사람들의 얼굴에는 한결같이 웃음이 떠나질 않았다. 기껏해야 현대 미니트럭 한 대 가진 것이 많이 가진 축에 끼는 곳이지만 굶어죽는 것은 아니었다. 아마 그래서 그들의 평균수명이 우리들보다 훨씬 긴지도 모른다. 국민소득으로만 보면 코스타리카는 세계 최하위권에 속하는 나라다. 하지만 평균수명으로는 세계 최상위권을 유지한다.

세계보건기구WHO 홈페이지에 들어가보면 세계 여러 국가들의 연령별 남녀 사망률을 한데 모아놓은 그래프가 있다. 세계 어느 나라든 남성의 사망률이 여성의 사망률보다 훨씬 높다. 특히 번식적령기인 20대와 30대에서는 남성 사망률이 여성 사망률의 무려 세 배에 달한다. 약한 자여, 그대 이름은 남성이니라! 수컷이란 워낙 '짧고 굵게' 살다 가게끔 진화한 동물이기 때문에 이런 현상은 다른 동물사회에서도 똑같이 일어난다. 번식의 기회를 얻기 위하여 암컷에게 잘 보여야 하는 수컷들은 번식기 내내 변변히 먹지도 못하며 오로지 성애에 탐닉한다. 여러 암컷들을 거느리기 위해 미리 수컷들끼리 권력 다툼을 벌여야 하는 동물의 경우에도 수컷들의 삶이 처절하기는 마찬가지다. 으뜸수컷이 되려면 항상 위험한 격투를 겪어야 하고 그런 몸싸움에서 언제나 성한 몸으로 걸어나온다는 보장이 없다. 운이 좋았건 힘이 셌건 일단 으뜸수컷이 되고 나면 또 그 자리를 지키기 위해 밤낮없이 경계를 게을리하지 못한다. 자기가 거느리는 후궁들을 늘 즐겁게 해야 함은 말할 나위도 없다.

　세계보건기구에 통계자료를 제공한 모든 나라가 한결같이 똑같은 현상을 보인다. 어느 나라든 남녀의 사망률은 서로 비슷하게 시작하여 20대와 30대에 엄청난 차이를 보이다가 40대로 접어들며 점차 비슷해진다. 경제력과 문화에 상관없이 전형적인 포유동물의 특성이 적나라하게 드러난다. 그런데 그곳에 요즘 표현을 빌리면 실로 엽기적인 사실이 우리를 기다리고 있다. 그 그래프에서 유일하게 40대, 50대로 들어서며 남성의 사망률이 하늘 높은 줄 모르고 치솟는 나라가 하나 있다. 바로 우리들의 나라, 짝 짜~악짝 짝 짝, 대~한민국이다. 전 세계를 통틀어 우리나라 40대와 50대 남성들의 목숨이 가장 파리목숨에 가깝다. 나는 자꾸만 우리들의 나라, 이 대한민국이 '소모품 인간사회'라는 생각을 떨칠 수 없다. IMF 위기를 겪으며 나라꼴이 엉망이 되었지만, 나는 우리나라가 또다시 후진국으로 전락할 위험은 없다고 본다. 적어도 경제적인 면에서는 말이다. 그렇게 되도록 가만히 놔둘 우리가 아니다. 무슨 짓이든 악착같이 할 것이다. 하다못해 껌을 팔아서라도 어떠한 난국이든 반드시 극복하고야 말 것이다. 역사가 이를 증명하고 있고 우리 스스로가 우리의 근성을 믿는다. 그래서 바로 '은근과 끈기의 민족'이라고 하지 않았던가?

　그러나 이 같은 고난과 극복의 역사는 나라 전체의 수

준에서 분석하고 자위할 수 있을 뿐이다. 국민 각자의 입장에서 이 현상을 다시 한 번 분석해보면 엄청나게 다른 모습이 드러난다. 대한민국이라는 집단이 세계 10위권 경제대국들의 근처를 맴돌기 위해 그야말로 '발악'을 하는 동안 그 성원들의 삶의 질은 목적 달성을 위한 소모품 신세를 면하지 못한다. 근대화의 급물살 속에 우리 사회는 어느새 성원 한 사람 한 사람의 삶이 중요한 것이 아니라, 한동안 써먹다가 효용가치가 떨어지면 가차없이 버리고 새로 만들어 쓰는 부분품 사회가 돼버렸다. 기껏 잘 쓰다가도 조금만 맘에 들지 않으면 가차없이 내다버리는 냉장고나 자동차처럼. 나라는 계속 이 정도 수준을 유지하며 갈 것이다. 하지만 그 나라라는 괴물 속에 살아야 하는 국민은 천하디천하게 잔뜩 만들었다 잔뜩 죽이고 또 만들고 하면서 그냥 그렇게 오랫동안 질퍽질퍽 살아갈 것이다. 나라의 야심을 충족시키기 위해 내가 일찍 죽어주고 있다.

최근 세계은행이 발표한 '세계 경제발전지수 2002'에 따르면 우리나라는 2002년 현재 1인당 국민총소득이 9천 달러가 조금 안 되어 세계 54위에 머물렀다. 경제 규모로는 세계 10위권에 속하지만 정작 소득은 장장 50위 바깥을 맴돈다. 그야말로 빛만 좋은 개살구요, 먹을 것 별로 없는 소문난 잔치다. 얼마 전 통계청의 발표에 따르면 우리나라 사람들은 줄잡아 10년 이상을 병마에 시달리며 살고 있단다. 그도 그럴 것이 서울의 공기는 이미 숨 쉬기에도 적합하지 않다. 전국의 산야 어느 곳 하나 성한 곳이 없다. 국토의 4분의 1을 국립공원으로 지정하여 특별히 삼림욕을 하러 가지 않아도 늘 맑은 공기를 마시며 장수하는 코스타리카 사람들과 몸 망가지는 줄 모르며 기를 쓰고 일하여 조금 살 만한가 싶으면 또 넘어지고 또 넘어지고 하는 우리들 중 과연 누가 더 행복한지는 한번 곰곰이 생각해볼 일이다.

김상용 시인은 왜 사냐건 하고 묻곤 그냥 씨익 웃고 말았다. 생물학자인 나는 우리가 왜 사는지는 잘 안다. 제아무리 고귀한 의미를 부여하려 애쓴다 해도 우리 역시 엄연한 생명체인 이상 어쩔 수 없이 유전자를 남기기 위해 산다. 우리 전前 세대의 유전자들이 더 많은 유전자를 찍어내기 위해 우리를 만들어냈고 우리 역시 또 다른 유전자 복제품을 만들기 위해 산다. 삶은 이렇게 단순한 것이다. 하지만 어떻게 사는지는 분명히 다르다. 박쥐가 사는 방법과 나무늘보가 사는 방법과 우리가 사는 방법이 다 다르다. 흥미로운 사실은 우리들 중에는 박쥐처럼 사는 이들도 있고 나무늘보처럼 사는 이들도 있다는 점이다. 많이 자주 먹고 빠른 속도로 소화시켜 배설해버리는 동물들이 있는가 하면 적게 먹고 천천히 조금만 움직이며 사는 동물들도 있다. 그런데 아무리 보아도 요즘 우리들은 모두 영락없는 박쥐들이다. 남의 피를 한 이틀만 빨지 못해도 헐떡헐떡 숨을 몰아쉬는 그런 야비하고 한심한 흡혈박쥐들이다.

나는 얼마 전부터 행복한 이등국가가 되자는 제안을 해왔다. 초강대국이 아니라 삶의 질이 높은 행복한 이등국가 말이다. 우리는 너무 자주 어쭙잖게 '세계 최초' '세계 제일'을 부르짖는다. 정말 세계 제일은 말을 아끼고 가만히 있는데. 왠지 못 가진 자의 처절한 떠벌림같이 들려 못내 서글프다. 얼마 전까지 보이던 어느 대기업의 이미지 광고를 기억한다. "우리 아빠가 그러시는데 우리 나라가 세상의 중심이 된대요"라며 작은 주먹을 치켜세우던 당찬 소년의 모습을 기억한다. 맞아죽을 얘기인지 모르지만 나는 우리나라가 죽었다 깨어나도 세계 초강대국이 될 수는 없다고 장담할 수 있다. 물론 전 국민이 악착같이 덤벼들면 강대국 대열 저 뒷자리쯤에는 낄 수 있을지 모른다. 온몸은 만신창이가 될망정 기를 쓰고 하면 그 근처까지는 갈 수 있으리라. 하지만 그보다는 행복한 이등이 되기 위해 꿈의 수위조절을 하고 나면 훨씬 편하고 아름다운 세상이 열릴 것이라고 생각한다. 나는 살면서 일등보다는 이등을 훨씬 자주 했다. 이등을 하며 '내가 사실은 일등보다 더 훌륭한 사람인데'라는 불만을 안고 살면 불행할 수밖에 없다. 그러나 이등으로 만족하며 살면 그 삶도 퍽 아름답다.

오늘도 정글에는 나무늘보의 등뒤로 또 한 번 박쥐 떼가 부산스레 날아다닌다. 한바탕 법석을 떨던 박쥐들이 사라지고 먼동이 틀 무렵이면 나무늘보가 한 번 길게 기지개를 켠다.

자연과 함께 춤을

자연을 연구하는 생물학자가 된 덕에 춤과 그리 무관하지 않은 삶을 산다. 자연이란 하나의 거대한 춤의 도가니이기 때문이다. 바람과 함께 춤추는 건 사시나무만이 아니다. 산들바람이 살갑게 불어대는 어느 날 뒷산에 올라 세상을 내려다보라. 은행나무의 잎들이 죄다 한 템포로 테크노춤을 춘다. 바람이 조금 거세지면 버드나무가 농염하게 온몸을 흐느적거린다. 이파리가 큼직한 나무들은 이른바 막춤이란 걸 춰댄다. 한자리에 뿌리를 박고 움직이지도 않는다 하여 내가 한때 공부하기조차 꺼렸던 식물들이 이 정도면 동물들의 세계는 오죽하랴.

여느 인생이나 마찬가지로 나에게도 '가지 않은 길'이 있다. 스스로 선택한 길에 나만큼 만족해하는 사람도 그리 많진 않겠지만 말이다. 어려서부터 책상 앞에 앉아 있기보다는 산으로 들로 쏘다니길 더 좋아했는데 운 좋게 자연을 연구하는 생물학자가 되었고, 아홉 살 때부터 되지도 않는 시를 쓴답시고 백지 한 묶음을 검은 끈으로 엮어 옆구리에 끼고 다녔는데 우리나라의 대표적인 문학지에 이렇게 글을 실을 수 있게 되었으니 더 무엇을 바라랴. 2002년 새 학기에는 중학교 2학년과 고등학교 1학년 국어 교과서에 내 수필이 각각 한 편씩 실렸다. 그 교과서 두 권을 펼쳐 들고 나는 너무나 행복하다. 과학자로서 할 말인지는 모르겠지만 노벨상을 받은들 이보다 더 좋으랴.

　이런 내게도 가지 않은 길들이 몇 있다. 그중 하나가 바로 춤의 길이다. 나는 뮤지컬을 무척 좋아한다. 미국 유학 시절 몇 차례나 뉴욕에 갈 기회가 있었지만 돈이 없어 브로드웨이 뮤지컬을 한 번도 보지 못했다. 두고두고 후회가 막심하다. 그 대신 훨씬 저렴한 뮤지컬 영화들은 제법 많이 보았다. 나는 뮤지컬을 듣기보다는 보는 편이다. 노래보다는 춤을 더 즐기기 때문이다. 내가 만일 생물학도나 작가지망생의 길을 택하지 않았다면 어쩌면 지금쯤 춤꾼의 길을 걷고 있을지도 모른다. 발레는 좀 버거운 듯싶고 모던댄스를 전공했을 것 같다.

　그래도 자연을 연구하는 생물학자가 된 덕에 춤과 그리 무관하지 않은 삶을 산다. 자연이란 하나의 거대한 춤의 도가니이기 때문이다. 바람과 함께 춤추는 건 사시나무만이 아니다. 산들바람이 살갑게 불어대는 어느 날 뒷산에 올라 세상을 내려다보라. 은행나무의 잎들이 죄다 한 템포로 테크노춤을 춘다. 바람이 조금 거세지면 버드나무가 농염하게 온몸을 흐느적거린다. 어느 TV 광고에서 본 전지현의 몸과 머리카락처럼. 갈대와 대나무들의 삐걱거림은 또 어떤가? 이파리가 큼직한 나무들은 이른바 막춤이란 걸 춰댄다. 단풍나무의 자식들은 갓 태어나자마자 현란한 춤솜씨를 뽐낸다. 여덟 팔八자 모양의 단

풍나무 씨만큼 기막히게 잘 디자인된 비행체도 드물다. 자기를 찾아준 벌과 나비를 맞아 눈을 맞출 듯 하늘거리는 꽃들의 사교춤 또한 볼만하다. 한자리에 뿌리를 박고 움직이지도 않는다 하여 내가 한때 공부하기조차 꺼렸던 식물들이 이 정도면 동물들의 세계는 오죽하랴.

천수만의 철새들이나 산호초 위를 미끄러지는 열대어들만한 코러스 라인이 어디 또 있을까 싶다. 그 많은 개체들이 어쩌면 그렇게 한 치의 오차도 없이 한데 움직일 수 있는 것일까? 실제로는 가끔 서로 부딪치는 놈들도 있다. 그러나 대체로는 마치 누군가가 구령이라도 부르는 듯, 한 목소리로 움직인다. 우리 인간도 누구나 춤을 추며 산다. 춤은 제가끔 조금씩 다른 모습으로 모든 문화권의 모든 인류 집단에 다 존재한다. 힌두의 여신 시바의 춤에서 마이클 잭슨의 문워크moon walk까지, 세례 요한의 머리를 앞에 두고 욕정의 춤을 불사른 살로메에서 피카소와 가와바타 야스나리의 마음을 사로잡았던 최승희까지, 마사이족의 춤에서 힙합댄스까지, 미하일 바리시니코프에서 강수진과 몇 년 전 '생춤'으로 내 마음을 송두리째 앗아간 김현자에 이르기까지 춤은 우리 사회 어디에나 있다. 인간은 춤을 추도록 진화한 동물이라는 명확한 증거이다. 일부러 춤이라고 추지 않아도 우리가 하는 많은 행동들이 따지고 보면 다 춤이다. 삶 그 자체가 춤이다.

　우리 인간사회의 춤도 대부분 사랑에 연결되어 있지만 동물들의 춤 중 가장 화려한 것들은 모두 구애의 춤이다. 인간사회에서는 어쩌다 문화적인 연유로 해서 춤을 추는 여인들이 제법 많지만 인간을 제외한 거의 모든 동물사회에서 춤이란 수컷들의 전용물이다. 아무리 점잔을 빼려 해도 결국 그의 정자가 난자 앞에서 춤을 추게 되어 있다. 나는 요즘 세상에 흔히 개미박사로 알려져 있지만 박사 학위 논문은 정작 개미에 관해 쓰지 않았다. 썩어가는 나무 둥치 속에서 나름대로 작은 사회를 구성하고 사는 민벌레라는 곤충에 관한 논문을 제출하여 박사 학위를 받았다. 개미학의 세계적인 대가들을 지도교수로 둔 바람에 개미 연구는 그냥 운명처럼 했을 뿐이다. 하지만 어깨 너머로 배운 글이 보통을 넘어 학위 과정을 마칠 무렵 되돌아보니 민벌레 연구 못지않게 개미 연구도 제법 많이 했다. 그러다 보니 박사 과정을 마치는 데 거의 십년이 걸리고 말았다.

　내가 박사 과정을 시작할 무렵 민벌레라는 곤충에 대해 학계가 알고 있는 지식의 총량은 그저 곤충학 교과서 한 페이지를 채 넘지 못했다. 비록 연구를 시작할 때 세운 거창한 계획에는 어림 반 푼어치도 못 되는 결과밖에 거두지 못했지만, 내 연구로 인해 민벌레에 관한 정보가 적어도 20여 페이지 정도로 늘었으니 나도 조금은 과학의 발전에 기여한 셈이다. 워낙 나 이전에 그 누구도 그들의 세계를 제대로 들여다보지 못했던 까닭에 내가 관찰한 대부분의 발견들은 비록 대단한 건 아니더라도 다 새로운 것들이다. 나는 어쩌다보니 그들의 성생활을 별나게 많이 훔쳐보게 되었다. 내가 특별히 심각한 관음증을 겪어서가 아니라 사실 생물의 삶에서 번식만큼 중요한 것이 또 없기 때문이다.

몸길이가 고작 2밀리미터밖에 되지 않는 이 작은 곤충들의 구애행위는 상상을 초월하리만치 복잡하다. 삶의 거의 전부를 두툼한 나무껍질 밑에서 사는 바람에 눈은 퇴화하여 거의 흔적도 남지 않았다. 아홉 개의 동글동글한 보석들을 꿰어 만든 듯한 긴 더듬이로 서로를 확인하고 대화도 나눈다. 그들의 촉각은 어찌나 예민한지 그저 한 번만 더듬이로 건드려보곤 상대가 암컷인지 수컷인지를 파악한다. 상대가 수컷이면 황급히 되돌아서지만 만일 암컷이면 수컷은 곧바로 구애를 시작한다. 더듬이를 한껏 머리 뒤로 치켜들고 마치 '백조의 호수'에 등장하는 무희들처럼 파르르 강종강종 떨며, 입이 땅에 닿을 듯 머리를 숙인 채 아주 서서히 암컷을 향해 다가간다. 이런 자세로 암컷을 향해 다가가던 중 머리를 숙이느라 길게 늘어진 목 한가운데에서 불쑥 혹이 하나 불거진다. 그 작은 곤충이 어쩌면 그렇게도 신중한지 신기할 정도로 조심스레 암컷에게 다가간다. 혹은 연신 불거졌다 가라앉았다 한다. 이 과정에서 마음이 내키지 않는 암컷들은 매몰차게 돌아서 가버리기 일쑤지만, 가끔, 아주 가끔 암컷이 관심을 보이며 마지막 한 발을 떼면 갑자기 목의 혹이 꺼지며 머리 한복판에 있는 작은 구멍으로 액체 방울 하나가 솟아오른다. 암컷은 가까이 다가가 그 액체를 빨아먹으며 몸을 옆으로 구부려 수컷으로 하여금 짝짓기를 할 수 있게 허락한다. 수컷은 자기 머리를 암컷의 입에 고정시킨 채 몸을 활처럼 뒤틀어 암컷의 뒤를 만나야 한다. 이렇게 어렵사리 붙은 흘레는 뜻밖에도 무척이나 짧게 끝이 난다. 1분도 채 안 되는 짧은 정사를 마친 암수는 무슨 이유에선지 홀연 떨어져 돌아서고, 수컷은 또다시 이 복잡한 과정을 차근차근 밟으며 암컷을 다시 한 번 유혹한다. 대개 서로 마음에 드는 암수가 만나면 이 과정을 보통 서너 차례씩이나 반복한다. 내가 관찰한 것들 중 가장 열렬한 사랑을 나눴던 한 쌍은 두 시간 반 동안에 무려 28번의 정사를 가졌다. 그날 나는 아침식사를 거르고 말았다.

허구한 날 현미경 아래에서 이들의 사랑놀음을 관찰하노라면 언젠가 보았던 오페라의 장면들이 떠오르곤 했다. 남자는 끊임없이 여자를 쫓고 여자는 그런 남자를 애타게 하고. 자연의 쫓고 쫓김도 마찬가지이다. 우리네 남녀관계가 언제나 그렇듯이 쫓는다고 다 이뤄지는 것이 아니다. 민벌레 수컷들도 까다로운 암컷들 앞에서 늘 실패를 거듭한다. 머리를 조아리고 더듬이춤을 추며 다가

82

가는 수컷을 거들떠보지도 않고 사라지는 암컷들이 대부분이다. 혼신의 춤솜씨를 죄다 동원하여 애써 가까이 다가가 등뒤에 숨겨온 꽃을 막 꺼내 바치려는데 휑하니 돌아서는 암컷들도 허다하다. 경험이 없는 숫총각들은 대체로 너무 서둔다. 순서나 방법을 모르는 것은 아닌데 어딘지 모르게 서툴다. "나는 느린 손을 가진 남자를 좋아한다"는 어느 서양 유행가 가사처럼 민벌레 암컷들은 노련한 수컷을 선호한다. 경험이 적은 수컷들은 특히 액체 방울을 이고 있는 머리를 암컷의 입 가까이 들이댄 채 몸을 구부려야 하는 과정에서 실수를 많이 한다. 액체 방울이 입에서 멀어지면 암컷은 아무리 마지막 순간이라도 매정하게 몸을 도사린다. 마지막까지 완벽한 춤을 구사해야 하는 것은 루돌프 누레예프에게만 중요한 것이 아니다. 물론 누레예프도 그렇게 답하겠지만 민벌레 수컷에게는 그야말로 삶의 전부다.

1985년 어느 봄날이었다. 파나마 열대연구소에서 저녁을 마치고 식당 문을 나서려는 순간, 나는 마치 내가 천국으로 들어서고 있는 듯한 착각을 일으켰다. 수많은 천사들이 온 하늘을 뒤덮고 있었다. 어디선가 장엄한 음악소리마저 들리는 듯싶었다. 정글의 해는 유난히 일찍 진다. 서편에는 아직 해가 남았지만 나무에 가려 어둑어둑해진 숲으로부터 하얀 날개를 단 천사들이 쏟아져나와 내 온몸을 감쌌다. 그리곤 마치 나를 하늘나라로 끌어올리기라도 하려는 듯 내 몸을 휘감아 올랐다. 팔이며 얼굴이며 그들의 얇고 흰 날개들이 내 피부를 애무했다. 나는 두 팔을 양쪽으로 펼친 채 내 온몸을 그들에게 맡겼다. 평소 특별히 남들에게 좋은 일을 많이 하며 산 것도 아닌지라 천국 입성을 기대할 수 없는 나로서는 그 순간의 착각이나마 마냥 좋았다. 날은 점점 어두워지고 천사들의 날개는 점점 더 또렷해졌다. 홀연 천사 한 마리가 내 손바닥 위에 사뿐히 내려앉았다. 나는 그를 조용히 내 눈 가까이 끌어당겼다. 다름 아닌 흰개미였다. 그날은 흰개미들이 시집장가 드는 날이었다.

흰개미는 이름과는 달리 그냥 '흰' 개미가 아니다. 개미들 중 몸 색깔이 흰 개미가 아니라 오히려 메뚜기나 귀뚜라미들과 가까운 곤충이다. 그러면서도 개미들처럼 복잡한 사회를 만들어 사는 동물이다. 어떤 면으로는 개미보다 훨씬 더 복합적인 사회구조를 갖고 있다. 개미제국이 어머니인 여왕을 중심으로 오로지 딸들로만 이뤄진 일개미 군단을 갖고 있는 이른바 아마존 제국이라면, 흰개미 나라는 여왕 곁에 그를 보좌하는 수컷들, 즉 왕들도 있고 딸 아들 구별 없이 일개미가 될 수 있는 곳이다. 사회구조로 보면 개미사회보다 우리 인간사회와 더 흡사한 사회다.

개미도 그렇지만 흰개미 나라에서 시집장가 가는 날처

럼 중요한 날은 또 없다. 진화의 관점에서 볼 때 어느 생물이건 후세에 유전자를 남기는 것이 궁극적인 존재의 이유이고 보면 일개미는 아무리 많이 만들어봐야 소용이 없다. 일개미들은 스스로 번식을 하는 존재가 아니기 때문이다. 일개미는 여왕개미와 수개미를 생산하기 위해 투자하는 기계설비에 지나지 않는다. 우리 인간도 이른바 길일에 혼례를 올리기 위해 온갖 방법을 다 동원하지만 흰개미 나라의 혼례일 잡기는 더욱 치열하다. 일 년 내내 피땀 흘려 키워온 여왕개미와 수개미들이 혼인에 실패하기라도 한다면 하루아침에 일 년 농사를 깡그리 망치는 셈이다. 기업으로 치면 애써 만든 제품의 출고시기를 잘못 맞춰 하나도 팔지 못하는 격이다. 겨울이 시작되려는데 선풍기를 출고할 수는 없지 않은가.

혼인비행을 준비하는 여왕개미와 수개미의 모습은 초조하기 그지없어 보인다. 출발을 기다리는 마라톤 선수들처럼 저마다 번갈아 굴문 밖으로 얼굴을 내밀며 신호를 기다린다. '성에 관해 알고는 싶지만 쑥스러워 묻지는 못하는 질문들'이라는 뜻의 제목을 가진 우디 앨런의 영화에서 흰 가운을 뒤집어쓰고 출동을 대기하던 정자들처럼. 물론 신호는 일개미들이 내린다. 혼인비행 시절이 오면 일개미들 몇몇이 굴문 밖에 나와 더듬이를 하늘로 치켜세운 채 무언가를 열심히 잰다. 흰개미와 개미를 연구하는 학자들은 이미 오랫동안 이 비밀을 캐려 연구를 거듭해왔다. 나 역시 벌써 몇 년째 서울대 교정 내 연구실 건물 옆 개미나라의 혼인비행을 관찰하고 있지만 아직 이렇다 할 단서를 얻지 못했다. 우리는 일개미들이 무엇 때문에 열심히 무언가를 재는지는 안다. 다른 나라에서도 여왕개미와 수개미들을 날려보낸다는 정보를 입수하기 위해 그토록 열심히 재는 것이다. 다만 어떻게 어떤 신호를 재는 것인지를 모를 뿐이다. 일개미들은 때로 하루 온종일 법석을 떨고도 끝내 출발신호를 내리지 않는다. 그런 식으로 며칠이 흐르면 결혼을 앞둔 선남선녀들은 아예 굴 바깥에까지 나와 서성댄다. 그래도 저녁 무렵 '오늘은 아니다' 라는 일개미들의 결정이 내려지면 투덜투덜 다시 굴 속으로 기어 들어간다. 이런 일이 길면 한 달을 끈다. 그러던 어느 날 그들은 갑자기 앞을 다퉈 하늘로 오른다. 우리는 미처 일개미들이 어떤 신호를 내렸는지도 모르는데 그들은 모두 떠나버린다. 그리곤 이웃 나라에서 날아 나온 처녀 총각들과 함께 사랑의 군무를 춘다. 옛날 그리스시대 디오니소스의 오르기아가 이랬을까?

그리스 신화에 따르면 오랜 인도 여행을 마치고 고향 테바이로 돌아온 디오니소스의 뒤를 수많은 여인들이 따른 것으로 되어 있지만 자연에서는 대개 그 반대의 일이 벌어진다. 뭇 수컷들이 암컷들의 뒤를 따른다. 몇 년 전 영국에서 동료학자가 날 찾아와 함께 지리산엘 갔었다. 비 갠 뒤 모락모락 아지랑이가 피어오르던 늦은 봄날 오후였다. 개울을 따라 산허리를 돌아 오르려는데 또다시 작은 무리의 천사들을 만났다. 약간 널찍한 개울 위로 한 무리의 하루살이들이 날아오르고 있었다. 하루살이는 예쁘기도 하지만 과학적으로도 참 적절하게 잘 지은 이름이다. 그들은 일생의 거의 전부를 물속에서 애벌레로 살다가 성충이 되며, 물 밖으로 빠져나와서는 그야말로 하루 남짓 사는 게 고작이다. 그 짧은 시간 동안 단 한 번의 현란한 섹스를 즐기곤 다시 알의 모습을 하고 물속으로 돌아간다. 그래서 우리는 그들을 수서곤충이라 분류하고 하루살이라 부른다.

나는 산행을 잠시 멈추고 그들의 사랑놀음을 지켜보기로 했다. 먼저 물에서 빠져나온 수컷들이 한데 뒤엉켜 군무를 춘다. 나중에 나온 수컷들도 물이 뚝뚝 듣는 몸을 털며 차례로 무리에 끼어든다. 들거니 나거니 하며 조금은 한가롭게 그러나 분명히 서로 어우러져 하늘하늘 춤을 춘다. 그러다 어디선가 암컷이 한 마리라도 날아들면 수컷들의 춤은 갑자기 격렬해지기 시작한다. 서로 그 암컷 가까이 다가가려 심한 몸싸움이 벌어지는 듯싶더니 드디어 그 전체가 하나의 기둥을 이루며 휘몰아친다. 마치 사막을 휩쓰는 회오리바람처럼. 그렇게 한참을 돌다 어느 한 수컷이 그 암컷을 품에 끼고 '춤기둥'으로부터 튕겨 나가면 다른 수컷들은 모두 아무 일도 없었다는 듯 흩어져버린다. 나는 일행이 다시 산을 내려올 때까지 그곳에 앉아 줄곧 그들의 향연을 바라보았다.

정글의 생활은 단조롭기 짝이 없다. 정글에 사는 동물들의 삶이 단조롭다는 얘기는 물론 아니다. 정글에 와서 그들의 삶을 연구하는 생물학자들의 삶이 단조롭다는 말이다. 거의 매일 같은 일의 반복이다. 강의를 해야 하는 것도 아니고, 주민등록증을 떼러 동사무소에 가야 하는 것도 아니고, 저녁식사 약속이 있어 복잡한 시내에 나가야 하는 것도 아니다. 그저 숲에서 동물이나 식물을 관찰하고 컴퓨터에 자료를 입력하고 하는 일을 매일 반복할 뿐이다. 그러다 보니 다른 할 일이 없어 나는 학교에 있을 때보다 정글에 가 있을 때 훨씬 더 많은 논문들을 썼다. 나는 일단 일을 시작하면 멈출 줄 모르는 편이다. 가끔 멈추고 쉬어야 하는데 그걸 잘 못한다. 서양 사람들에 비해 우리나라 사람들이 대체로 그런 것 같다. 열대연구소에 있어보면 서양 친구들은 종종 그 단조로운 일상을 깨기 위한 행사들을 마련하는 데 인색함이 없다. 철 따라 정기적으로 호수에 내려가 수중배구도 하고, 개구리 멀리뛰기 시합도 하고, 미국 독립기념일에는 인근 마을에 몰려가 다른 지역에서 모여든 사람들과 함께 햄버거며 핫도그 등을 구워 먹으며 잔치를 벌이기도 한다. 정기적인 행사가 아니더라도 연구소의 분위기가 조금 가라앉는다 싶으면 꼭 누군가가 바람을 잡아 파티를 연다. 제가끔 차지하고 있던 책상들을 한쪽으로 치우고 칸막이도 떼내어 제법 널찍한 즉석 홀을 만든다. 곧 음악이 고막을 흔들고 몇 시간씩 걸리는 시내에서 끌고 온 술통이 열린다. 그런 파티를 열 때마다 나는 정글의 동물들이 "이게 도대체 웬 난리인가" 할 것 같아 미안했다.

어느 해 할로윈데이였다. 모두 징그러운 가면을 쓰고 아이들은 집집마다 사탕을 얻으러 다니는 서양 풍습이지만 요즘엔 우리나라에서도 이를 즐기는 사람들이 제법 된다고 들었다. 미국에 있을 때에는 할로윈 의상을 파는 곳에서 특별히 징그러운 것으로 하나 구입하여 입고 돌아다녔지만 정글 한복판에서는 스스로 만들어 입을 수밖에 없었다. 미국 친구들 중에는 이 파티를 위해 아예 본국에서 의상을 장만하여 가져오는 이들도 있다. 그만큼 노는 일에도 적극적이다. 그날 나는 '정글 조로'가 되기로 맘먹고 우선 연구소에서 잡일을 하는 원주민 인부로부터 챙이 넓은 모자를 빌렸다. 가면은 두꺼운 종이로 잘라 정성스레 색칠을 하곤 고무줄로 묶어두었다. 그리곤 가는 잎새들이 부챗살처럼 펼쳐지는 커다란 야자수 잎을 따다가 바지를 벗고 그걸로 치마를 둘렀다. 배싹 마른 몸매지만 과감히 웃통은 벗어던졌다. 동아줄로 허리띠를 만들어 가끔 특별히 깊은 정글로 들어갈 때 쓰던 날이 넓은 벌채용 칼을 매달았다. 내가 봐도 한마디로 가관이었다. 그러나 뜻밖에도 내 의상은 그날 밤 가장 기발했다는 찬사를 받았다. 여장을 했어도 특별히 더부룩한 털들을 감추지 못했던 제스라는 미국 친구와 함께 찍은 사진이 10여 년이 훌쩍 지난 오늘까지 그곳 연구실 게시판에 붙어 있다는 얘길 요즘도 종종 전해 듣는다.

요즘은 많이 달라졌지만 그 당시 열대연구소에 가면 동양인으로는 내가 거의 유일했다. 파티가 열릴 때마다 워낙 춤을 좋아하는 내 몸은 연신 미동을 멈추지 못하지만 서양 여자들에게 용기를 내어 춤 신청을 하기까지에는 늘 시간이 걸렸다. 많은 경우 어느 너그러운 여성이 먼저 동정의 손길을 뻗쳐주지 않으면 파티 내내 구석에 앉아 애꿎은 술만 축내며 다른 남자 동료들과 객쩍은 얘기만 시시하게 주고받을 뿐이었다. 파티가 아니더라도 충분히 주고받을 그런 시시껄렁한 얘기들 말이다. 그런데 그날은 달랐다. 내가 그 연구소에 도착하기 전부터 그곳에서 흰얼굴꼬리말이원숭이를 연구하고 있던 여학생이 있었다. 야외생물학을 하는 여자로는 보기 드물게 곱고 수려한 몸매를 가졌던 친구라 남자들의 관심을 한 몸에 다 받고 있었다. 이틀 전 그 친구의 여동생이 언니를 보러 연구소에 도착했다. 언니만큼 예쁘진 않았지만 대학에서 무용을 전공한다는 그에게는 뭔가 그 나름대로 강렬한 매력이 있었다. 그날 밤 파티에서 그는 좀처럼 춤판에 뛰어들지 않았다. 전문인으로서 아마추어들과 어울려 막춤을 추고 싶지 않았으리라. 하지만 밤이 이슥해지면서 몇몇 끈질긴 친구들이 드디어 그를 끌어내는 데 성공했다. 언니와 함께 못 이기는 듯 끌려나온 그의 주변에 남자들이 모여들기 시작했다. 모두가 다 뛰어드는 분위기라 나도 용기를 내어 덤벼들었다. 암컷 하루살이를 중심으로 춤기둥을 이루는 하루살이 수컷들처럼, 한여름밤 가로등 불빛에 몰려드는 나방들처럼 우린 모두 그 두 여인의 곁으로 좁혀 들어갔다.

사실 나는 춤에 대한 꿈만 컸지 실제로 춤을 잘 추는 것은 아니다. 늘 마음속으로만 한없는 회전도 하고 공중을 날기도 한다. 한 번도 정식으로 춤을 배워본 적도 없다. 그저 신 나는 음악만 흐르면 마음보다 몸이 먼저 들썩거림을 어쩌지 못한다. 그렇다고 멋들어지게 흔들지도 못한다. 그저 누가 볼세라 애꿎은 신발 속의 발가락만 고물거릴 뿐이다. 그렇게 몇 곡이나 추었을까? 술에 지쳤는지 춤에 지쳤는지 하나 둘씩 떨어져나가기 시작했다. 어떻게 그런 일이 벌어졌는지 나는 알지 못한다. 이젠 그 친구의 이름도 기억이 나질 않는다. 캐씨였던가. 그렇다고 해두자. 언제부터인가 캐씨와 나는 호흡을 맞추며 함께 춤을 추고 있었다. 우린 점점 더 무대를 넓게 쓰기 시작했다. 자연스레 다른 친구들은 모두 벽 쪽으로 물러섰다. 무슨 음악이었는지는 모르지만 그저 단순하게 몸을 흔들어댈 수 있는 곡은 아니었던 것 같다. 빠른 듯하면서도 어딘가 유려한 리듬이 있는 그런 곡이었다. 캐씨는 전문무용가로서 유연하고 자신 있는 몸동작을 보이고 있었으리라. 하지만 나는 아무런 근거도 없는 동작을 즉흥적으로 고안해가며 그저 정신없이 흐느적거렸다. 어느덧 거추장스럽던 모자가 날아가고 벌채용 칼도 벗어던진 지 오래였다. 나의 어색한 움직임에 야자수 이파리들이 거친 숨을 몰아쉬고 있었다. 곡이 제법 길었던지 우리 둘만의 무대는 그렇게 퍽 한참 동안 이어졌다. 종이로 만든 가면이 해질 듯 축축해지고 벗은 가슴과 등 뒤로 땀이 비가 되어 흐를 무렵 음악이 멈췄고 그날 밤 파티는 그렇게 끝이 났다.

이튿날 나는 여느 날과 마찬가지로 연구를 위해 아침 일찍 산에 올랐다. 점심시간에 맞춰 하산해 보니 캐씨는 이미 떠나고 없었다. 흐느적거리던 삶은 어느새 일상으로 돌아와 있었다. 점심을 마치고 다시 산으로 오르려는데 캐씨의 언니가 동생이 아침에 떠나며 어젯밤 춤 즐거웠노라고 전해 달라 했단다. 나는 그저 멋쩍은 웃음으로 답을 대신하고 산으로 난 좁은 길로 접어들었다. 날개가 유난히 투명한 나비 암수 한 쌍이 서로의 몸을 휘감으며 하늘로 날아오르고 있었다.

섹스와 기생충

암수가 서로 나뉘어 있어 불편한 점도 많고 손해도 만만치
않지만 서로 다른 유전자들을 한데 섞어 기생충들이 미처 공
격 방법을 마련하지 못한 유전자 조합을 만들어낼 수 있다.
오늘 밤 사랑하는 이와 뜨거운 잠자리에 들며 이 세상 모든
기생충들과 병원균들에게 화끈한 선전포고를 해보라. 사랑
이나 섹스를 생각할 때마다 나는 과학이 자꾸 문학을 죽이는
것 같아 못내 미안하다. 하지만 너무 염려치 말기 바란다. 섹
스가 절정에 이르는 언덕을 오르게 될 즈음이면 과학 따윌랑
다 잊게 되리니.

"프텀, 프텀, 프프터터텀, 프프터터터터… 터… 터윽."

　연구소 뒤뜰의 발전기가 초저녁부터 별나게 가래를 끌어올린다 싶더니 끝내 숨이 멎고 말았다. 순간 온 세상이 블랙홀로 빨려들어간 듯 사라져버렸다. 조금 전까지만 해도 나는 망사 창문으로 둘러싸인 널찍한 식당 안에서 저녁을 먹고 있었다. 눈은 분명히 뜨고 있는데 아무것도 보이질 않는다. 아마 누군가가 내 눈알을 뽑아간 모양이다. 눈을 뜨고 있으나 감고 있으나 아무런 차이가 없다. 차라리 눈을 감으면 무언가 보인다. 상상의 세계가 보이는 것이다. 하루에 세 번씩 몇십 평생을 해온 일이건만 막상 빛이 사라진 세상에서는 숟가락을 입으로 가져가는 일도 그리 간단한 문제가 아니다. 밥이 코로 들어가는지 입으로 들어가는지. 눈을 감으면 오히려 더 쉬운 건 무슨 까닭일까?

나는 코스타리카의 대표적인 열대 늪지대인 팔로베르데Palo Verde에 와 있었다. 육로로는 접근이 불가능하여 인근 마을까지 버스를 타고 간 후 작은 카누에 몸을 싣고 한 십여 분 물길을 거슬러 올라가야 다다를 수 있는 곳이다. 물론 그 깊은 곳까지 전기가 들어올 리 없어 석유 발전기를 돌려 그저 하룻저녁에 두어 시간씩 전깃불을 켤 수 있을 뿐이다. 말이 연구소지 그저 허름한 건물 두어 채가 고작이다. 하지만 연구소 앞뜰 벤치에서 내려다보이는 광활한 늪은 정말 혼자 보기 아까운 광경이다. 연구소 건물과 늪 사이에 펼쳐져 있는 비교적 넓은 풀밭에는 종종 연구소에서 짐을 끄는 말들이 한가롭게 풀을 뜯는다. 말들 주위에는 늘 서너 마리의 백로들이 따른다. 말들이 움직일 때마다 풀숲에서 튀어오르는 벌레들을 잡아먹으려 따라다니는 것이다.

그날 저녁엔 밤비가 한바탕 퍼부으려는지 하늘엔 별도 하나 없었다. 늪 쪽으로부터 후텁지근한 바람이 식당 안으로 불어닥치더니 그 질척한 어둠 속에서 갑자기 모기들이 내 살을 뜯기 시작했다. 누군가 망사문을 열어놓은 모양이다. 그 거대한 늪으로부터 모기 떼들이 물밀듯 밀려들어온 것이다. 저녁 식사를 하던 이들이 모두 숟가락을 내려놓고 제가끔 자기 몸들을 후려치기 시작했다. 철썩, 철썩. 그날따라 웬 모기가 그리도 많은지. 한 손으로는 모기가 이미 물고 날아간 팔뚝과 허벅지를 때려가면서도 허기진 배를 어쩌지 못해 숟가락을 내려놓지 못한다. 얼마나 그러고 있었을까? 홀연 불이 다시 들어왔다. 아, 그 순간 우린 모두 못 볼 걸 보고 말았다. 접시에 담아둔 밥 위로 새카맣게 모기들이 들러붙어 있는 걸 보고야 말았다. 그날 저녁도 메뉴는 또 어김없이 검은 콩과 밥이어서 접시 위에 검은색이 없는 건 아니지만 밥 위에 내려앉은 모기들 때문에 흰색이라곤 거의 찾아볼 수 없었다. 건너 테이블에서 누군가가 "헤이, 제이, 여기 내가 네 피를 한 숟가락 먹고 있네" 하고 능청을 떨었다. 그렇다, 우리는 서로 피를 나눠먹고 있었다.

모기처럼 허락도 없이 남의 피를 빠는 녀석들을 우리는 흔히 기생충이라 부른다. 기생충이라고 해서 모두 다 피만 빠는 것은 물론 아니다. 회충이나 촌충처럼 장 속에 들어앉아 영양분을 축내거나 아예 혈관 안에 파고들어가 사는 이른바 체내기생충들이 있는가 하면 이, 벼룩, 빈대, 진드기 등 피부에 들러붙어 피나 다른 체액을 빨아먹는 체외기생충들도 있다. 그런가 하면 모기처럼 상주하는 게 아니라 그저 치고 빠지는 놈들도 있다. 회충과 같이 장 속에 사는 기생충들은 사실 엄밀하게 말하면 체내

기생충이 아니다. 장 속은 사실 우리 몸속이 아니라 몸 바깥이기 때문이다. 우리는 이른바 튜브형 동물이다. 입에서 항문으로 연결된 튜브를 살이 둘러싸고 있을 뿐이다. 진정한 몸 안은 심장이나 허파 등이 자리잡고 있는 체강이다. 우리가 섭취한 음식물은 곧바로 우리 몸속으로 들어오는 것이 아니라 우리 몸을 관통하는 꾸불꾸불한 긴 강을 따라 흐르며 반대편 끝으로 빠져나가는 동안 장을 따라 길게 늘어선 강태공들이 필요한 영양분들을 낚시질하여 건져올리는 것이다.

어려서 할머니가 웃옷을 벗겨 이나 빈대를 잡아주었거나 옛날 탑골공원 앞에서 병마다 가득 든 징그러운 벌레들을 본 기억이 없더라도 기생충 하면 어딘지 모르게 지저분한 느낌이 든다. 나도 예전엔 그랬다. 하지만 그들의 삶에 대해 조금씩 알게 되면서부터는 그런 징그러운 마음이 사라졌다. 진화적으로 볼 때 기생충만큼 재미있는 생물도 없다. 남을 잡아먹는 포식행동에 비해 남에게 적당히 빌붙어먹는 기생생활은 비교적 뒤늦게 진화한 것으로 알려져 있다. 그래서 그들의 진화는 아직도 활발히 진행 중이다. 아직 공격할 대상도 많고 써먹을 공격 방법도 무궁무진하다. 지금 미국이나 유럽의 대학에서 진화생물학을 전공하는 학생들의 대부분이 기생충을 연구하는 데에는 다 그럴 만한 이유가 있다.

나 역시 펜실베이니아주립대학에서 기생충의 생태를

연구하여 석사학위를 받았다. 알래스카와 러시아를 가르는 베링해협에는 많은 크고 작은 섬들이 있다. 1980년대 초반 그중 몇몇 섬들에서 바닷가 벼랑에 붙어사는 갈매기와 바다오리들을 연구하는 캘리포니아 대학 연구진과 함께 연구를 했다. 그들은 새를 연구하고 나는 그 새들의 몸에 붙어사는 기생충을 연구했다. 회충이나 편충 같은 체내기생충을 연구하던 캐나다 팀도 있었다. 그래서 캘리포니아 팀이 새 한 마리를 잡으면 껍질은 벗겨서 내가 갖고 속 창자들은 모두 캐나다 팀 차지였다. 새들의 가죽과 깃털들은 곧바로 얼려두었다가 펜실베이니아대학 우리 연구실로 보내졌다.

학교 실험실에서 나는 그 새들의 가죽을 다시 녹인 후 부위별로 자른 다음 나만의 특별한 '요리'를 한다. 새들의 몸 부위에 따라 각기 사는 기생충들이 다르다. 새들이 혼자서 자기 부리로 닦을 수 없는 부위인 머리나 목에 사는 기생충들과 그밖의 다른 부위에 사는 기생충들의 삶에는 엄청난 차이가 있다. 서로 다른 부위들을 제가끔 다른 그릇에 넣은 후 단백질과 지방을 분해하는 화학물질을 붓고 하룻밤을 녹인다. 그리곤 그들을 사골 고듯 고온에서 몇 시간씩 끓인다. 한참을 끓이고 나면 웬만한 건 다 녹아 멀건 국이 된다. 그 국 속에 기생충들이 둥둥 뜨면 그걸 가는 채로 걸러 현미경 아래에서 검색한다. 그 당시 내 실험실은 곤충학과 건물 다락방 한쪽 구석에 있는 작은 방이었다. 냄새를 밖으로 내보내기 위해 늘 창문을 열고 요리를 했다. 다행히 그 냄새가 건물 안으로는 그리 많이 퍼지지 않았지만 밖으로는 족히 반경 백여 미터를 진동했던 모양이다. 다들 근처를 지나며 "제이가 또 요리를 하는군" 했단다. 그 짓을 나는 거의 1년간 하루도 빠짐없이 해댔다.

이 엄청난 노동의 대가로 나는 새의 기생충에 관하여 일찍이 알지 못했던 많은 새로운 사실들을 발견할 수 있었다. 새 한 마리가 이, 벼룩, 진드기 등을 포함하여 줄잡아 열 종 이상의 기생충들에 들볶이고 있었다. 그중 상당수는 학계에 알려지지 않은 신종 기생충들이었다. 사실 기생충에 관한 연구는 아직도 초창기인 셈이라 지금도 밖에 나가 아무 새라도 한 마리 잡아 자세히 들여다보면 거의 틀림없이 신종 기생충을 발견할 수 있다. 내가 그때 주로 연구한 갈매기는 키티웨이크kittiwake라고 하는 비교적 작은 갈매기였는데 때로 나는 피를 많이 빨아 배가 부르면 작은 완두콩만 하게 커지는 진드기들을 새 한 마리의 몸에서 무려 2천 마리도 넘게 세곤 했다. 꿈에 나타날 일이다.

내가 박사학위 연구를 하던 바로콜로라도섬에는 별나게 진드기가 많았다. 별로 크지 않은 섬인 데다가 동물들이 보호를 받아 그 수가 급격히 는 탓이었다. 하루 산에 올라갔다 오면 모두 여기저기 진드기들을 잔뜩 붙여 내려온다. 그래서 누군가의 제의로 우리는 식당문 앞에 이른바 진드기 게시판이란 걸 만들어놓고 누가 더 많은 진드기를 묻혀 왔는지 매일 내기를 했다. 상품은 당시 우리 돈으로 그저 100원 정도 하던 아틀라스라는 이름의 멀건 파나마 맥주 한 병이었다. 진드기를 잡아내는 데는 이삿짐 포장용으로 쓰는 초록색 테이프보다 좋은 게 없다. 그저 진드기가 있는 곳에 테이프를 붙였다 떼기만 하면 된다. 물론 털이 많은 곳에 붙어 있는 진드기는 예외다. 사타구니 깊숙이 들러붙는 진드기들은 정말 성가시기 짝이 없다. 하지만 발톱 밑을 파고드는 놈에 비하면 아무것도 아니다. 작은 진드기 한 마리가 일단 발톱 밑에 들어앉으면 발걸음을 뗄 때마다 고통의 전율이 온몸에 흘러 머리카락 끝으로 치받는다. 어떻게 그 작은 녀석이 그처럼 엄청난 고통을 줄 수 있는지 당해보지 않은 사람은 상상도 못한다.

철저하게 식욕을 돋우기 위해 식당문에 달아놓은 진드기 게시판에는 점잖게 숫자만 적어놓는 친구들도 있지만 화려한 전리품들이 주렁주렁 매달린 테이프를 적나라하게 매달아놓는 친구들도 적지 않았다. 한동안 일본 동경대학에서 와 있던 조금은 칠칠맞은 여학생 하나가 만만치 않은 도전을 보이긴 했지만 최고 기록은 거의 매일 내가 세웠다. 덕분에 그 무렵 맥주는 실컷 마셨다. 진드기는 동물의 몸에 들러붙어 피를 빨지만 번식기가 되면 동물의 몸에서 내려와 축축하고 어두운 바위틈이나 나무 둥치 밑에 알을 낳는다. 알에서 깨어난 그 많은 새끼들이 또다시 다른 동물들을 찾아 그 몸에 올라타며 또다시 한 많은 삶을 계속한다. 당시 민벌레를 연구하던 나는 바로 그 작은 진드기 새끼들이 득시글거리는 나무 둥치 근처에서 많은 시간을 보내야 했다. 돌이켜 생각해보면 내가 그 많은 진드기들에게 몹쓸 짓을 한 셈이다. 신대륙을 발견했다고 환호하던 그들을 상품에 눈이 멀어 한 놈도 남기지 않고 깡그리 죽여버렸으니 말이다.

내가 파나마에서 연구를 하고 있던 어느 해, 미국에 남아 학교를 다니던 안사람이 방학을 이용하여 내려오기로 했다. 방 안에 모기 한 마리만 있어도 잠을 못 자는 순 서울토박이 여인이 그 열대 한복판에 내려와 살겠다니 나는 반갑기도 했지만 한편으로는 걱정이 태산 같았다. 내가 있던 섬에서는 도저히 살 수 없을 것 같기에 여기저기 수소문을 했다. 마침 그곳 미군부대의 변호사가 여름휴가를 얻어 가족과 함께 미국으로 돌아간다고 하여 그 집을 빌리기로 했다. 파나마 시내의 스미스소니언 열대연구소 본부에서 그리 멀지 않은 곳에 있는 집이었다. 하지만 막상 그 집을 보고 나니 또 걱정이 앞섰다. 방이 무려 아홉 개나 되는 어마어마한 저택이었다. 알고 보니 그들은 모르

몬교 신도들이었다. 부인은 아무리 많이 봐도 30대 초반
밖에 안 돼 보이는데 벌써 아이들을 일곱이나 낳았다. 핏
줄이 들여다보일 정도로 창백한 피부를 가진 가냘픈 여인
이었다. 집의 크기에 압도되어 얼떨떨해하는 나를 보고
그 부부는 잽싸게 집세는 절대 많이 요구하지 않겠노라고
했다. 다만 집을 잘 보살펴 달라고 부탁했다. 내 평생 그
렇게 큰 집에서 살아본 경험은 일찍이 없었고 아마 복권
이라도 당첨되지 않는 한 앞으로도 없을 것이다.

　저택과 함께 하녀까지 따라왔다. 일찍이 하녀를 부려
본 경험이 없는 우리로서는 여간 부담스러운 일이 아니
었다. 우리 돈으로 치면 그저 하루에 단돈 몇천 원을 벌
기 위해 그녀는 매일 새벽별을 보며 집을 나온다고 했다.
파나마 시내까지 거의 두 시간이 걸리는 곳에 사는 여인
이었다. 안사람이 영어와 스페인어를 섞어가며 그녀에게
당분간 오지 않아도 좋다고 했더니 그녀는 펄쩍 뛰며 제
발 자기를 해고시키지 말아 달라고 빌었다. 그래서 그날
이후에도 그녀는 늘 그렇게 어김없이 나타났고 와서는
할 일이 없어 늘 겸연쩍어했다. 아홉 식구를 뒷바라지하
다가 두 식구를, 그것도 자기들이 알아서 자기 일을 다
해치우는 두 사람을 섬기려니 하루해가 길어도 너무 길
었으리라. 늘 그랬듯이 음식을 차려놓고 우리더러 먹으
라고 하는데 정말 입에 맞지 않아 먹을 수가 없었다. 하
는 수 없어 안사람이 음식을 해서 그녀도 종종 같이 먹었

다. 누가 누구의 하녀인지 모를 지경이었다.

　함께 따라온 것은 하녀만이 아니었다. 잘 생긴 늠름한 개 한 마리도 우리가 돌보아야 하는 존재였다. 어려서 워낙 많은 개들과 함께 자란 안사람은 개를 돌보는 일만큼은 퍽 반기는 눈치였다. 내가 섬으로 일을 가고 나면 집 바로 옆에 있는 오래된 성당에서 파이프 오르간 연습도 좀 하고, 그 개를 데리고 놀기도 하고, 또 책도 읽으며 하루를 보내곤 했다. 그러던 어느 날 섬에서 돌아온 나는 현관으로 나오지도 못한 채 내 이름을 불러대는 안사람을 찾아 뒤뜰로 들어섰다. 뒤뜰이 온통 비누거품으로 가득했다. 개와 안사람도 모두 비누거품으로 범벅이 되어 있었다. 개를 쓰다듬으며 놀던 안사람이 그날 개의 몸에서 진드기를 발견한 것이다. 안사람의 말에 따르면 어딘지 거뭇거뭇해 보이던 개의 털 색깔은 사실 온몸을 뒤덮고 있던 진드기 때문이었단다. 비누거품에 숨이 막힌 진드기들이 벌써 새카맣게 떨어져나와 있었다. 녀석은 시원한지 눈만 꿈뻑거릴 뿐 꼼짝도 않고 큰 통 안에 서 있었다. 그날 우리가 받아낸 진드기의 수는 족히 몇만 마리는 되었을 것이다.

　언젠가 코스타리카에서 채집 여행을 다닐 때 일이었다. 목을 축일 물을 얻기 위해 먼지 나는 길가에 있는 어느 작은 집 앞에 차를 세웠다. 얼굴 가득 깊이 팬 주름마저 정겨워 보이는 주인아저씨를 따라 집 안으로 들어섰다. 우물이 있는 뒤뜰로 가려면 헛간처럼 보이는 방을 거쳐야 했는데 그곳에는 늙은 흰둥이 개 한 마리가 앉아 있었다. 개들은 왜 늙으면 주인 얼굴을 닮아가는 걸까? 졸던 눈을 천천히 치켜뜨며 날 쳐다보던 그 개의 축 늘어진 얼굴은 주인아저씨의 얼굴 그대로였다. 불현듯 고등학교 2학년 때 기억이 떠올랐다. 늘 흰 가운을 입고 강의를 하시던 물리 선생님이 내게 댁에 가서 뭘 가져오라는 심부름을 시키셨다. 선생님 댁은 학교에서 그리 멀지 않았지만 사모님이 열어주시는 현관문 틈으로 나는 나보다 먼저 집에 돌아와 현관 바닥에 앉아 계시는 선생님을 발견했다. 선생님 댁의 늙은 흰둥이 개는 영락없이 흰 가운을 입은 선생님의 모습 그대로였다.

뒤뜰로 난 문을 빠져나가려는 순간 나는 그 헛간 흰 벽의 검은 점들이 움직이고 있다는 착각을 일으켰다. 설마 하며 그냥 지나쳤다. 하지만 물을 얻어먹고 다시 그 방으로 들어서는 순간 나는 그 흰 벽에 검은 점들이 새롭게 박히는 것을 분명히 보았다. 그들은 다름 아닌 벼룩들이었다. 자기 몸길이의 몇십 배 높이로 뛰어오를 수 있는 벼룩들은 타고 있는 배가 조금이라도 흔들린다 싶으면 순식간에 뛰어내린다. 내가 그 방에 들어설 때마다 그 흰 개가 약간이나마 몸을 움직였고 그걸 신호로 모든 벼룩들이 벽으로 건너뛰곤 한 것이다. 하도 신기해서 나는 몇 번이고 그 방 문지방을 넘나들며 실험을 해보았다. 그럴 때마다 그 흰 벽에는 누군가가 후춧가루를 뿌렸다 거두어들이곤 했다. 비디오테이프를 돌렸다 감았다 하듯 몇 번씩 문지방을 들락거리는 나를 그 아저씨는 신기한 듯 쳐다보았다.

피 빨리는 얘기에 거머리가 빠지면 아무래도 좀 섭섭하다. 몇 년 전 호치민대학 레콩키엣 교수의 초청으로 베트남에 갔었다. 그의 안내로 사이공에서 북쪽으로 서너 시간쯤 떨어진 곳에 있는 열대연구소를 찾았다. 프랑스 풍의 웅장한 석조 건물과 베트남 특유의 목조 건물들이 절묘하게 조화를 이룬 매력적인 연구소였다. 마침 그곳 정글에는 지구상에 이제 몇 마리 남지 않은 아시아 코뿔소가 살고 있다고 하여 유럽에서 생물학자들이 모여와 있었다. 얼마 전에는 그들이 설치해놓은 무인 카메라에 코뿔소 어미와 새끼 한 마리가 찍혀 《내셔널 지오그래픽》에 실렸다.

동남아시아의 정글에는 아메리카 정글과 달리 진드기는 별로 없는 대신 거머리가 득시글거린다. 그래서 정글에 들어서기 전에 우린 모두 양끝을 고무줄로 조인 토시를 발목에 찼다. 옛날 펜에 잉크를 적셔 쓰던 시절 동사무소 서기들이 팔뚝에 둘렀던 것과 흡사했다.

어렸을 때 시골 할아버지 논에서 물려본 이래 오랫동

안 거머리를 보지 못했던 터라 은근히 보고 싶다는 마음을 가지고 숲으로 들어섰다. 그러나 숲으로 들어선 지 그리 오래지 않아 반가웠던 마음은 한순간에 사라졌다. 신기하게 생긴 나비 한 마리를 렌즈에 담기 위해 잔뜩 긴장하여 카메라를 잡고 있는데 팔뚝 위로 무언가가 기어오르는 느낌을 받았다. 짙은 갈색의 거머리 한 마리가 피를 빨 자리를 물색하고 있었다. 지금은 고려대에서 교편을 잡고 있는 서울여대 배연재 교수는 거머리가 눈동자 안까지 파고들어 핀셋으로 집어내야 했다. 벌써 피를 빨렸는지 그의 흰자위에는 작은 반점이 뚜렷했다. 워낙 정글 바닥을 기는 게 전문인 나는 이내 그 어두컴컴한 정글 바닥이 온통 거머리들 천지라는 걸 발견했다. 여기저기 등을 곧추세운 거머리들이 피 냄새를 따라 고물거리고 있었다. 거머리에 그리 익숙하지 않아서 그런지는 모르나 억지로 고르라면 진드기가 들끓는 파나마 정글이 그래도 낫다는 생각이 들었다.

생물학자들이 가진 의문 중 가장 불가사의한 것은 아마도 섹스의 기원과 진화일 것이다. 섹스가 없다면 무슨 맛으로 사느냐고 반문할 이들이 적지 않겠지만 사실 섹스가 왜 어떻게 진화했는지를 설명하는 일은 결코 간단한 문제가 아니다. 여기저기 슬금슬금 돌아다니다가 심심하면 자기 몸을 둘로 쪼개버리는 박테리아나 좋은 나무를

발견하면 수컷의 도움 없이도 혼자서 자식을 쑥쑥 뽑아
내는 진딧물이 우리가 사는 모습을 보면 그야말로 혀를
찬다. 무엇 때문에 암수가 나뉘어 서로를 찾아야 하고, 일
단 찾고 나면 서로 잘 보이기 위해 눈치를 봐야 하고, 서
로 분명히 다른 꿍꿍이를 품고 있으면서도 억지로 마음
을 모아 자식을 낳고 함께 키워야 하는가 말이다. 세상사
가 다 어렵다지만 남녀관계만큼 알다가도 모를 게 또 있
을까? 요즘 잘나가는 어느 책 제목처럼 남자와 여자는 필
경 서로 다른 행성에서 온 게 틀림없어 보인다. 그렇지 않
고서야 서로 생각하는 게 이렇게 다를 수 있으랴.

사람들은 흔히 우리가 섹스를 즐기는 이유를 종족 보
존을 위한 본능이라고 설명한다. 하지만 생물학자로서
바로 이 '종족 보존을 위하여'라는 말처럼 듣기 거북한
표현도 별로 없다. 늑대나 사자 등 이른바 맹수들은 비록
날카로운 이빨을 드러내고 으르렁거리긴 해도 좀처럼 서
로 죽일 정도로 물어뜯진 않는다. 사람들은 이를 두고 동
물들이 종족 보존을 위하여 서로 자제한다고 말한다. 세
상의 온갖 어려움을 무릅쓰고도 자식을 위한 일이라면
물불을 가리지 않는 동물들의 모성애를 가리켜 사람들은
역시 종족 보존을 위한 본능이라고 설명한다. 그래서 급
기야는 동물들이 짝짓기를 하는 것 또한 종족 보존을 위
한 행위로 규정하고 만다.

동물들이 과연 자기 종족의 미래를 걱정하며 이 모든

행동들을 하는 것일까? 나는 아니라고 생각한다. 적어도 나는 인류 전체의 종족 보존을 생각하며 안사람과 잠자리를 같이한 적은 없다. 섹스란 그저 하고 싶어 하는 것일 뿐이다. 하고 싶어 하고 참지 못해 하는 마음 저 밑바닥에 어쩌면 종족 보존을 위한 본능이 깔려 있는지는 모르지만 적어도 인류 전체의 미래를 염려하여 성행위를 하는 것은 아니다. 나 자신의 유전자를 퍼뜨릴 계산 정도는 할 수 있지만 내가 자식을 낳지 않으면 인류가 멸종할까 봐 마지못해 섹스를 즐기는 사람은 없다. 남자의 기분을 상하게 하지 않으려고 오르가슴을 연출하는 여인에게는 섹스도 일이다. 아무리 노력해도 좀처럼 아이가 들어서지 않는 부부에게도 섹스는 일일 수 있다. 아들을 낳기 위해 체온까지 재가며 직장에 간 남편을 불러들여 갖는 대낮의 섹스도 그래 보지 않은 이들에게는 어딘지 일처럼 들린다. 순전히 아이를 낳기 위해 가져본 섹스가 과연 몇 번이나 있었나 생각해보라. 이 세상 대부분의 동물들과 달리 우리 인간의 섹스는 상당 부분 번식과 분리되어 있다.

우리 못지않게 번식과 분리된 섹스를 즐기는 동물로 보노보가 있다. 일명 피그미침팬지라고 불리는 이들은 성에 관한 한 사실 우리보다 훨씬 개방적이다. 그들이 매일같이 벌이는 성의 향연은 몇몇 작가들의 상상 속에서나 가능한 일이다. 벌건 대낮에 만인이 보는 앞에서 아무렇지도 않게 자위행위를 하는 암컷들이 있는가 하면 다른 암컷과 어우르는 레즈비언 보노보도 적지 않다. 섹스가 화해의 도구가 되기도 한다. 만일 두 무리의 보노보들이 열매가 듬뿍 달린 무화과나무를 동시에 발견했다고 하자. 침팬지나 인간이라면 대번에 큰 싸움이 벌어진다. 하지만 보노보는 다르다. 한 무리의 암컷이 다른 무리의 수컷과 잠자리를 같이한다. 그리곤 모두 함께 나무에 올라 평화롭게 열매를 따먹는다. 섹스에는 분명 그저 새끼를 배는 일 외에도 여러 가지 사회적인 기능이 있다. 좋건 나쁘건 말이다.

그런데 징그러운 기생충 때문에 우리가 섹스를 하게 되었다는 학설이 있다. 얼마 전 아프리카에서 급성 말라리아에 걸려 돌아가신 다윈 이래 가장 위대한 생물학자로 추앙받던 고 해밀튼William Hamilton 박사가 주장한 학설로서 이제는 거의 정설로 자리를 굳혔다. 기생충들은 우리보다 세대가 짧기 때문에 진화의 속도도 그만큼 빠르다. 그래서 우리들과 벌이는 전쟁에서 절대적으로 유리한 고지를 점령한다. 공격을 받는 우리가 아무리 빨리 다음 세대에서 방어책을 마련한다 하더라도 그들은 이미 여러 세대를 거치며 온갖 새로운 전략들을 개발하여 우리를 기다린다. 애당초 상대가 되지 않는 싸움이었다. 이렇게 절대적으로 불리한 전쟁에서 살아남기 위해 섹스가 진화한 것이다. 암수가 서로 나뉘어 있어 불편한 점도 많고 손해도 만만치 않지만 서로 다른 유전자들을 한데 섞어 기생충들이 미처 공격 방법을 마련하지 못한 유전자 조합을 만들어낼 수 있다. 기생충들은 정신없이 새로운 무기를 만들어 호시탐탐 우리를 노리지만 우리는 한가롭게 섹스를 즐기며 그들이 만들어놓은 무기의 대부분을 무용지물로 만드는 것이다.

오늘 밤 사랑하는 이와 뜨거운 잠자리에 들며 이 세상 모든 기생충들과 병원균들에게 화끈한 선전포고를 해보라. 사랑이나 섹스를 생각할 때마다 나는 과학이 자꾸 문학을 죽이는 것 같아 못내 미안하다. 하지만 너무 염려치 말기 바란다. 섹스가 절정에 이르는 언덕을 오르게 될 즈음이면 과학 따윌랑 다 잊게 되리니.

축구, 수컷, 그리고 암컷

스포츠가 언제 어떻게 시작되었는지에 대해서는 이렇다 할 증거들이 많지 않지만 수컷들 간의 힘겨루기와 무관하지 않으리라는 것쯤은 쉽게 짐작할 수 있다. 만일 모든 스포츠가 여성들에게는 절대 알리지 않고 철저하게 남성들끼리만 하는 유희가 된다면 과연 어떻게 될까 상상해보라. 여성 팬이 더 많은 것은 물론 아니지만 궁극적으로는 여성이 있기 때문에 남성의 스포츠가 존재한다. 남자들끼리만 모여 하던 주말 축구 시합에 어느날 갑자기 여성이 한 사람이라도 나타나면 금방 경기의 색깔이 달라진다. 그저 어떤 여성이든 그 존재 자체가 남성들의 유전자를 부추기는 것이다.

온 나라가 축구 열기로 뜨겁다. 아니 지구 전체가 한꺼번에 타오르는 것 같다. 그도 그럴 것이 UN 가입국보다 FIFA 가입국이 훨씬 더 많단다. 우리나라는 월드컵 5회 연속 출전이라는 대기록을 세우면서도 아직 한 경기도 이겨보질 못했다. 그래서 우리 안방에 불러들여 하는 이번 '월드컵 2002'에서 단 한 경기라도 이겨보고 싶고, 16강 아니 8강까지라도 진출하고 싶은 꿈이 간절하다. 가히 민족의 염원이라 해도 그리 크게 어긋나 보이지 않는다. 물론 웬 법석이냐며 점잖게 꾸짖는 이들도 있지만, 막상 우리 대표팀이 한 경기라도 승리하는 날이면 온 국민이 거리로 뛰쳐나갈 판이다.

반대로 이번에도 여지없이 참패를 하면 과연 무슨 일

이 벌어질까? 언젠가 자살골로 팀을 패배의 수렁에 빠뜨린 선수를 공항에서 무참히 사살해버린 콜롬비아 사람들 같지는 않겠지만 우리의 손가락질도 만만치 않을 것이다. 우선 히딩크 감독은 그날로 쫓겨날 것이다. 처음부터 하는 짓이 마음에 들지 않았다며 엄청난 비난이 쏟아질 것은 불을 보듯 뻔하다. 우리에겐 바로 얼마 전 우리 대표팀 출신의 훌륭한 감독들을 가차없이 갈아치운 전적이 있질 않은가? 프랑스 월드컵 때 차범근 감독의 목을 베었고 아시안게임에서 허정무 감독의 옷을 벗겼다. 두 감독 모두 한때 내로라하는 우리나라 대표선수들이었고, 나는 개인적으로 그들이 감독으로서도 아주 훌륭했다고 믿는다. 일찌감치 남미에 유학을 다녀온 것도 아니고 잔디구장은 고사하고 먼지 풀풀 나는 맨땅에서 공을 차며 큰 선수들을 데리고 그만한 성과를 올린 걸 감안하면 상을 줘도 시원치 않을 일이라고 생각한다. 구관이 명관이라는 옛말이 있지만 명관은 둘째치고 구관이 될 기회조차 주질 않는다. 차범근이나 허정무 또는 히딩크 감독에게 우리 대표팀을 한 십 년 정도는 맡겨본 후에야 잘잘못을 따질 일이라고 생각한다.

그러고 보면 재미로 하는 한낱 운동 경기에 도대체 우리는 왜 이렇게 목을 매고 열광하는 것인가? 우리처럼 심판까지 두고 미리 정해놓은 규칙에 따라 운동경기를 하는 동물은 없지만 암컷을 차지하기 위해 벌이는 수컷 동물들의 짝짓기 경쟁과 스포츠 사이에는 비슷한 점이 적지 않다. 물론 여성들도 여러 종류의 스포츠에 참여하고 특히 우리나라 여성들은 남성들에 비해 훨씬 더 빛나는 전과를 올리고 있지만 자연의 스포츠는 거의 예외 없이 수컷들 판이다. 자연선택론natural selection에 비해 상대적으로 덜 알려진 다윈의 이른바 성선택론sexual selection에 따르면, 번식에 관한 한 투자를 훨씬 더 많이 하는 암컷에게 선택권이 있고 수컷들은 암컷에게 선택되기 위하여 서로 치열한 경쟁을 벌일 수밖에 없다. 자연계를 둘러보라. 대놓고 힘겨루기를 하는 것은 거의 언제나 수컷들이다. 물론 우리 주변에는 가끔 머리끄덩이를 붙들고 상대를 무력으로 제압하려는 여성들이 없는 것은 아니지만 대부분의 동물사회에서 암컷들의 싸움은 사뭇 은밀하다.

성에 대한 암수의 차이는 난자와 정자의 크기에서부터 시작된다. 인간의 정자가 난자를 파고드는 장면을 찍은 전자현미경 사진을 조금만 상상력을 동원하여 바라보면 흡사 달나라에 내려앉는 우주선의 모습이다. 이 세상 그 어느 동물도 난자보다 큰 정자를 만드는 법은 없다. 정자가 난자보다 커지면 그건 더 이상 정자가 아니다. 그 순간부터는 차라리 난자라고 봐야 한다. 유전자의 양으로 보면 난자와 정자의 투자는 정확하게 동일하다. 암컷과 수컷은 각자 자기 유전자의 정확하게 반을 난자와 정자에 넣는다. 그래서 그 둘이 만났을 때 두 절반이 합쳐져 하나가 되는 것이다. 자기 유전자를 아무리 사랑한다 하더라도 51퍼센트를 줄 수는 없다. 101퍼센트는 기껏해야 기형아를 만들 뿐이다. 나는 가끔 나르시스에게 자식이 없는 진짜 이유가 혹시 이게 아니었을까 생각하며 호수에 비치는 아름다운 자기 유전자에 도취된 그의 모습을 상상해본다.

유전자의 양은 똑같지만 그걸 어떻게 다루느냐는 전혀 다르다. 난자는 정자의 유전자를 받아 하나가 된 유전체 genome를 완전한 생명체로 만들어내기 위하여 초기 발생 과정에 필요한 기본 영양분을 모두 지니고 있다. 그에 비하면 정자의 임무는 남성 유전자를 난자에 전달하는 것뿐이다. 이 세상에 정자만큼 저렴하게 만든 기계는 없다. 정자는 기본적으로 유전자를 담고 있는 머리에 꼬리 하나가 달린 것이다. 거기에 머리 앞부분 즉 이마에는 난자에 도달했을 때 난자막을 녹여줄 효소 약간을 매달고 머리와 꼬리 사이에는 꼬리를 움직이는 데 필요한 에너지원을 챙겨둔 것이 전부이다. 자식을 만드는 그 소중한 유전자를 리무진으로 모셔도 시원치 않으련만 그야말로 퀵서비스에 맡긴 격이다. 투자의 격이 다르다. 암수 간에 성을 대하는 태도는 그 근본부터 다르다. 자식을 기를 안락한 집까지 마련하여 기다리는 암컷과 요행 그런 암컷을 만나 유전자를 건네줄 기회를 노리는 수컷의 전략이 서로 다를 것은 너무나 당연하다. 그래서 대개 암컷들은 질을 추구하고 수컷들은 양을 추구한다.

　우리 인간 사회에서는 어쩌다 보니 여성들이 치장을 하고 남성들이 감상하지만 다른 동물들의 경우는 그 정반대다. 거의 모든 동물사회에서 가수며 댄서며 모델들은 죄다 수컷이다. 대부분의 동물에서 암컷들이란 못생긴 것은 말할 나위도 없고 심지어는 아예 노래를 부를 줄도 모르고 춤을 출 줄도 모른다. 그런 걸 잘해야 할 이유가 없다. 암컷은 고르기만 하면 되고 예쁘게 보이며 재롱을 떨어야 하는 것은 수컷이다. 갈매기나 까치처럼 암수 구별이 잘 안 되는 동물들을 제외하고 암수의 성징이 다른 거의 모든 동물에서 수컷이 훨씬 더 화려한 까닭은 바로 암컷에게 잘 보여 번식의 기회를 얻어야 하기 때문이다. 그렇다고 모든 동물의 수컷들이 이처럼 다 소극적인 것은 아니다. 암컷에게 가까이 다가갈 수 있는 권한을 두고 자기들끼리 미리 순위를 정하는 동물들도 적지 않다. 이렇게 되면 선택의 여지를 빼앗긴 암컷으로서 기분은 썩 좋지 않을지 모르지만 애써 승자를 외면하고 패자를 끌어안을 이유는 별로 없어 보인다. 당장 승자 수컷이 제공할 온갖 삶의 편의는 말할 것도 없고 아버지처럼 승자가 될 확률이 높은 아들을 낳을 수 있다는 기대감을 무시할 수 없다. 이처럼 자연계에는 순전히 자신의 미와 성적 매력으로만 암컷을 사로잡는 수컷들이 있는가 하면 암컷 근처에라도 가기 위해 우선 자기들 간의 경쟁에서 살아남아야 하는 수컷들이 있다. 보기에도 거추장스러울 정도로 거창한 꼬리 깃털들을 펼쳐들고 암컷 앞에서 온갖 교태를 다 부리는 공작새 수컷에서부터 굵은 목을 따라 하염없이 흐르는 피도 아랑곳하지 않고 몇 시간씩 혈투를 벌이는 코끼리바다표범 수컷들에 이르기까지 자연계 수컷들의 삶은 모두 암컷들 눈앞에서 벌어진다.

영국 케임브리지대학의 행동생태학자들은 벌써 몇십 년에 걸쳐 스코틀랜드 앞바다의 럼Rhum이라는 작은 섬에 살고 있는 붉은사슴red deer 무리들을 연구하고 있다. 붉은사슴은 전형적인 일부다처제 사회를 구성하여 사는 젖먹이동물이다. 수컷들 간의 경쟁에서 승리한 사슴들은 제가끔 여러 마리의 암컷들을 거느린다. 후궁들을 잔뜩 거느린 옛날 임금들처럼. 그러나 여기에서 거느린다는 말은 그리 잘 어울리는 표현은 아니다. 그들의 삶이 결코 아름답지만은 않기 때문이다. 호시탐탐 기회를 노리는 뭇 수컷들로부터 암컷들을 보호하기 위해 번식기 내내 수컷들은 거의 먹지도 못한다. 반면 변방에 있는 총각 수컷들은 열심히 먹어 몸을 키우며 때를 기다린다. 암컷을 보호하는 수컷들은 자신의 건장함을 알리기 위해 거의 쉼없이 소리를 질러댄다. 마치 먹은 걸 다 게워내기라도 할 듯 저음의 묵직한 소리를 배 속 깊숙한 곳으로부터 끌어올린다. 서로 누가 더 낮은 음을 낼 수 있는지 내기를 하는 것처럼 보인다. 저음을 낼 수 있다는 것은 그만큼

울림통 즉 몸집이 크다는 걸 의미한다.

암컷들을 보호하고 있는 수컷이 계속하여 저음을 낼 수만 있으면 공연한 싸움들을 피할 수 있다. 하지만 가끔 변방의 수컷들 중 누군가가 도전장을 던질 때면 이내 두 수컷 간에 치열한 노래 경연이 벌어진다. 누가 더 낮은 음을 더 오랫동안 낼 수 있나 내기를 한다. 이 단계에서 도전자가 아직은 안 되겠다 싶으면 경기를 해보지도 않고 기권한다. 그러나 할 만하다고 판단되면 접근을 시도한다. 금방이라도 상대의 목에 날카로운 뿔을 꽂을 듯 달려오던 두 수컷은 격렬한 한판 승부를 상상하던 우리의 기대를 저버리고 홀연 어깨를 나란히 한 채 함께 걷기 시작한다. 무언가 깊은 대화를 나누는 듯 둘은 그렇게 한참 나란히 걷는다. 물론 그냥 걷는 것은 아니다. 보다 가까운 거리에서 또 한 번 서로를 가늠하는 것이다. 이렇게 나란히 걷다가 그냥 포기하고 물러서는 도전자도 종종 있다. 링에 올라 짧은 탐색전을 마친 후 흰 수건을 던지는 격이다. 권투경기에서는 비겁하다고 비난을 받을지 모르나 붉은사슴 사회에서는 지극히 현명한 결정이다. 어설프게 덤볐다가 평생 번식의 기회를 잃는 것보다는 다음 기회를 노리는 것이 훨씬 현명한 일이다. 이런 모든 안전장치가 다 실패했을 때에야 수컷들은 비로소 뿔싸움을 시작한다. 이 위험한 싸움은 한쪽이 다치거나 기권할 때까지 계속된다. 목소리와 허우대만 가지고 판정이 나지 않으면 결국 정직하게 힘과 기술로 결판을 낼 수밖에 없다.

스포츠가 언제 어떻게 시작되었는지에 대해서는 이렇다 할 증거들이 많지 않지만 수컷들 간의 힘겨루기와 무관하지 않으리라는 것쯤은 쉽게 짐작할 수 있다. 집에서 기르는 개나 고양이가 새끼를 낳았을 때 그 어린 것들이 서로 뒹굴며 크는 과정만 봐도 스포츠란 아마 그렇게 자연스레 생겨났을 가능성이 커 보인다. 이른바 놀이 행동 play behavior이라 부르는 이 과정을 통해 동물들은 장차 커서 써먹을 갖가지 행동들을 연마한다. 그러면서 서로의 힘을 가늠하고 기억한다. 이 같은 놀이 행동은 시간이 흐름에 따라 수컷들에게서 더욱 뚜렷하게 나타난다. 같은 가족 또는 종족 내에서 번번이 다치거나 죽일 정도로 힘을 겨루는 것은 결코 바람직한 일이 아니다. 그래서 서로 물긴 하되 우위를 가릴 정도로 가볍게 물도록 진화한 것이다. 일종의 의식이 된 셈이다. 인간의 경우에도 실제로 전장에 나가 적의 목을 수두룩이 베어 들고 돌아와 영웅이 되기도 하지만 그보다는 대개 전장에 나가기 전에 이미 자체 내에서 대장을 추대한다. 전장의 영웅들이 얻는 번식 이득에는 의문의 여지가 없다. 우리나라 여자축구 대표팀이 얼마 전에 벌어진 국제대회에서 엄청난 쾌거를 올렸어도 그들의 뒤를 쫓아다니며 섹스를 제공하겠다는 극성 남성 팬들이 있다는 얘기는 들어보지 못했다. 하지

만 유명한 남자 선수들 주변에는 늘 이런 소문이 무성하
다. 우리나라 선수들은 비교적 행동거지를 조심하는 편이
지만 외국의 경우 웬만한 운동선수에게는 다 이 같은 염
문들이 따라다닌다. 가는 곳마다 매달리는 여성 팬들을
어쩌지 못해 급기야는 에이즈 바이러스까지 얻은 미국의
유명한 농구선수 매직 존슨이 얼마 전 미국 프로농구 명
예의 전당에 이름이 오르게 되었다는 소식을 들었다.

경기가 끝난 후 자기에게 몸을 던져올 여성들을 늘 상
상하며 운동을 하는 것은 아니더라도 만일 모든 스포츠
가 여성들에게는 절대 알리지 않고 철저하게 남성들끼리
만 하는 유희가 된다면 과연 어떻게 될까 상상해보라. 관
람은 물론 결과조차도 여성들에게는 일체 알려지지 않는
다면 어떤 일이 벌어질까? 스포츠 산업은 더 이상 존재
할 수 없을 것이다. 여성 팬이 더 많은 것은 물론 아니지
만 궁극적으로는 여성이 있기 때문에 남성의 스포츠가
존재한다. 남자들끼리만 모여 하던 주말 축구시합에 어
느 날 갑자기 여성이 한 사람이라도 나타나면 금방 경기
의 색깔이 달라진다. 그 여인이 같이 축구를 하는 동료의
부인이라도 상관이 없다. 경기를 승리로 이끈 후 그 여인
을 자기 품에 안으리라고 상상하는 것은 물론 아니다. 그
저 어떤 여성이든 그 존재 자체가 남성들의 유전자를 부
추긴다. 나는 월드컵마다 우리 팀이 이길 수 있도록 하는
사뭇 비인간적인 전략을 갖고 있다. 미리 우리 선수들이

좋아하는 여성 연예인들을 조사하여 그들의 얼굴이 간간이 대형 전광판에 스쳐 지나가도록 하면 어떨까 생각해본다. 물론 다분히 여성 비하의 요소가 많은 일이라 절대 해서는 안 되지만 동물행동학자로서 그 효과는 붉은 악마의 응원을 능가하리라는 걸 잘 알고 있다.

축구라면 나도 밥상을 물릴 정도로 좋아한다. 보는 것보다 직접 하는 건 더 좋아한다. 요즘도 기회만 있으면 남들 축구하는 데 끼고 싶어 종종 주책을 떨곤 한다. 몇 년 전까지만 해도 대학원생들과 가끔 축구 시합을 했다. 그런데 툭하면 여기저기 다치는 게 문제다. 재작년 언젠가는 발목 인대가 일부 끊어져 병원 신세를 지기도 했다. 그래서 언제부터인가 학생들이 나를 피하는 눈치가 역력해졌다. 내가 그만한 눈치가 없는 사람도 아니고 모른 척하는 데도 한계가 있었다. 지난가을 울산 문수 경기장에서 우리나라와 멕시코의 경기를 관람할 기회가 있었다. 난생처음 축구 전용 경기장에서 만질 듯 가까이 앉아 보는 경기의 맛은 실로 짜릿했다. 나도 저기 내려가 뛰고 싶다고 말했다가 안사람한테 적지 않은 핀잔을 들었지만 경기 내내 정말 한번 뛰어봤으면 얼마나 좋을까 생각했다.

1984년 코스타리카에서 열대생물학 과정을 밟을 때 일이었다. 나와 우리 일행은 다음 행선지로 이동하던 중 점심을 먹기 위해 어느 작은 시골 마을에 멈춰 섰다. 식사를 마친 후 다들 휴식을 취하고 있는 동안 나는 마을을 둘러보기로 했다. 사진기를 목에 걸고 마을 이곳저곳을 기웃거리던 나는 축구를 하는 사람들을 만났다. 맨땅은 아니고 억지로 구별하자면 잔디구장이라고 해야겠지만 여기저기 물웅덩이도 있고 군데군데 잡초들이 정강이를 덮을 정도로 자라 있는 풀밭에서 공을 차는 일이 결코 쉬워 보이지 않았다. 아낙네들은 한쪽에 모여 서서 헛발질이 나올 때마다 키득키득 웃음을 터뜨리곤 했다. 그러다 그들 중 한 명이 가야 한다며 경기장을 떠나려 하자 다른 친구들이 인원이 맞지 않는다며 소리를 지르며 잡고 늘어졌다. 연신 웃으면서도 결국 그 친구는 떠났고 그들의 논박은 계속되었다. 그때 그들 중 몇몇이 나를 쳐다보았고 나도 마다하지 않았다. 그 무거운 사진기를 내려놓지 못해 목에 동여매고 축구화도 아닌 묵직한 장화를 신은 채 그 뜨거운 땡볕 아래 나는 참 열심히 뛰었다. 나는 평소에는 비교적 온화한 편이지만 일단 운동장에 들어서면 하이드 씨로 돌변한다. 대학 시절 같은 과 친구들은 날더러 입에 거품까지 물고 뛴다고 놀리곤 했다. 코스타리카 친구들이 웃으며 즐기던 경기를 내가 끼어들어 갑자기 험악한 혈투장으로 만들었다. 분위기가 점점 험악해지던 중 상대 진영의 한 친구와 내가 정면으로 부딪쳤다. 문제는 사진기였다. 누가 집어갈까 두려워 내가 목에 걸고 뛰던 그 사진기에 나보다 키가 작았던 그 친구의 얼굴이 부딪힌 것이다. 나도 적지 않게 아팠지만 풀밭에 나뒹구는 그 친구에게 큰 부상이라도 있으면 어쩌나 싶어 나는 그 친구에게 얼른 달려가 여기저기를 어루만져 주었다. 그 친구는 한참 동안이나 몸을 추스른 후 결국 일어섰지만 나는 더 이상 뛰고 싶지 않았다. 퍼뜩 일행이 날 찾고 있을지도 모른다는 생각이 든 것도 그때였다. 겸연쩍은 웃음으로 작별인사를 하고 서둘러 식사 장소로 돌아왔는데 이게 웬일인가? 버스가 떠나고 없었다. 식당 사람들에게 물어보니 벌써 한 반 시간 전에 모두 떠났다는 것이었다. 휴대전화가 있던 시절도 아니었고 정말 난감했다. 그래서 과연 어떻게 해야 하나 궁리하며 식당 앞 나무 그늘에 앉아 있으려니 얼마 지나지 않아 저편 길 끝에서 버스가 흙먼지를 일으키며 돌아오는 것이 보였다. 가다가 뒤늦게 내가 없는 걸 알아채고 다시 돌아온 것이었다. 버스에 올라타 마을사람들과 축구를 하다가 그랬다고 설명했더니 다들 믿지 못하겠다는 표정을 감추지 않았다. 동행한 친구들이 거의 다 미국인들이었는데 지금이야 월드컵에도 출전하는 등 관심이 높아졌지만 당시로서는 날 이해하기 어려웠을 것이다.

고등학교 시절 한때 나는 최켄바우어라는 별명을 갖고 있었다. 무슨 토너먼트였는지 이젠 기억이 잘 나질 않지만 여하튼 퍽 중요한 경기였던 것 같다. 당시 나는 우리 팀의 수비수를 맡고 있었다. 수준 있는 축구 경기에서는 그렇지 않지만 적어도 동네축구에서는 잘하는 친구는 공격을 하고 변변치 못한 친구들은 수비를 맡게 마련이다. 나 역시 뒤늦게 시작한 운동이라 수비수의 자리가 내게 주어진 것만으로도 무한한 영광으로 알고 있는 힘을 다해 뛰었다. 당시 나는 상대 공격수를 맞아 갑자기 다리를 한꺼번에 양쪽으로 벌리는 수법으로 적지 않은 재미를 보고 있었다. 실력으로는 경쟁이 되지 않을 것을 잘 알고 있었기 때문에 머리를 쓸 수밖에 없었다. 그래서 스스로 고안해낸 전략이 바로 상대의 발에서 공이 떠나는 순간 기습적으로 양다리를 있는 대로 벌린 채 달려드는 방법이었다. 나는 이 전략으로 상당한 성공을 거두었다. 하지만 대단히 위험한 짓이었다. 급소를 상대의 발에 차이기 십상이고 많은 경우 미처 피할 곳을 찾지 못한 상대와 땅바닥에 함께 뒹굴기 일쑤였다. 그야말로 몸을 아끼지 않는 수비를 한 셈이다. 그날도 나는 내 몫을 착실히 해내고 있었다. 공들이 적어도 내 발에 조금씩은 걸려 비칠거리고 지나가게끔 했으니 그만하면 스스로 잘하고 있다고 생각했다. 그러다 올 게 오고 말았다. 체격 좋은 상대 공격수와 정면으로 부딪쳐 순간적으로 내 몸이 어이없이 허공에 뜨는가 싶더니 이내 보기 좋게 운동장에 떨어졌다. 얼른 일어나 그 친구의 뒤를 따르려는데 돌아간 손목이 제대로 돌아오질 않았다. 손목뼈가 부러진 것이었다.

다행히 왼손이어서 글씨 쓰는 데는 큰 지장이 없었지만 병원에서 석고로 팔을 감고 난 다음 날에도 나는 또다시 운동장에 나타났다. 어렵게 얻은 대표선수 자리를 그렇게 허무하게 내줄 수는 없었다. 더 이상 험악한 수비를 맡길 수 없다고 생각한 친구들이 나를 미드필더로 옮겨주었다. 사실 제대로 된 축구경기에서는 미드필더만큼 힘든 포지션이 없지만 그때 우리가 하던 동네축구에서는 미드필더란 공격과 수비 사이의 단순한 연결고리에 불과했다. 그때 석고 팔을 목에 걸고 운동장에 내려선 나를 가리켜 누군가가 최켄바우어라고 부르기 시작했다. 독일의 명장 베켄바우어가 부러진 팔을 붕대로 감고 뛰던 멕시코 월드컵이 끝난 지 얼마 되지 않은 때였다. 내가 여태껏 얻은 별명 중에 은근히 제일 좋아하는 별명이다. 내가 석고를 풀자마자 함께 사라져버린 별명이라 더욱 아쉽다. 어쨌든 이렇게 억지로 얻은 미드필더 포지션을 나는 정말 즐겼다. 깡마른 체격 덕에 운동장에서나 일상생활에서나 나는 좀처럼 지칠 줄 모른다. 추위도 더위도 모두 잘 타지 않는다. 그 오랜 세월을 열대에 드나들었어도 땀도 많이 흘리지 않았을 뿐 아니라 그렇게 힘들어본 기억이 없다. 경기장의 이쪽 끝과 저쪽 끝을 끊임없이 오르락내리락해야 하는 미드필더는 내게 더할 수 없이 좋은 포지션이었다. 서울대에 들어와 대체로 나보다 축구를 더 못하는 친구들을 만나 잠시 최전방 공격수로 뛰어보기도 했지만 할 수만 있으면 지금도 나는 나이 생각도 못하고 미드필더로 뛰려 한다.

내가 미드필더를 특별히 좋아하는 이유는 이른바 어시스트의 매력 때문이다. 물론 완벽한 기회가 생겨 내가 골을 넣을 수 있으면 더할 수 없이 좋겠지만 그런 기회란 그리 자주 오는 게 아니다. 축구처럼 여럿이 함께 하는 경기에서는 무엇보다 이른바 호흡이 중요하다. 그래서 영어로는 팀스포츠라고 하질 않는가? 나는 혼자 하는 스포츠 중에는 좋아하는 것도 없고 특별히 할 줄 아는 것도 없다. 교수들이 대개 좋아하는 그 흔한 테니스도 배워본 적이 없다. 아마 나만의 기량이 적나라하게 드러나는 걸 두려워하는 내 비겁함 때문이리라. 팀스포츠는 사람을 모으기가 쉽지 않아 운동을 할 기회도 그만큼 적다. 결코 현명한 판단은 아니었던 것 같다. 그저 좋아하는 운동이 축구와 농구이다보니 이젠 정말 같이 할 사람이 없다. 어쨌든 나는 그동안 축구를 하며 마지막까지 치고 들어가 동료에게 완벽한 기회를 만들어주어 그로 하여금 득점을 하게 하며 느끼는 쾌감을 가장 즐겼던 것 같다. 하지만 이것도 가만히 생각해보면 역시 내 비겁함에서 나온 행동이다. 결정적인 기회에 골을 넣지 못했다는 비난을 듣기보다는 왜 내가 만들어준 결정적인 기회를 살리지 못했느냐며 은근히 남을 나무라는 걸 더 즐기는 비겁함 말이다. 물론 결정적인 순간에 골을 넣어 운동장의 영웅이 되는 걸 싫어할 내가 아니다. 하지만 욕심에 눈이 어두워 마지막 슛까지 시도했다가 낭패를 본 뼈아픈 경험이 내게도 몇 번 있었다. 꼴사나운 내 욕심 때문에 우리 팀이 졌다는 죄책감은 대개 며칠이 지나도 쉽사리 가시질 않는다. 그들 중 몇몇을 나는 지금도 생생하게 기억하고 있다.

나 자신의 영화와 팀의 승리 간의 갈등은 축구에만 존재하는 것이 아니다. 내가 가장 오랜 기간 연구해온 아즈텍개미 여왕들의 왕권다툼에도 똑같은 갈등이 펼쳐진다. 나는 벌써 18년째 몬테 베르데Monteverde라는 코스타리카의 아름다운 고산지대에서 아즈텍개미의 행동과 생태를 연구하고 있다. 아즈텍개미는 트럼펫나무 속에 둥지를 틀고 산다. 다 자란 트럼펫나무는 어김없이 하나의 제국이 차지하고 있고 언제나 한 여왕이 군림한다. 그러나 제국의 아침에는 즉 건국 과정에는 수많은 여왕들이 등장한다. 트럼펫나무가 아직 어릴 때에는 그 나무의 마디마다 제가끔 천하통일의 꿈을 품은 여왕들이 나라를 세우느라 분주하다. 누구보다도 먼저 강력한 병력을 확보하여 굴문을 박차고 나가 트럼펫나무가 분비하는 먹이를 독점해야 승자가 된다. 강력한 병력이란 다름 아닌 일개미의 수를 말하는데 그동안 관찰해본 바에 의하면 적어도 스무 마리는 되어야 굴문을 뚫고 밖으로 나간다. 여왕이 혼자서 알을 낳아 키우면 스무 마리를 마련하는 데 상당한 시간이 걸린다. 하지만 여러 여왕이 함께 키우면 훨씬 짧은 시간 내에 이룰 수 있다는 걸 아즈텍개미들은 오랜 진화의 역사를 거치며 터득했다. 그래서 아즈텍 여왕개미들은 혼자서 나라를 세우기보다 함께 협동하기를 더 잘한다. 그러나 일단 천하를 통일한 다음 함께 나라를 세웠던 동지들을 물리치고 내가 왕권을 쥐어야 한다는 데 이들의 비극이 있다. 나무가 만들어주는 먹이를 독점하고 천하를 평정할 때까지는 더할 수 없이 친했던 동료 여왕들이 어느 순간부터는 피를 흘리며 제거해야 할 정적이 되고 만다. 우리 역사에도 여러 왕자들 중 하나가 즉위하면 다른 왕자들이 줄줄이 제거된 일이 적지 않았다. 내 나라가 승전국이 되려면 꾀부리지 않고 열심히 나라에 충성해야 하지만 그 과정에서 너무 지나치게 진을 빼 건강을 해치면 정작 다른 여왕들과 싸워야 할 때 기운을 쓰지 못한다. 그렇다고 진작부터 몸을 사리면 다른 나라에 당하고 만다. 어디서나 삶은 이처럼 늘 갈등의 연속이다.

나는 대학 시절 가끔 스트라이커 자리를 꿰찬 적이 있었지만 한 번도 제 몫을 해내지 못했다. 미드필더 포지션에 너무 익숙한 나머지 상대가 공을 가지면 그들을 따라 우리 진영 깊숙이 내려왔다 정작 우리가 공격할 때는 미처 올라가지 못하곤 했다. 스트라이커는 몸을 아끼며 때론 상대 진영 최전방 근처를 맴돌아야 한다는데 난 그걸 잘 못하겠다. 자꾸 철없이 내려온다. 상대 진영에 남아 있으면 나만 혼자 놀고먹는 것 같아 늘 불안하다. 나도 끊임없이 뛰어다녀야 우리가 이길 것 같은 생각이 든다. 그러면서도 내가 골을 넣어야지 하는 속물근성은 버리질 못한다. 나는 요즘도 축구를 관람할 때면 종종 윤정환이 돼보고, 최용수도 돼보고, 또 때론 히딩크도 돼본다. 그리곤 그들이 겪고 있을 온갖 모습의 갈등을 느껴본다. 경기에서 지고 나면 며칠씩 삶이 우울하고 밥맛이 없다.

혀를 잘린 새

노래로 의사를 전달하는 동물로 태어나지 않은 건 내겐 더할 수 없이 큰 행운이다. 만일 그런 동물로 태어났더라면 나는 내 유전자를 후세에 남기는 일일랑 꿈도 꿔보지 못했을 것이다. 하지만 노래를 잘한다고 해서 삶에 늘 행복만이 가득한 건 아니다. 일찍이 그 누구도 박쥐가 개구리를 잡아먹는다는 얘길 들어본 적 없었지만, 연구를 통해 목청을 지나치게 길게 뽑는 퉁가라 수컷들은 박쥐들에게 그만큼 더 잘 들킨다는 사실이 밝혀졌다. 그렇다고 박쥐가 무서워 소심하게 척 소리를 내지 않으면 암컷을 만날 기회가 없고, 암컷에게 한껏 과시를 하자니 목숨이 위태롭고. 퉁가라 수컷이 겪는 삶의 갈등도 만만치 않다.

나의 학창 시절 기억들은 모두 한결같이 아름답다. 그 중 딱 하나만 빼고. 중학교 3학년 때 음악 시간이었다. 몇 주째 한 노래만 계속 부르고 있었다. '기뻐하며 경배하세'라는 제목의 찬송가로도 많이 알려진 베토벤의 곡이었다. 늘 정해진 자리에 앉아야 하는 교실과 달리 음악실에 가면 친한 친구끼리 들러붙어 앉아 속닥속닥 떠들 수 있어 좋았다. 하지만 이 노래를 배우기 시작하며 음악 선생님은 우리들을 세 성부로 나눠 따로 앉게 하셨다. 그러지 않아도 어릴 때부터 목소리가 자주 갈라지는 편인 데다 때마침 변성기를 겪는 중이어서 나는 베이스를 택했다. 당시 나는 아직 좀 작은 편이었다. 당연히 내가 친했던 친구들도 모두 올망졸망한 아이들이었다. 베이스 쪽에는 대체로 키가 큰 아이들이 많았다. 그 숲에 묻혀 테너 쪽을 바라보니 내 친구들은 여전히 재잘재잘 깨가 쏟아지는 것 같았다.

몇 주일을 그렇게 외로움과 싸움을 하고 나니 사는 게 통 재미가 없었다. 참다 못해 선생님께 말씀드리고 테너로 옮겨갔다. 드디어 내 삶에도 또다시 환희가 찾아왔다. 그 노래가 왜 교회 밖에서는 '환희의 찬가' 라고 불리는지 이해할 수 있었다. 그러나 환희의 찬가를 부르기에는 좀 일렀다. 테너 쪽으로 옮겨간 지 정확히 2주째 되던 날이었다. 음악실로 들어선 선생님은 갑자기 각 성부에서 한 명씩 불러내어 노래를 시키기 시작했다. 그날은 바로 시험을 보는 날이었다. 뒤늦게 되찾은 환희를 만끽하느라 나는 시험일이 다가오는 줄도 모르고 있었다. 드디어 내 차례가 왔다. 분명히 시작은 테너로 했는데 곡이 끝날 때까지 나는 적어도 서너 번은 베이스 쪽으로 건너가 헤매고 말았다. 베이스는 외로움을 달래느라 제대로 못 배웠고 테너는 미처 시간이 없어 배우지 못했다. 스스로 잘못 부른 게 창피하여 얼른 꾸벅 절하고 돌아서 자리로 향하는데 내 뒤통수에 음악 선생님의 야비한 비수가 꽂혔다.

"최재천, 노 굿."

그날 이후 나는 절대로 남 앞에 서서 노래를 부르지 않았다. 한번 잘린 혀는 아무리 열심히 되붙여도 제대로 소리를 내지 못하는 법이다. 대학에 들어와 술의 힘을 빌려 몇 차례 입을 벌려보았지만 결과는 늘 참혹했다. 번번이 노래 도중 길을 잃어 엉뚱한 가락에 춤추고 있는 자신을 발견하곤 했다. 더욱 나를 못 견디게 하는 것은 그때부터 지금까지 떡처럼 붙어다니는 내 친구들은 나와 다른 친구 두엇을 빼곤 모두 한결같이 노래솜씨가 보통이 넘는다는 사실이다. 중학교 때부터 '미자'라는 별명을 얻은 한 친구는 지금은 작은 건설회사 사장이지만 가수가 되었더라면 더 크게 성공했을지도 모른다. 그 친구가 부르는 이미자 노래는 정작 이미자가 부르는 것보다 더 좋다. 적어도 우리들에게는 말이다. 또 한 친구는 외대 스페인어과를 다녔는데 축제 때마다 무대 위에서 기타를 둘러메고 노래를 부르는 모습을 우리 모두 가서 보곤 했다. 또 자기 집 화장실 안에서 작곡한 노래 몇 곡은 우리들이 함께하던 동아리의 지정곡처럼 되어 우리들 모두 입에 단내가 나도록 불러댔다. 그중 하나에는 취입의 기회가 주어지기도 했다. '르시상스'라 불렀던가, 그 당시 명동의 충무로 길에는 모두 바닥에 앉아 노래를 듣는 카페가 있었다. 송창식, 윤형주, 이장희 등의 뒤를 돌봐주던 이백천 씨가 경영하던 곳이었다. 그곳에는 종종 가수들의 무대 사이에 손님들 중에서 누구든 나와 노래를 부를 수 있는 코너가 마련되어 있었다. 그날 밤 우리들의 아우성에 그 친구는 마지못란 듯 기타를 둘러멨다. 노래가 끝난 후 뒤쪽에 있던 이백천 씨가 그를 보러 나왔다. 취입을 하면 당시 유행하던 노래 〈사랑해〉에 버금가는 히트곡으로 만들어주겠다는 제안을 해왔다. 멋쩍게 뒤통수를 긁적이던 그 친구는 이내 "저는 이 노래가 너무 많은 사람들에게 알려지는 게 싫습니다. 그냥 제 친한 친구들하고만 부르겠습니다"라고 답하곤 꾸벅 절하고 뚜벅뚜벅 카페를 빠져나갔다. 그날 밤 우리는 그 친구를 가운데 앉히고 구운 꽁치를 안주로 우정의 소주잔을 기울었다. 그 노래를 줄잡아 30번도 더 부르면서.

어쨌든 이렇게 노래 잘하는 친구들과 지내면서 내 입은 점점 더 굳게 다물어졌다. 하지만 내가 언제나 그렇게 음치였던 건 아니었는지도 모른다. 적어도 나 자신은 그렇게 스스로를 위로하고 싶다. 한때는 나도 꽤 노래를 잘하는 줄 착각하고 살았다. 지금은 변호사가 된 초등학교 때 내 제일 친한 친구는 정말 노래를 잘하는 아이였다. 초등학교 4학년 때 KBS 전국노래자랑에서 연말장원을 하여 신문에 그 친구 얼굴이 대문짝만 하게 났었다. 그 친구는 그 후 KBS 어린이 합창단원이 되어 당시 남산에 있던 방송국으로 매주 노래연습을 다녔다. 나는 틈만 있으면 그 친구를 따라 방송국에 가서 합창단이 노래 연습을 할 때 멀찌감치 서서 열심히 따라 부르곤 했다. 양손을 위아래로 동그랗게 말아쥐고 흔들던 다른 아이들과 달리 깍지 낀 두 손을 배에 밀착시키고 노래를 하던 그 친구를 그대로 흉내 내며 나도 열심히 따라 불렀다. 지휘하시던 선생님이 가끔 날 째려보시던 것도 아랑곳하지 않은 채.

나는 어려서 노래만 좋아한 것이 아니라 악기를 다루는 친구들도 무척 부러워했다. 어려서 같은 동네에 살았던 외사촌 동생이 바이올린 강습을 받으러 가는 걸 여러 차례 따라다녔다. 처음 한두 번은 바이올린 선생님이 내가 곁에 있는 걸 마다하지 않으셨다. 그러나 정작 돈을 내고 배우는 외사촌 동생보다 더 가까이 들러붙어 귀를 기울이던 땟국 흐르는 아이는 끝내 밖으로 쫓겨나고 말았다. 밖에 나가 기다리라는 선생님의 말씀에 억지로 밖으로 나오기는 했지만 방 안이 궁금해서 견딜 수가 없었다. 한참을 내 키보다 높은 창틀에 매달려 안을 들여다보았다. 그러나 이내 힘이 부쳐 창 아래 주저앉아 동생이 켜는 바이올린 소리를 듣기만 할 수밖에 없었다. 그러면서도 나는 참으로 오랫동안 동생을 따라다녔다. 넉넉지 않은 살림에 부모님께 떼를 쓸 수도 없는 걸 뻔히 알고 있었기에 나는 그냥 그렇게 한동안 동생을 따라다니기만 했다.

나의 이 약간은 한 맺힌 과거가 훗날 나로 하여금 음악을 하는 여자를 아내로 맞이하게 했는지도 모른다. 아내의 배 속에 있을 때 거의 하루도 빠짐없이 엄마가 연주하는 오르간 소리를 듣고 자란 아들 녀석은 정말 음악을 좋아하고 즐길 줄 안다. 어려서 피아노도 좀 했고 요즘은 학교에서 트럼펫을 분다. 날 닮아 가늘기가 바람에 날릴 듯하지만 이젠 제법 큰 소리를 낸다. 신기하기도 하고 부럽기도 하다. 나도 어렸을 때 악기를 배울 수 있었더라면 하며 가끔 온 길을 되돌아본다. 안사람은 날더러 지금이라도 늦지 않았으니 하나 배워보라고 한다. 정말 늦지 않았을까?

나는 사람으로 태어난 걸 무척 다행으로 생각하며 산다. 무슨 엉뚱한 소리인가 하겠지만, 노래로 의사를 전달하는 동물로 태어나지 않은 건 내겐 더할 수 없이 큰 행운이다. 만일 그런 동물로 태어났더라면 나는 내 유전자를 후세에 남기는 일일랑 꿈도 꿔보지 못했을 것이다. 명금류의 새들은 봄이 되어 기온이 오르고 몸속에 호르몬이 돌기 시작하면 노래를 부르고 싶어 몸살을 한다. 그들이 부르는 노래를 녹음하여 전기적으로 분석해보면 음의 높낮이도 중요하지만 박자가 더 결정적이다. 지지배배 복잡한 수컷의 노래를 토막내어 순서를 조금씩 뒤바꿔놓아도 암컷들은 대충 다 알아듣는다. 정확한 가사는 그리 중요하지 않다는 얘기다. 가사의 앞뒤가 좀 바뀌어도 수컷이 무엇 때문에 목청을 돋우는지 너무나 잘 알고 있기 때문이다. 명금류의 수컷들은 부를 줄 아는 노래가 오로지 한 곡밖에 없다. 입만 열면 그저 사랑의 세레나데이다. '당신을 사랑해'나 '사랑해, 당신을'이나 그들에겐 별 차이가 없다. 다만 늘어진 녹음테이프에서 나오는 소리처럼 처지지 말아야 할 곳에서 축축 처지는 노래는 암컷들이 전혀 알아듣지 못한다. 소리의 음절과 음절 사이의 간격이 매우 중요하다. 우리야 노래방에서 박자가 좀 틀려도 그저 낮은 점수를 받을 뿐이지만 새들의 세계에서는 아예 혼사가 막힌다. 그런 새로 태어나지 않은 게 얼마나 다행인지 모른다.

정글의 밤은 온갖 개구리들의 노랫소리로 대낮보다 더 시끄럽다. 내가 파나마정글을 드나들 때 그곳에서 개구리의 노래를 연구하던 친구가 있었다. 그 친구가 연구하던 개구리는 그곳 원주민들의 말로 '퉁가라Tungara 개구리'라 부르지만 우리끼리는 비디오개구리라고 불렀다. '삐융 삐융' 하는 소리가 흡사 비디오게임에서 나오는 소리 같았다. 밤중에 물가로 나서면 마치 전자오락실에 들어선 것 같은 착각을 일으킬 정도였다. 그런데 우리 귀에는 그저 '삐융' 하는 소리로만 들리는 그들의 노래를 전기적으로 분석해보았더니 그 안에는 하소연하듯 조금 길게 늘어진 넋두리 끝에 '척chuk'이라 부르는 이를테면 숨넘어가는 트림 소리 같은 것이 몇 개씩 들러붙어 있었다. 물론 인간의 귀로는 그런 부분을 따로 들을 수 없지만 개구리 암컷들은 다 듣는다. 듣는 정도가 아니라 척의 숫자까지 센다. 그 친구의 연구에 따르면 척의 수가 많으면 많을수록 오빠부대가 정신을 더 못 차린다는 것이다.

　하지만 노래를 잘한다고 해서 삶에 늘 행복만이 가득한 건 아니다. 우리네 삶에서도 인기가수의 삶이라고 모두 다 아름다운 것만은 아닌 것처럼. 여성 팬들에게 잘 보이려 척을 서너 개씩 붙여 신나게 뽑다보면 자칫 목숨을 잃을 수 있다. 일찍이 그 누구도 박쥐가 개구리를 잡아먹는다는 애길 들어본 적 없었지만, 이 연구를 통해 목청을 지나치게 길게 뽑는 퉁가라 수컷들은 박쥐들에게 그만큼 더 잘 들킨다는 사실이 밝혀졌다. 박쥐들은 퉁가라 수컷이 내는 하소연은 아예 듣지도 못한다. 그들의 귀에는 오로지 척 소리만 들리는데 그 횟수가 잦을수록 표적의 위치를 더 쉽게 찾아들어갈 수 있다. 그렇다고 박쥐가 무서워 소심하게 척 소리를 내지 않으면 암컷을 만날 기회가 없고, 암컷에게 한껏 과시를 하자니 목숨이 위태롭고. 퉁가라 수컷이 겪는 삶의 갈등도 만만치 않다.

　내고 싶지 않은 소리를 낼 수밖에 없는 동물로 모기만큼 한심한 동물이 또 있을까 싶다. 나는 곤충을 공부했다는 죄로 우리 집에서 영락없는 모기잡이다. 밤에 불을 끄고 누웠는데 귓전에서 앵 하는 소리가 나면 모두들 나만 부른다. 그리곤 모기를 잡지 못하면 다시 잠자리에 들 수가 없다. 요즘 모기들은 영악해서 불을 켜면 눈을 부라리고 봐야 겨우 보일 것 같은 곳에 납작 엎드려 있다. 어떨 때는 한밤중에 이런 식으로 한 시간씩 벌을 서기도 한다. 요사이 모기들은 또 건물 안에 고인 물에서 새끼들을 길러낼 수 있어 철도 가리지 않고 나타난다. 그래도 모기가 소리를 내주는 게 얼마나 다행인가. 만일 모기들이 아무런 소리도 내지 않고 우리를 공격한다고 상상해보라. 우리의 삶은 그만큼 더 어려웠을 것이다. 모기는 도대체 왜 소리를 내며 우리 귓전에 날아들도록 진화한 것일까? 우리에게 유리하도록 일부러 그렇게 진화한 것은 결코 아닐 것이다. 그저 어쩌다보니 그들이 날 때 날개가 소리를 내는 것뿐이다. 자연에는 이처럼 꼭 거창한 의미를 지니도록 진화하지 않은 것들도 수두룩하다.

서아프리카에는 모기가 소리를 내며 나는 것에 대해 사뭇 다른 얘기가 전해 내려온다. 모기가 어느 날 왕도마뱀에게 어느 농부가 자기 몸만큼 큰 고구마를 캐는 걸 보았다며 너스레를 떤다. 그러자 왕도마뱀은 모기의 시답 잖은 얘기가 더 이상 듣고 싶지 않다며 귀에 나무막대기를 꽂고 사라졌다. 비단뱀이 이런 왕도마뱀을 보고 말을 걸지만 귀를 막은 왕도마뱀은 아무런 대꾸도 없이 그저 지나쳐버린다. 무언가 심각한 일이 벌어지고 있다고 생각한 비단뱀은 숨을 곳을 찾다가 토끼굴로 들어간다. 놀란 토끼가 굴을 뛰쳐나와 숲 속으로 내달리자 이번에는 까마귀가 까악까악 큰일이 났다며 호들갑을 떤다. 그참에 원숭이가 덩달아 도망을 치다 실수로 나뭇가지를 부러뜨리는데 그 가지가 올빼미 둥지로 떨어져 새끼 한 마리가 죽는다. 먼동이 틀 무렵 돌아온 어미 올빼미는 새끼의 죽음을 애도하여 자신의 본분을 잊고 며칠씩 그저 멍하니 둥지 옆 나뭇가지에 앉아만 있는다. 올빼미는 매일 아침 부엉부엉 소리를 내어 해를 깨울 의무를 지니고 있었다. 숲 속의 밤은 점점 길어만갔다. 동물들은 영영 해가 떠오르지 않을지도 모른다고 걱정했다. 마침내 사자왕이 회의를 소집한 결과 모든 게 모기 때문에 벌어졌다는 걸 알아냈다. 근처 덤불에서 이 모든 얘기를 들은 모기는 양심의 가책을 느껴 오늘날까지 남의 귓전에 대고 "아직도 화가 안 풀렸나? 애앵" 하며 숨어다니게 되었다는 것이다.

다분히 의도적으로 소리를 내지 않는 동물들도 있다. 소리에 의한 의사소통은 반드시 빛이 있어야 하는 것도 아니고 장애물이 있어도 가능하여 여러 가지 장점을 지니고 있다. 그리고 짤막한 상징적인 소리 안에 엄청나게 많은 정보를 담을 수 있다. 우리들이 사용하는 언어가 얼마나 많은 정보를 서로에게 전달해주는지는 언어학자가 아니라도 다 아는 사실이다. 하지만 소리에 의한 의사소통에는 한 가지 결정적인 단점이 있다. 다른 의사소통 메커니즘에 비해 에너지의 소모가 크다는 점이다. 나는 특별히 강의를 많이 하는 편이지만 연달아 몇 시간씩 떠들고 나면 정말 온몸의 기력이 쇠잔한 걸 느낀다. 늦여름부터 시작하여 가을이 무르익을 때까지 밤새도록 노래를 하는 귀뚜라미들은 죄다 수컷들이다. 암컷들은 그저 듣기만 한다. 귀뚜라미는 윗날개를 서로 비벼 노래를 한다. 한쪽 날개의 가장자리를 다른 쪽 날개 위에 마치 빨래판처럼 나 있는 돌기들에 비벼 소리를 낸다. 그런데 이게 보통 일이 아니다. 밤새도록 두 팔을 등 뒤로 하여 서로 비비고 서 있는다고 상상해보라. 여간 힘이 드는 일이 아닐 것이다. 귀뚜라미 수컷들은 깊어가는 가을밤에 한가로이 시를 읊는 게 아니다. 암컷을 유혹하기 위해 필사적인 체력싸움을 벌이고 있는 것이다.

상황이 이쯤 되다보니 귀뚜라미 사회에는 남의 노력에 슬쩍 빌붙어먹는 얌체 수컷들이 적지 않다. 수컷 각자가 하룻밤에 얼마나 오랫동안 노래를 하는가 조사해보면 그 변이가 엄청나다. 거의 열두 시간 동안 줄기차게 소리를 질러대는 우직한 수컷들이 있는가 하면 하룻밤에 기껏해야 30분도 울지 않는 게으르기 짝이 없는 친구들도 있다. 소리가 가진 또 하나의 맹점이 있다. 누군가 등 뒤에서 욕을 하여 돌아다보아도 대충 어느 방향에서 왔는지는 알 수 있어도 정확하게 누가 했는지는 집어낼 수가 없다. 이 게으른 귀뚜라미 수컷들은 사실 이 점을 교묘하게 이용해먹는 얌체들이다. 밤새도록 열심히 노래하는 정직한

수컷 근처 풀숲에 가만히 숨어 있다가 암컷이 그쪽으로
오는 소리가 들리면 불현듯 나타나 길목을 막곤 야릇한
미소를 보낸다. 늘 성공하는 것은 아니지만 이 작전이 때
로 먹혀들기 때문에 아직도 이런 파렴치한 얌체들이 귀
뚜라미 사회에 남아 있는 것이다.

소리지르기가 힘들기로는 이 세상에서 고함원숭이
howling monkey를 따라갈 동물이 없을 것이다. 정글에서
고함원숭이 수컷의 포효를 처음으로 듣는 사람은 그야말
로 킹콩이라도 나타난 줄 알고 대부분 혼비백산을 한다.
나는 지금도 그 옛날 캄캄한 밤중에 내 침대에 뛰어오른
그 젊은 남자를 잊지 못한다. 그렇다고 내가 동성애에 얽
힌 내 과거를 고백하려는 것은 아니다. 내가 파나마의 스
미스소니언 열대연구소에 있을 때였다. 하루는 시카고
어느 대학에 다니는 학부생 하나가 자기 교수를 따라 연
구소에 왔다. 이제 곧 졸업하면 의과대학에 진학하기로
되어 있다던 그는 별나게 흰 피부를 지닌 전형적인 도시
친구였다.

그 당시 마침 나는 연구소에 있는 연구원들의 대표로
선출되어 이런저런 잡일들을 도맡아 하고 있었다. 새로
도착한 연구원들에게 연구실과 침실을 지정해주고 연구
소의 곳곳을 설명해주는 일도 내 임무 중 하나였다. 나는
그 친구에게 내 바로 옆방을 내주며 고함원숭이에 대한

경고의 말을 잊지 않았다. 벌써 몇 달 전부터 새롭게 세력권을 넓힌 수컷 한 마리는 새벽 세 시만 되면 거의 어김없이 연구소 내 숙소 바로 옆 무화과나무에 걸터앉아 숲을 향해 소리를 질러대고 있었다. 나는 그 친구에게 한밤중에 엄청나게 큰 소리가 들릴 텐데 원숭이 소리이니 너무 걱정할 것 없다고 말해주었다. 그는 자기는 일단 잠이 들면 누가 업어가도 모른다며 언젠가 학교 기숙사에서 화재경보가 울려 모두들 잠옷 바람으로 마당에 나가셨는데 자기는 세상 모르고 잤노라고, 화재경보기도 바로 자기 방문 위에 있었노라고 허세를 부렸다.

　다음 날 새벽 나는 누군가가 내 침대로 뛰어올라 내 몸을 힘껏 끌어안고 가쁜 숨을 몰아쉬는 바람에 소스라치게 놀라 일어났다. 칠흑 같은 어둠 속에서 너무나 갑작스레 벌어진 일이라 나도 무척 당황했다. 전등 스위치를 찾지 못해 벽을 여기저기 더듬으며 나는 누구냐고 외쳤고 그 친구는 그 친구대로 도대체 저 소리가 무슨 소리냐며 외쳐댔다. 마침내 내가 스위치를 올려 방이 밝아진 후에야 비로소 나는 내 침대에 뛰어오른 그 외간 남자가 어제 도착한 바로 그 대학생임을 알 수 있었다. 시계를 보니 영락없이 새벽 세 시였다. 그 수컷은 여느 때와 마찬가지로 바로 내 방 창문 옆 무화과나무 위에서 피를 토해내듯 절규하고 있었다. 내가 어제 한밤중에 원숭이 소리가 들릴 것이라고, 그리고 그 소리가 굉장할 것이라고 경고하지 않았더냐 했더니 무슨 원숭이 소리가 이렇게 클 수 있느냐며 여전히 가쁜 숨을 몰아쉬었다.

　며칠 후 나는 그 친구를 해질 무렵이면 꼭 건너편 골짜기 언덕에서 소리를 지르는 또 다른 수컷에게 데리고 갔다. 쌍안경으로 그 수컷을 한참 올려다보던 그 친구는 이 담에 의과대학에 가면 어떻게 저 작은 체구로 저렇게 큰 소리를 낼 수 있는지에 대해 연구하겠노라고 말했다. 고함원숭이는 정말 몸집이 그리 큰 원숭이가 아니다. 연구소 근처에 함께 사는 거미원숭이spider monkey와 흰얼굴꼬리말이원숭이white-faced capuchin에 비하면 조금 큰 편이었지만 사람으로 치면 그저 서너 살배기 아이의 몸집을 가졌을 뿐이다.

　이렇다 할 오락시설이 있는 것도 아닌지라 연구소생활은 자칫 매우 단조롭다. 연구원인 배우자를 따라온 이들에겐 특히 그렇다. 파나마 스미스소니언 열대연구소에서 우리가 가질 수 있는 낙은 잘해봐야 그저 둘뿐이었다. 하나는 우리 돈으로 그저 몇백 원만 넣으면 자판기에서 꺼내 마실 수 있는 밍밍한 파나마 맥주였고, 또 하나는 일주일에 두 번씩 배달되는 우편물이었다. 예전에 유럽 생물학자들이 동남아시아 정글을 탐사하던 시절에는 네덜란드 해군이 우편물을 날라주었다고 들었다. 당시에는 모든 게 배로 운송되던 시절이었으니 시간은 좀 걸렸겠지만 거의 한 번도 배달사고를 낸 적이 없었다고 한다.

거의 유일한 배달사고로 기록된 것은 바로 다윈 선생님에게 보낸 젊은 학자 월리스의 편지였다. 다윈이 평생 동안 해온 연구의 핵심이 고스란히 적혀 있었다는 월리스의 짤막한 논문이 들어 있던 그 문제의 편지 말이다. 평소 다윈을 아끼던 당시 영국 학계 원로들이 월리스의 논문이 작성된 시기를 최대한 늦춰 다윈의 논문에 우선권을 주기 위해 꾸며낸 우편 배달사고였다는 것이 과학사 학계의 쉬쉬하는 평가이다.

스미스소니언 열대연구소의 우편물은 미국 해군에 의해 배달된다. 시대가 변해 예전처럼 배가 아니라 비행기로 나르기 때문에 미국 내에서 부치는 것과 그리 다르지 않았다. 길어야 사나흘이면 미국 어디든지 편지가 배달된다. 우표도 연구소에서 다 붙여주었다. 그래서 나는 거의 매일 미국에 두고 온 안사람에게 편지를 썼다. 마치 일기를 쓰듯 하루 일과를 마친 저녁 늦게 연구소 컴퓨터실에 앉아 그날 있었던 일들을 적어 보냈다. 글 쓰는 걸 나만큼 즐기는 편은 못 되는 안사람은 나보다 훨씬 띄엄띄엄 편지를 보내왔다. 그래도 그걸 기다리는 게 그곳 내 삶의 가장 큰 낙이었다. 이 자연 에세이를 연재하며 모든 걸 순전히 내 기억에 의존하여 쓰는 것은 아니다. 가끔 안사람이 날짜순으로 차곡차곡 모아놓은 내 편지를 들여다보며 쓰고 있다. 모두 영어로 쓴 편지라 그리 애틋한 감정은 잘 나타나 있지 않지만 그때 기억이 생생하게 떠오른다. 내가 쓴 편지를 내가 읽는 것처럼 쑥스러운 일도 그리 많지 않다.

또 하나의 낙을 억지로 꼽으라면 무료함을 달래기 위해 우리 스스로 만들어 즐기던 온갖 치졸한 행사들이었다. 그중 하나가 바로 고함원숭이의 울음소리를 흉내 내는 행사였다. 매일 그 사람이 그 사람이면 여러 번 반복할 이유가 없지만 연구소에는 늘 새로운 사람들이 들어오기 때문에 거의 매달 행사를 갖지만 단 한 번도 참가자가 똑같아본 적은 없었던 것 같다. 나는 한 번도 일등을 해보지는 못했지만 이등 자리는 몇 번 거머쥐었다. 행사를 하느라 우리가 번갈아 소리를 지르노라면 가끔 숲 속에서 진짜 고함원숭이 수컷들이 울부짖기도 한다. 우리 솜씨가 보통이 아니라는 명확한 증거다. 각혈하듯 아니면 술 마신 후 먹은 것을 다 게워내듯 목구멍을 어느 정도 벌린 채 그야말로 있는 힘을 다해 소리를 내뱉어야 한다. 얼마 전 TV에서 내가 정말 좋아하는 가수 이은미 씨가 후배들에게 정확하게 이 발성법을 가르치는 걸 보았다. 몇 번 그렇게 소리를 지르고 나면 한참 동안 목이 잠겨 말도 제대로 하기 힘들 정도다. 판소리를 제대로 하려면 목에서 피가 터져야 한다고 들었는데 비슷하지 않을까 싶다. 나는 지금도 판소리를 들으면 종종 고함원숭이가 떠오른다.

내가 음악에 대한 열등의식을 극복하는 방법으로 써먹은 것도 다름 아닌 성대모사였다. 요즘 젊은 친구들 사이에 성대모사가 엄청난 인기를 끌고 있지만 나도 고교 시절 성대모사는 한가닥 하는 걸로 알려져 있었다. 특히 선생님들 흉내를 잘 냈는데 쉬는 시간에 실력을 뽐내다가 일찍 들어오신 선생님을 미처 못 알아보고 낭패를 겪은 적도 두어 번 있었다. 내가 마지못해 끌려나가 가장 자주 부르는 노래는 요절한 가수 배호의 노래들이다. 노래를 하는 게 아니라 성대모사를 하는 것이라고 하면 대부분 그냥 웃어주고 만다. 아침 등굣길에 삼각지를 지날 때면 종종 혼자서 불러보곤 한다. 가끔『중앙일보』권영빈 주필과 전화를 하게 되면 회사에 배호 좋아하는 사람들이 몇 있으니 언제 같이 노래방에 가자 하신다. 〈돌아가는 삼각지〉와 〈안개 긴 장충단 공원〉은 어느 정도 가까워졌는데 〈비 내리는 명동〉은 아직 멀었다.

자식이 뭐길래

뻐꾸기는 둥지의 주인이 집을 비운 틈을 타 자기 알을 낳고
사라진다. 파나마의 오로펜돌라는 다르다. 쇠새가 자기 집에
자식을 맡기고 가는 걸 뻔히 지켜보며 그냥 눈감아주는 듯싶
다. 눈 내린 새벽 대문 앞에서 강보에 둘러싸인 핏덩이를 어
쩔 수 없이 끌어안는 것처럼, 오늘 아침에도 나는 신문을 집
으러 현관 앞에 나갔다가 객쩍게 문밖을 한번 휘 둘러보았다.

자식
어머니(암컷)
아버지(수컷)

　거의 20여 년 전 어느 강연회에서 유명한 진화생물학자 로버트 트리버즈가 '다윈이 본 세계질서'라는 제목 아래 나열한 말들이다. 진화의 관점에서 볼 때 자식은 삶의 궁극적인 목표다. 유전자를 다음 세대에 퍼뜨려줄 존재이기 때문이다. 자식 일이라면 목을 매는 우리들의 행태에 다 그럴 만한 생물학적 근거가 있다는 말이다. 다윈은 자식 다음으로 중요한 존재가 어머니, 즉 암컷이라 했다. 자식을 낳는 장본인이기 때문이다. 그에 비하면 수컷은 진화에서 그리 중요한 존재가 못 된다. 필요에 의해 뒤늦게 만들어낸 잉여의 성에 지나지 않는다. 오죽하면 개체군의 발전을 가늠할 때 암컷의 수만 셀 뿐 수컷은 아무리 많아도 상관조차 하지 않을까? 그래서인지 서양에는 "신이 모든 곳에 있을 수 없어 어머니를 만들었다"는 속담이 있다. 하지만 자연계를 둘러보면 어머니 없이 자라는 동물들이 너무도 많다. 모기 어미는 수백 개의 알들을 물 위에 차곡차곡 쌓아놓곤 뒤도 돌아보지 않고 사라진다. 어미 굴은 수천, 수만 마리의 작은 새끼들을 아무런 거리낌없이 바닷물로 내뱉는다. 이들은 모두 자식을 낳는 일에까지 숫자놀음을 하는 비정한 동물들이다. 마냥 많이 낳다보면 그중 몇은 살아남거니 하는 속셈을 가지고 있다. 아마도 그래서 영국작가 새뮤얼 버틀러는 "이 세상에서 자식을 가질 자격이 없는 사람들이 바로 부모들"이라고 꼬집었나 보다.

물리학자들이 이 세상에서 가장 머리 좋은 사람으로 뉴튼이나 아인슈타인을 들 때, 생물학자들은 주로 '전설적인' 영국의 유전학자 홀데인을 내세운다. 그는 거의 매일 오후 대학 앞 작은 선술집에서 동료학자들과 마을 사람들에 둘러싸여 담소를 즐긴 것으로 유명하다. 그곳에서 그가 남겼다는 즉흥적이고 기발한 말들이 지금도 구전되고 있다. 기록으로 남아 있는 것이 아니라 입에서 입으로 전해지고 있다. 그래서 우리는 그를 더욱 전설적인 인물로 기억한다. 그때 그 선술집에 앉아 직접 그런 말들을 들었다는 젊은이들이 요즘 하나 둘씩 숨을 거두고 있다. 그래서 이런 '무형문화재'들이 다 사라지기 전에 그의 어록을 정리하려는 작업이 진행되고 있다.

그의 어록에 수록될 만한 얘기 중에 이런 게 있다. 어느 날 한 마을사람이 그에게 "당신은 생물의 기원과 진화를 연구하는 학자로서 조물주에 대해 어떻게 생각하시오"라고 물었다고 한다. 홀데인은 또 그 창조냐 진화냐 하는 질문이냐는 듯 자못 귀찮아하며 "조물주께서는 딱정벌레를 병적으로 좋아하는 괴벽을 지니셨던 것 같소이다"라고 대답했다고 한다. 지금까지 알려진 딱정벌레는 거의 35만 종에 이르는데, 이는 알려진 모든 곤충 종수의 절반에 달한다. 아마도 조물주께서는 딱정벌레 한 마리를 만들어놓고 스스로 너무 흡족하여 디자인을 조금씩 달리하여 또 만들고 또 만들고 하셨던 모양이다.

하지만 만일 그 많은 딱정벌레들을 조물주께서 죄다 일일이 만드신 것이 아니라면 그들이 오늘날 이처럼 화려하게 성공한 배후에는 눈물겨운 어머니의 사랑이 있었다. 내가 만난 그 많은 딱정벌레 어머니들의 지극한 자식 사랑 이야기들을 다 들려줄 수는 없지만 실험을 한답시고 내가 몹쓸 짓을 저지른 한 무리의 어머니들을 나는 지금도 잊지 못한다. 그날도 나는 정글 속에서 개미를 쫓고 있었다. 그저 내 키만 한 나무를 기어오르는 개미 한 마

리의 뒤를 쫓다가 반쯤 갉아먹은 이파리에 들러붙어 있
는 딱정벌레 한 마리를 발견했다. 봉곳하게 솟아 있는 노
란색 등판을 가진 전형적인 딱정벌레였다. 어떤 종류인
가 좀 더 자세히 보고 싶어 늘 목에 걸고 다니는 20배율
짜리 확대경을 왼손에 쥐고 그 딱정벌레를 오른손 엄지
와 검지로 잡아들었다. 그런데 이 녀석이 나뭇잎을 어찌
나 꽉 붙들고 있는지 좀처럼 떨어지질 않았다. 자세히 들
여다보니 그 딱정벌레는 새끼 두 마리를 가슴팍에 우려
끼고 있었다. 햇빛이 잘 들이치지 않아 대낮에도 어두컴
컴한 정글 속이라 내가 잘 보질 못해서 그렇지 그 딱정벌
레 어미는 아직 검은 때를 벗지 못한 새끼들을 나뭇잎과
자기 몸 사이에 두고 필사적으로 보호하고 있었던 것이
다. 거의 초 단위로 분주하게 오르내리던 개미들도 그 어
미의 필사적인 노력 앞에선 속수무책이었다. 개미들은
가끔씩 멈춰 서서 그 어미의 등을 여기저기 더듬이로 두
드려보곤 총총 사라지곤 했다.

  나는 그날 이후에도 종종 들러 관찰을 계속할 생각으
로 그 나무에 푸른 리본 하나를 묶어두었다. 이튿날 리본
이 묶여 있는 나무를 찾는 동안 나는 그 주변에 그런 딱
정벌레 어머니가 여럿 더 있다는 걸 알았다. 아직 새끼를
낳지 않은 딱정벌레들은 잎을 갉아먹기 바쁘지만 새끼를
기르고 있는 어미들은 한결같이 나의 행동을 예의 주시
하고 있었다. 내가 불편하리만치 가까이 접근하면 얼른

새끼들을 품 안에 안고 여섯 개의 다리들로 나뭇잎을 한껏 끌어당기곤 했다. 자식을 기르고 있는 딱정벌레들 가까이 매달아놓은 푸른 리본의 수가 제법 된다 싶어지자 나는 『생명이 있는 것은 다 아름답다』라는 책을 쓴 사람으로선 결코 어울리지 않을 비정한 실험을 기획했다. 모성애의 힘을 검증해보는 간단한 실험이었다. 실험군으로 선택된 딱정벌레 새끼들에게서 어머니를 제거한 후 어머니의 보호를 받고 있는 대조군과 비교하는 실험을 실시했다. 결과는 예상대로 참혹했다. 단 하루 만에 어미를 잃은 새끼들은 죄다 개미들의 먹이가 되어 사라지고 말았다. 실험은 성공적으로 끝냈지만 과학 발전이라는 허울을 쓰고 내가 저지른 죄는 거의 20년이 지난 지금도 좀처럼 가볍게 느껴지질 않는다.

생명을 지닌 것이라면 다 사랑하려는 이들도 대체로 꺼리는 벌레가 있다. 바로 바퀴벌레다. 대학의 곤충학과 건물에도 바퀴벌레들이 들끓는 게 보통이며 상당수의 곤충학자들도 바퀴벌레라면 고개를 내젓는다. 바퀴벌레 때문에 골머리를 썩이는 음식점 주인에게는 결코 반갑지 않은 애기이겠지만 바퀴벌레 어미들의 지극 정성은 실로 눈물겹다. 언뜻 아무 곳에나 알들을 내깔기고 사라지는 것처럼 보이는 곤충들의 사회에서 바퀴벌레 어미들은 별난 존재들이다. 음식점이나 우리들 가정에 들어와 사는 바퀴벌레들의 어미들은 알들을 그냥 아무 곳에나 낳는 것이 안쓰러워 단단한 알집에 넣어 늘 꽁지에 매달고 다닌다. 자식들을 잠시도 버려두지 않는 그들의 정성 덕분에 바퀴벌레의 부화율은 다른 곤충들과 비교가 되지 않을 정도로 높다. 성공한 자식의 뒤에는 다 훌륭한 어머니가 있다.

어린 자식들이 안쓰러워 차마 내려놓지 못하는 어미로 전갈을 빼놓을 수 없다. 내가 파나마에서 야외연구를 할 시절 종종 나와 식사를 같이 했던 한 전갈이 있었다. 어느 날 내가 식사를 하는데 식탁 옆을 어슬렁거리는 전갈이 있어 장난삼아 먹던 고깃덩어리를 잘게 떼어 던져주었다. 한참 의심스럽다는 듯 거리를 유지하더니 결국 가까이 다가와 냄새를 맡고는 간단히 먹어치웠다. 그날 이후로 그 전갈은 사흘이 멀다하고 나를 찾아와 함께 식사를 했다. 나중에는 버릇없이 아예 식탁 위까지 기어올라 음식을 받아먹었다. 그러던 어느 날 미국 미네소타대학에서 어떤 여학생이 연구를 하러 왔다. 공교롭게도 첫 식사시간에 내 친구 전갈이 점잖게 식탁 위에 올라와 어슬렁어슬렁 내게 다가왔다. 그 여학생은 마치 괴기영화의 주인공 같은 비명을 질러대며 자리에서 벌떡 일어나 벽쪽으로 달려갔다. 괜찮다며 태연스레 먹이를 던져주는 나에게 그 여학생은 홀연 "너는 공동체 예절도 모르느냐? 너희 나라에서는 이렇게 무례해도 되느냐?" 하며 흥분을 감추지 못했다. 나라까지 들먹이며 호들갑을 떠는

그 여학생에게 나도 슬며시 부아가 치밀어 만만치 않게
맞받아치긴 했지만 모두가 함께 식사를 해야 하는 곳이
라 내가 질 수밖에 없었다. "그놈의 징그러운 전갈, 다시
는 들어오지 못하게 멀리 내다버려" 하는 고함소리를 뒤
로하며 나는 내 전갈 친구를 문밖으로 내몰았다. 하지만
전갈도 각자 자기 세력권을 지키는 동물임을 잘 아는 나
로서는 그 친구를 정말 멀리 내다버릴 수는 없었다. 내
말을 알아들을 리 없는 친구지만 식당 뒤에 풀어주며 "앞
으로 절대 이 안에 들어오면 안 돼. 내가 종종 이리로 먹
을 걸 가지고 나올 테니 집 안엔 들어오지 말아" 하며 연
신 타일렀다. 정말 내 말을 알아들었는지 그 후 한동안
그 친구는 모습을 보이지 않았다. 며칠 동안 식사시간마
다 먹다 남은 고깃덩어리를 들고 식당 뒤에서 기다려보
았지만 그는 오지 않았다. 자연을 연구할 자격도 없는 사
이비 생물학자 때문에 애꿎은 전갈 한 마리만 사라졌나
싶어 못내 씁쓸했다.

그 친구가 모습을 감춘 지 한 열흘이나 되었을까. 어느
날 오후 산에서 내려온 나는 식당 바닥에 거의 배를 깔고
엎드려 무언가를 하고 있는 그 여학생을 발견했다. 도대
체 뭘 하는가 싶어 가까이 다가간 나는 내 눈을 의심하지
않을 수 없었다. 그 여학생은 짤막한 꼬챙이 끝에 작은
고깃덩어리를 꿰어 손수 그 전갈의 입에 넣어주고 있었
다. "전갈이 무섭다며 소리소리 지른 게 언젠데 이게 도

대체 무슨 짓이냐? 무섭지 않느냐?"고 물었더니 그 여학생은 "무섭기는커녕 사랑스럽다"고 대답했다. 자세히 보니 그 전갈의 등에는 오그랑오그랑 작은 전갈들이 꼼틀거리고 있었다. 안 보이는 동안 새끼를 낳아 데리고 온 것이다. 그러고 보니 나는 그 친구가 암컷인 줄도 모르고 있었다. 그 여학생은 내게 "세상에 이런 지극 정성 어머니가 또 어디 있겠느냐"며 코끝을 마주댈 듯 가까이 먹이를 먹이고 있었다. 언제부터인가 내가 생활신조 또는 좌우명이나 되는 것처럼 끼고 사는 "알면 사랑한다"라는 말은 바로 이런 경우를 두고 하는 말이다.

모든 어머니들이 다 무지몽매할 정도로 헌신적인 것은 아니다. 바퀴벌레 어미도 정 급하면 알집을 떨구고 도망친다. 아프리카 세렝게티 초원에 관한 자연다큐멘터리에서 사자나 하이에나로부터 자식을 구하려 목숨을 바칠 듯 보이던 영양이나 누 같은 초식동물 어미들이 어느 순간 자식을 포기하고 자기 목숨을 챙기는 걸 본 적이 있을 것이다. 자식을 하나만 낳을 것이라면 모를까 다음에 낳을 자식들까지 생각하면 때론 자기 목숨을 챙기는 것이 사실 현명한 일이다. 이에 비하면 먹여 살려야 할 다른 자식들 다 놓아두고 죽어가는 한 자식에 매달려 물불을 가리지 못하는 우리네 어머니들이 훨씬 덜 계산적인 셈이다.

동물들을 연구하다보면 때로 제발 자기를 좀 연구해

달라고 애걸하는 동물들이 있다. 허구한 날 나타나 눈앞에서 얼쩡거린다. 스미스소니언 열대연구소의 내 연구실 책상 위엔 다듬이벌레들이 늘 성가시게 기어다니곤 했다. 알고 보니 내 책상만 그 녀석들에게 점령당한 게 아니었다. 하루는 옆방의 동료들이 한꺼번에 몰려와 "어이, 곤충학자 양반, 우리 책상 위에 기어다니는 이 작은 놈들을 좀 연구하여 없애는 방법을 찾아주게" 하는 것이었다. 물론 그들을 없애기 위해 들여다보기 시작한 것은 아니었지만 그때부터 보일 때마다 한 마리씩 잡아두었다가 현미경 아래에서 관찰하기 시작했다. 현미경 아래 드러난, 맨눈으로는 볼 수 없었던 그들의 세계는 생각보다 무척이나 다양하고 오묘했다.

그 사회에는 두 종류의 암컷들이 있었다. 치렁치렁 온몸을 다 내리덮는 긴 날개를 가진 암컷과 엉덩이를 겨우 가릴 정도의 날개를 가진 암컷들이 함께 살고 있었다. 하지만 날개의 길이만 다를 뿐 하는 짓은 별로 다른 것 같지 않았다. 맨눈으로 볼 때 왜 저렇게 한 자리에 꼼짝 않고 앉아 있을까 했던 이들은 알고 보니 모두 알을 낳아 품고 있었다. 희고 도톰한 알들을 여남은 개가량 쌓아놓고 꽁지 근처 어디선가에서 나오는 명주실로 그 위를 얼기설기 덮은 다음 배 밑에 꼭 품고 있었다. 마치 둥지를 지키는 어미 새처럼. 처음에는 언뜻 발견하지 못했지만 자세히 들여다보니 어미 없이 자기네들끼리 모여 앉아 있는 알들도 있었다. 한 대여섯 개의 알들을 가지런히 개켜놓고 그 위를 거의 속이 들여다보이지 않을 정도로 두툼하게 명주실 덮개를 해 씌우곤 어미는 집을 나가버렸다. 다듬이벌레들이 자식을 키우는 방식에도 두 종류가 있다. 알들을 낳은 후 한시도 그들 곁을 떠나지 못하는 어머니가 있는가 하면, 아이들을 아랫목에 뉘어놓고 살며시 방문 걸고 나가는 어머니도 있었다. 후자에 속하는 어미들은 한 번에 비록 대여섯 개의 알밖에 못 낳지만 다른 곳에 가서 또 대여섯 개의 알들을 낳아 똑같은 방식으로 명주 이불을 해 덮는다. 그래서 실제로 두 살림 이상만 차릴 수 있으면 우직하게 알들을 품고 사는 어미보다 더 많은 알을 낳을 수 있는 것이다. 집에서 늘 애만 봐야 하는 것도 아니고 사회생활을 하면서도 더 많은 아이를 낳아 길러낼 수 있다면 어느 여인인들 마다하랴.

하지만 세상이 그렇게 어수룩할 수는 없는 법. 특히 자연의 세계는 더욱 그렇다. 오랜 세월 진화의 역사를 거치며 틈을 찾기 어려울 정도로 꽉 짜여진 게 우리가 지금 보고 있는 세상이다. 제아무리 잘 닫아건 방문이라도 여는 방법을 알고 있는 도둑이 있게 마련. 그 두툼한 명주 이불을 뚫고 알에 구멍을 내어 그 속을 들이마시는 놈들이 있었다. 바늘 모양의 긴 입을 가진 노린재 한 종류가 전문적으로 혼자 남겨진 알들을 노리고 다녔다. 그들에게 일단 적발되면 거의 살아남는 알이 없었다. 노린재들이 별로 없는 안전한 동네에는 집을 비우고 새 살림을 차리려 나서는 어머니들이 많았다. 그러나 동네에 노린재들의 출몰이 잦아지면 집을 지키는 보다 전통적인 어머니들이 많아졌다.

나는 이 다듬이벌레들을 퍽 오랫동안 관찰했다. 하지만 이미 하고 있던 연구들이 있어 체계적으로 하지 못한 탓에 흥미로운 관찰 결과는 이것저것 적어두었지만 정작 정량적인 데이터는 그리 많지 않아 여태껏 논문으로 발표하지 못하고 있다. 가까운 장래에 스미스소니언 열대 연구소에 가서 그들에 대한 연구를 재개하게 될 것 같지도 않고 하여 이렇게라도 세상에 알리려 한다.

핵가족에 맞벌이 부부가 늘며 각 가정의 아이들 수도 자연스레 줄어들었다. 나는 총각 시절 이담에 결혼하면 아이를 적어도 넷은 낳을 것이라며 딸 아들 순서까지 정해놓고 있었다. 물론 내가 아들과 딸을 마음대로 낳을 수 있는 비법을 알고 있었던 것은 아니었다. 그저 아들 사형제 집의 맏이로 컸던 터라 나도 아이가 한 넷 정도는 됐으면 좋겠고, 평생 누나가 없었던 것에 한이 맺혔던지라 내 아들에게는 반드시 누나를 만들어주고 싶었다. 그래서 첫 아이는 꼭 딸이어야만 했다. 그 첫 딸아이에게 오빠가 없을 것에 대한 아쉬움은 솔직히 잘 느끼지 못했다. 하지만 딸을 낳고 나면 명색이 장손인데 부모님들의 걱정도 덜어

드릴 겸 둘째는 아들로 정했다. 아들이 하나면 아무래도 불안해하실 테니 그다음도 아들. 하지만 막내만큼은 반드시 애간장을 녹여줄 딸이 좋을 듯싶었다. 이렇듯 딸, 아들, 아들, 딸로 순서와 숫자까지 다 정해놓고 결혼을 했지만 학문에 대한 욕심이 나보다도 더 심한 아내를 보며 나는 내 꿈을 슬며시 접고 말았다. 접는 정도가 아니라, 훗날 둘 다 공부한답시고 미루다 느지막이 얻은 아들 하나를 마치 할머니 할아버지가 손자 키우듯 벌벌 떨며 키우다보니, 어느 날 아내보다 내가 먼저 "둘째 아이를 가지면 내가 집을 나가겠다"고 선언하고 말았다. 하지만 요사이 너무도 아름답게 자라고 있는 아들을 지켜보며 아내와 나는 가끔 우리에게도 누가 보모 역할을 좀 해줄 사람이 있었다면 하나쯤은 더 낳아 기르지 않았을까 생각해본다.

80년대 중반 내가 가끔 드나들던 코스타리카 태평양 연안의 코르코바도Corcovado라는 곳에서 나는 나보다 훨씬 운 좋은 곤충들을 만났다. 진딧물의 사촌 격인 뿔매미라는 이 작은 곤충들은 특별히 자식을 잘 돌보는 걸로 유명하다. 자기보다 몸집이 훨씬 큰 적에게도 날개를 펄럭이며 덤비는 등 자식 사랑이 남다르다. 또 이들 중 많은 종류가 개미들의 가축이 되어 보호를 받는다. 우리나라 같은 온대지방에서 개미의 보호를 받는 대표적인 곤충이 진딧물이라면 열대에서는 단연 뿔매미들이다. 실제로 진딧물은 전형적인 온대 곤충으로 열대로 갈수록 그 모습을 보기 어렵다. 대신 그 자리를 뿔매미가 채운다. 코르코바도의 깊은 정글 속을 흐르는 개울가에는 온갖 종류의 덤불들이 자라고 있었다. 그 덤불 속에서 만난 뿔매미는 이마 한복판에 뒤틀린 뿔 하나가 길게 나 있는 전설상의 동물 일각수一角獸;unicorn의 모습을 하고 있었다. 이 일각수 어미들은 알을 품는 것은 물론 그 알들에서 까까머리 애벌레들이 깨어나면 그들도 한데 배 밑에 모아 오랫동안 보호한다. 그러다 개미가 나타나 보호를 자청하면 그들에게 아이들을 맡기고 자기는 저만치 떨어져나가 또다시 알을 낳아 품는다. 미처 개미 보모를 구하지 못한 어미들은 어쩔 수 없이 집에 남아 아이들을 기르지만. 같은 뿔매미끼리도 아니고 전혀 다른 동물인 개미의 손에 아이들을 맡기고 대수롭지 않게 집을 나서는 이들의 느긋함이란. 인간으로 비유한다면 연변 아줌마나 필리핀 보모가 아니라 이를테면 오랑우탄에게 아이들을 맡기는 격인데. 물론 오랑우탄보다는 개미가 훨씬 더 믿음직스럽긴 하지만.

　이렇듯 전혀 다른 종의 새끼들을 대신 맡아 키우는 것은 말할 나위도 없고 같은 종 내에서도 남의 자식을 입양하는 행위는 생물학적으로 상당히 이해하기 어려운 현상이다. 자신의 유전자를 후세에 남기기 위해 제가끔 열심히 살아가는 것이 모든 생물에게 있어서 존재의 이유라면, 전혀 상관도 없는 유전자를 지닌 작은 생명을 데려다 키운다는 것처럼 설명하기 어려운 행동이 또 어디 있을까? 나는 지금도 구소련이 붕괴하며 동유럽의 국가들도 문호를 열게 되었을 때, 갖은 행정적인 어려움을 무릅쓰고 에이즈에 걸려 죽어가는 고아들을 입양하여 미국으로 돌아오던 그 아름다운 미국인들의 눈물을 잊지 못한다. 우리가 포기한 아이들을 데려다 따뜻하게 먹이고 입혀주는 많은 서양 사람들에 비해 우리는 왠지 별나게 입양을 꺼린다. 온갖 것들이 다 들며 나는 길목인 반도에 살면서도 단일민족의 망상을 버리지 못하여 지나칠 정도로 핏줄에 연연하는 우리들의 어리석음이 한몫을 하고 있으리라 생각하면 그저 씁쓸할 따름이다. 중국에 왕조가 바뀔 때마다 우리나라에도 새로운 피가 흘러들었을 것이다. 더욱 뚜렷하기로는 몽고에 짓밟혔고, 러시아와 일본이 다녀갔다. 고려 때에는 멀리 중동 사람들도 드나들었다고 하지 않는가. 이런데도 우리 몸속에 순수한 배달의 피만 흐른다고 우긴다면 우리 역시 역사교과서 문제를 심각하게 생각할 때가 온 것이리라.

누가 먼저 꺼냈는지는 확실하지 않지만 아내와 나는 얼마 전부터 조심스레 입양을 얘기하기 시작했다. 뒤늦게 낳아 행여 문틈 바람에도 꺼질세라 호호 불며 키워온 아들이 서서히 철이 드는 듯하자 먼 이국땅에서 그 누구의 도움도 없이 둘이서 공부하랴 아이 키우랴 결코 쉽지 않았던 기억도 가물가물해지는 모양이다. 이제 웬만큼 키워놓고 보니 하나쯤 더 있었더라면 하는 아쉬움이 없지 않다. 그렇다고 늦둥이를 보기에는 좀 늦은 듯싶고 하여 가끔, 아주 가끔 입양에 대한 얘기를 만지작거린다. 우리 둘 다 워낙 아이들을 좋아하여 어디서든 아이들만 보면 속절없이 무너져버린다. 그러나 이 결코 생물학적이지 못한 행동 앞에 우린 늘 어쩔 수 없이 멈칫거리고 있다.

　우리가 과연 우리 스스로 낳은 자식만큼 그 아이를 마음 저 깊은 곳으로부터 진심으로 사랑할 수 있을까? 우리의 유전자들이 우리로 하여금 유전자의 단순한 명령을 넘어 진정한 사랑으로 승화할 수 있도록 허락할 것인가? 진심으로 남을 사랑한다는 것은 과연 어떻게 하는 것일까? 그런 사랑을 할 만큼 우리가 과연 충분히 성숙해 있는 것일까? 하나밖에 없는 아들을 기르며 저지른 그 많은 실수들을 생각하면 아직 성숙하지 못했을 것은 너무나 자명하다. 물론 우리가 낳은 아들에게도 매를 댄 적은 없지만, 우리 몸으로 낳은 자식이 아니라고 하여 꼭 매를 대야 할 때에도 오히려 대지 못해 제대로 키워내지 못하는 것은 아닐까? 그건 진정한 사랑이 아닐 것 같다. 겉으로는 불쌍한 영혼을 하나 구한다지만 실제로는 우리 자신의 얄팍한 만족감을 위하여 저지르는 일은 아닐까? 무엇보다도 어려운 결정은 우리 아들에게 지우는 엄청난 짐이다. 아이를 기르기에는 그리 젊지 않은 우리들이기에 이담에 우리가 떠나고 나면 어쩔 수 없이 아들이 그 아이에게 거의 부모 노릇을 해야 할 것이다. 아들은 아직 이런 모든 것들을 생각해보고 스스로 결정할 수 있는 나이는 아닌 것 같다. 그렇다면 우리는 아들이 좀 더 클 때까지 이 결정을 미뤄야 할 것 같다. 하지만 미루면 미룰수록 자식을 기를 수 있는 부모로서 우리의 자격은 점점 떨어지고 말 터인데. 아무래도 이렇게 생각만 하다 세월이 흐르고 말 것 같다.

이런 생각을 하며 눈을 감으니 예전에 파나마에서 듣던 오로펜돌라oropendola의 청명한 노랫소리가 들린다. 찌르레기 사촌뻘 되는 오로펜돌라는 숲 가장자리에 별나게 불쑥 불거진 나뭇가지에 무거운 걸 담아 축 늘어진 주머니 모양의 둥지를 짓고 그 옆에 앉아 묵직한 은방울이 유리잔 안을 구르는 듯한 깊고 맑은 노래를 부른다. 그러다 가끔 쇠새가 다가와 둥지를 기웃거리면 하던 노래도 멈추고 그저 물끄러미 바라만 본다. 자기는 둥지를 만들지 않고 남의 둥지에 몰래 알을 낳는 새로 뻐꾸기가 유명하다. 그런데 뻐꾸기는 둥지의 주인이 집을 비운 틈을 타 자기 알을 낳고 사라진다. 괜스레 남의 자식을 기르느라 평생 허리 휠 일 당하지 않으려고 둥지 주인도 열심히 살핀다. 파나마의 오로펜돌라는 다르다. 쇠새가 자기 집에 자식을 맡기고 가는 걸 뻔히 지켜보며 그냥 눈감아주는 듯싶다. 눈 내린 새벽 대문 앞에서 강보에 둘러싸인 핏덩이를 어쩔 수 없이 끌어안는 것처럼. 오늘 아침에도 나는 신문을 집으러 현관 앞에 나갔다가 객쩍게 문밖을 한번 휘 둘러보았다.

두 번째 집을 짓고 싶다

나는 종종 어느 이름 모를 행성의 생물학자들이 지구에 살고 있는 동물들의 행동과 생태를 연구하러 올지도 모른다는 상상을 한다. 하늘을 찌를 듯 솟아오른 고층 건물들, 그런 건물과 건물들을 연결시켜주는 도로망들, 그 도로 위를 질주하는 자동차라는 신종 동물들, 온갖 농작물들을 기르기 위해 일구어놓은 크고 작은 농지 등을 바라보며 주변 환경을 능동적으로 변화시키며 적응해가는 지구 생태계의 동물들이 사는 모습을 흥미롭게 기록할 것이다. 더욱이 그 모든 것들이 다 호모 사피엔스라는 한 종의 동물에 의해 만들어진 것이라는 사실을 알고는 적지 않게 놀랄 것이다. 내가 지은 집도 그들이 들여다볼까?

　박쥐처럼 인간으로부터 억울한 누명을 많이 뒤집어쓴 동물도 그리 흔치 않을 것이다. 이솝 우화에 나오는 박쥐는 교활하고 약삭빠른 기회주의자이다. 옛날 옛적에 날짐승들과 길짐승들이 전쟁을 할 때 박쥐는 날개를 갖고 있다는 것을 빌미로 독수리 제독의 군대에 가입하여 길짐승들의 동태를 파악하여 보고하는 정찰병으로 일하다가 전운이 길짐승들 쪽으로 기울자 이번에는 사자 장군 편으로 붙었다는 얘기. 전쟁이 끝난 후 양편으로부터 모두 따돌림을 받은 박쥐는 모든 동물들을 피해 동굴 속에 살며 밤에만 나와 활동하게 되었다는 얘기. 박쥐가 과연 어느 동물 부류에 속하는가 하는 문제는 이솝만이 아니라 실제로 고대 그리스 시대의 동물 분류학자들 간에도 골칫거리였다. 주로 외부 형태를 보고 동물들을 분류하던 시절이었기에 날개가 달렸으므로 새의 일종이라고 분류한 이들도 있었고 온몸이 깃털이 아닌 그냥 털로 싸여 있고 부리가 아닌 입을 가지고 있는 점 등 여러 면에서 젖먹이동물과 흡사하다고 분류한 이들도 있었다. 이제는 우리 모두가 분명히 알고 있듯이 박쥐는 우리들처럼 아이를 낳아 젖을 먹여 키우는 포유류의 일종이다.

박쥐가 얻은 또 하나의 억울한 누명은 스토커의 소설 『흡혈귀 드라큘라』 때문이다. 영화로도 여러 차례 만들어진 이 이야기의 주인공 드라큘라 백작은 달이 밝은 밤만 되면 박쥐가 되어 피를 찾아 나섰다가 날이 밝으면 관으로 되돌아와 낮잠을 잔다. 이솝의 우화가 그럴듯한 사실적 근거들을 바탕으로 쓰여졌듯이 이 이야기도 약간은 사실적인 데가 있다. 지금도 열대지방에는 밤마다 동물들의 피를 빨아먹고 사는 흡혈박쥐vampire bat들이 산다. 남의 피를 먹고 산다는 사실이 징그럽기는 하나 영화에서 보듯이 날카롭고 긴 송곳니로 목 핏줄에 구멍을 내어 피를 빨아먹는 것은 아니다. 하지만 아직 흡혈박쥐에 목을 물린 후 갑자기 길어진 송곳니를 드러내고 달이 휘영청 밝은 밤이면 검은 망토를 두른 채 또 다른 제물을 찾아나서는 이가 있었다는 보도는 없다. 흡혈박쥐들은 대개 잠을 자고 있는 큰 동물들의 몸에 상처를 낸 후 그곳으로 조금씩 스며 나오는 피를 조그만 혀로 핥아먹을 뿐이다. 그러나 흡혈박쥐들은 대부분 광견병 바이러스를 보유하고 있기 때문에 다룰 때 조심해야 한다. 흡혈박쥐는 그 습성이 좀 지저분하여 어쩔 수 없지만 내가 본 대부분의 박쥐는 모두 더할 수 없이 귀여운 동물들이다.

박쥐가 얻은 누명이 특별히 억울한 이유는 이 세상에 박쥐만큼 우리에게 이로운 동물도 그리 많지 않기 때문이다. 만일 박쥐들이 밤마다 모기나 나방을 비롯한 온갖 해충들을 잡아먹어 주지 않는다면 인간의 건강과 농업에 엄청난 손실을 가져올 것이다. 실제로 박쥐가 거의 사라져버린 지역에서는 이런 해충들을 구제하기 위하여 엄청난 양의 살충제를 뿌려야 하고 그만큼 환경오염도 심각해진다. 관찰에 의하면 박쥐 한 마리가 하룻밤에 잡아먹어 주는 모기가 물경 수천 마리에 달할 것이라 한다. 불을 끄고 잠자리에 들기가 무섭게 앵 하며 귓전을 맴도는 모기 한 마리를 잡기 위해 또다시 불을 켜고 한참이나 실랑이를 벌여본 사람이면 절로 고개가 숙여질 일이다. 이렇게 고마운 박쥐들의 신기에 가까운 재주를 보기 위해 밤마다 모여 앉는 사람들이 있다. 바로 미국 텍사스주의 오스틴Austin 시민들이다. 텍사스주립대학의 본교가 있는 이 도시의 주민들은 날 좋은 밤이면 모두 강가로 몰려 나와 밤하늘을 가득 메운 수백만 마리의 박쥐들의 비행을 보며 탄성을 지른다.

이제는 많은 사람들이 상식으로 알고 있는 사실이지만

박쥐는 초음파를 사용하여 서로 신호를 보낸다. 박쥐가 깜깜한 밤에도 장애물에 부딪치지 않고 모기나 나방 같은 작은 먹이들을 잡아먹을 수 있는 것은 바로 그들의 초음파 능력 덕분이다. 박쥐는 우리 사람의 귀에는 거의 들리지 않으나 실제로는 엄청나게 많은 에너지를 들여 큰 소리를 지른 다음 그 소리가 물체에 반사되어 돌아오는 파장을 분석하여 먹이도 잡고 장애물도 피해 다닌다. 그러기 위해서 박쥐들은 대개 우리가 만들어 사용하는 대형 레이더처럼 생긴 커다란 귀들을 갖고 있다.

박쥐가 듣는 초음파는 우리 귀에 들리는 소리가 아니다. 우리 귀에 들리지는 않아도 그 소리를 만들 수는 있다. 현대인이라면 누구나 주머니가 처지도록 깊숙이 넣고 다니는 삶의 무게가 있다. 열쇠 꾸러미 말이다. 그 열쇠 꾸러미를 흔들면 그 쩔렁거리는 소리 안에 초음파가 들어 있다. 우리는 이제 더 이상 박쥐를 보기 어려운 무너진 금수강산에 살고 있지만 열대의 도시로 여행할 기회가 있으면 한번 실험해보기 바란다. 나지막이 박쥐들이 머리 위를 나는 저녁, 열쇠 꾸러미를 꺼내 흔들어보라. 내 삶의 이야기에 그들이 어떤 반응을 보이는지 한번 지켜보라. 박쥐들은 워낙 빨리 날아다니기 때문에 그들의 행동에 무슨 특별한 변화가 있는지 관찰하기 쉽지 않겠지만 가로등 주변을 맴돌던 나방들이 돌연 혼비백산하는 모습은 쉽게 볼 수 있을 것이다. 그 요란한 금속성 속에 섞여 있는 만만치 않게 요란한 초음파 소리에 박쥐들이 몰려오는 줄 착각하여 황급히 피하는 모습이다. 박쥐가 나방의 몸에 부딪혀 되돌아오는 초음파를 받아 그 나방이 어디에 있는지 알아내는 동안 나방 역시 자기 몸에 부딪친 초음파를 모를 리 없다. 그래서 갑자기 박쥐가 예측하기 어려운 방향으로 몸을 튼다. 나방의 종류에 따라 제가끔 독특한 방어 전략들을 보인다. 누구는 갑자기 지그재그로 풀숲을 향해 곤두박질치기도 하고 또 누구는 오히려 더 높은 곳으로 치솟기도 한다. 한 가지 공통된 것은 직선으로 날기보다는 대부분 술 취한 사람의 걸음처럼 비틀거린다는 점이다. 박쥐에게 나 잡아 잡수, 하고 있을 나방은 없다. 박쥐 역시 초음파가 반사되었던 그 자리를 향해 날아가지 않는다. 나방은 이미 그곳을 떠나고 없다는 걸 박쥐도 안다. 박쥐는 나방의 의도를 예측하여 나름대로 방향을 잡는다. 페널티킥을 막기 위해 한쪽을 택해 몸을 던지는 골키퍼처럼. 박쥐들이 나는 밤이면 이처럼 쫓고 쫓기는 숨 막히는 혈전이 먼동이 틀 무렵까지 계속된다.

열대지방에 서식하는 많은 식물들에게 박쥐는 절대로 없어서는 안 되는 삶의 동반자이기도 하다. 박쥐는 많은 열대식물들의 꽃가루를 이 꽃에서 저 꽃으로 옮겨주는 중간매체 역할을 수행한다. 벌, 나비, 새들의 대부분은 밤중에 일하지 않는다. 밤일은 박쥐 몫이다. 박쥐에게 정받이를 맡긴 식물들은 대개 특별한 색깔이 없는 흰색이나 미색의 꽃을 피운다. 어차피 그 캄캄한 밤중에 색깔을 보고 자길 찾는 건 아니라는 걸 아는 것이다. 립스틱 짙게 바를 이유가 없다. 그 대신 향수는 진하게 쓴다. 지나가는 박쥐들을 호리기 위함이다. 박쥐식물들 곁을 지나려면 대낮에도 종종 역겨운 냄새가 진동한다. 우리에겐 추파를 던지지 않는 게 분명하다. 벌이나 나비를 상대하는 꽃들보다 단물도 넉넉하게 제공한다. 별나게 신진대사가 활발한 동물이 박쥐라 흥건히 줘야 한다. 벌이나 나비들이 들르는 카페에서는 그저 대롱으로 빨지만 박쥐가 쉬어가는 주막에는 막걸리 사발이 넘친다.

열대림에서 박쥐는 씨를 옮겨주는 중요한 동물이기도 하다. 열대에 특별히 많은 무화과나무를 비롯한 여러 과일나무들의 종자를 멀리 전파해주는 고마운 동물이다. 과일박쥐들은 밤마다 맛있는 열매가 달린 과일나무들을 찾아가 배불리 먹곤 나중에 먼 다른 곳에 가서 변을 보는데 그 변 속에 소화가 되지 않고 섞여 나온 씨들이 발아하여 새 나무로 자라는 것이다. 우리가 맛있게 먹는 과일이란 원래 뿌리에 발목을 잡혀 스스로 움직여 다니지 못하는 식물들이 우리 동물들에게 씨를 옮겨 달라 부탁하며 바치는 뇌물이다. 동물의 위장을 통과해야만 발아하는 씨들도 있다.

온대지방에 비해 열대지방에 생물다양성이 훨씬 높은

게 사실이나 포유류의 경우 박쥐를 제외하면 열대와 온대 간의 종수에는 큰 차이가 없다. 열대에 서식하는 포유류의 종들이 온대에 비해 엄청나게 많은 이유는 순전히 박쥐 때문이다. 우리나라와 같은 온대지방에서 박쥐들이 사라지듯이 요사이 열대의 박쥐들도 무서운 속도로 멸종의 길로 치닫고 있다. 만일 박쥐들이 열대에서 사라지면 박쥐에게 의존하는 그 많은 식물들도 함께 사라질 건 불을 보듯 뻔한 일이다.

내가 박쥐들의 누명을 벗겨주기 위해 노력하는 변호사가 된 것은 정말 우연한 기회였다. 작은 곤충들을 찾아 정글 바닥을 기는 게 전문인 나는 가끔 뻐근한 허리를 펴기 위해 하늘을 올려다본다. 1984년 여름, 바로 그날도 이 하찮은 허리 펴기 운동을 하다가 박쥐들을 만난 것이다. 우린 흔히 박쥐 하면 모두 어두컴컴한 동굴 속에만 사는 것으로 생각하지만 열대지방에 사는 박쥐들 중에는 썩어서 속이 텅 빈 큰 나무 속에 사는 것들은 물론 나뭇잎을 변형시켜 만든 '텐트' 속에서 야영을 하는 것들도 있다. 나는 지금도 코스타리카 라셀바에서 처음 만났던 혼두라스 흰박쥐Honduran white bat들을 잊을 수가 없다. 다른 모든 박쥐들이 회색이나 갈색 등 사뭇 우중충한 색깔을 띠는데 비해 혼두라스 흰박쥐는 그 이름 그대로 온몸이 눈처럼 새하얀 솜털로 뒤덮여 있었다. 세 마리가 나란히 텐트

안에서 곤히 낮잠을 자고 있었다. 그중 한 마리를 손에 쥐어보니 메추리알보다는 조금 크나 달걀보다는 훨씬 작은 너무도 가냘프고 아름다운 생명이었다. 그 애처로우리만치 가녀린 생명으로부터 스며드는 은은한 온기를 느끼며 나는 생각했다. 누가 박쥐를 징그럽다 했는가?

동굴 천장에 매달린 박쥐가 아니라 예쁜 초록색 텐트 밑에 매달려 있는 박쥐를 만난 것도 그날이 처음이었는데, 그것도 이 세상에 단 한 종류밖에 없는 흰 박쥐라니. 요즘 말로 뿅 가지 않고는 못 배길 일이었다. 그날 이후 나는 별나게 자주 허리 펴기 운동을 하는 버릇이 들었다. 정글 바닥을 기며 곤충을 뒤지고 잠시 쉴 때면 박쥐를 찾는다. 촌음도 헛되게 쓰지 않는 헌신적인 과학자의 모습이 아니고 무엇이랴. 자화자찬도 이쯤 되면 가히 병적이지만 이렇게 짬짬이 해온 연구로 벌써 서너 편의 논문을 발표했고 박쥐 생물학자들은 내가 사실은 곤충을 주로 연구하는 학자라는 걸 아는지 모르는지 늘 자기들 모임에 불러주니 그냥 비웃을 수는 없으리라 생각한다. 혼두라스 흰박쥐들은 긴 타원형의 흡사 바나나 이파리처럼 생긴 힐리코니아Heliconia 잎의 중앙맥을 따라 작은 세맥들을 물어뜯어 잎의 양면이 축 처진 이른바 A형 텐트를 만든다. 옛날 대학 시절 바닷가에 세우고 친구들과 비좁게 들어가 자던 2인용 텐트를 연상하면 된다.

내가 본격적으로 텐트박쥐를 연구한 곳은 코스타리카

의 태평양 연안에 있는 코르코바도라는 곳이다. 그곳에
는 시원스레 널찍한 대청마루를 자랑하는 열대연구소가
있다. 하도 진기한 열대 동식물들이 많은 곳이라 세계 각
국으로부터 열대생물학자들이 심심찮게 찾아드는 곳이
지만 워낙 숲이 울창하여 육로로는 접근이 거의 불가능
하고 내륙으로부터 작은 경비행기를 타고 들어가야만 한
다. 밤이면 심심찮게 재규어의 포효가 들린다. 예수님처
럼 물에 빠지지 않고 수면 위를 달리는 도마뱀을 볼 수
있는 곳이기도 하다. 스페인계 그곳 원주민들도 그 도마
뱀을 '예수도마뱀'이라 부른다. 나는 그곳에서 나를 처
음으로 텐트박쥐의 세계로 인도한 미국 캔자스대학 자연
사박물관의 포유동물학자 팀Robert M. Timm 박사와 함께
우리가 토마스의 과일박쥐Thomas' fruit-eating bat라고 이름
붙인 박쥐들의 행동과 생태를 연구했다. 우리는 그들이
무려 열한 가지의 식물들의 잎을 사용하여 여러 다양한
모양의 텐트를 만든다는 사실을 발견했다. 그중에서도
스페이드 모양의 이파리를 가진 덩굴식물을 가장 많이
사용했다. 잎의 중앙맥을 따라 양쪽으로 그저 둘에서 다
섯 개 정도의 세맥들만 이로 물어뜯는 비교적 간단한 방
법으로 텐트를 만든다. 그러면 스페이드 모양의 잎 둥근
양 측면이 아래로 축 처지며 서로 겹쳐 고깔모자 모양의
텐트가 만들어진다.

　덩굴은 때로 높은 나무를 따라 수십 개의 잎들을 매달

고 있었다. 그러나 신기하게도 박쥐들이 텐트를 만들기 위해 선택한 잎들은 모두 그 식물의 제일 아래쪽에 있는 것들이었다. 그래서 박쥐들이 만드는 텐트들은 대개 지상에서 2미터 내지 5미터 높이에 걸려 있다. 열대 박쥐들이 텐트를 만드는 가장 중요한 이유는 물론 비를 피하기 위함이지만 포식동물들로부터 몸을 숨기는 것 역시 매우 중요한 일이다. 지상으로부터 2미터 정도면 대부분의 육상동물들의 손아귀는 벗어날 수 있다. 코르코바도의 텐트박쥐들이 가장 두려워하는 존재는 거미원숭이들squirrel monkeys이다. 원숭이들은 주변의 잎들과 모양이 약간이라도 달라진 텐트를 알아보곤 나무 꼭대기로부터 뛰어내리며 손으로 텐트의 윗면을 후려친다. 텐트 속에서 달콤한 낮잠을 즐기다 벼락을 맞은 박쥐들은 황급히 도망치려 하지만 일단 땅에 떨어진 박쥐들은 그리 쉽사리 날아오르지 못하여 그만 원숭이들의 밥이 되고 만다. 다행히 위기를 모면한 박쥐들도 거의 대부분 거미원숭이들을 따라다니며 호시탐탐 기회만 노리던 솔개들에게 잡혀 먹히기 일쑤다. 내가 텐트박쥐의 행동을 연구하는 생물학자로서 평범해 보이지 않는 이파리들을 예사롭게 여기지 않는 것과 마찬가지로 원숭이들도 그런 이파리들을 찾아다닌다. 원숭이들과 우리가 크게 다르지 않다는 건 이런 데서도 드러난다.

1986년 10월 어느 날 나는 파나마 정글에서 아주 색다른 텐트를 발견했다. 그때까지 한 2년간 내가 직접 발견한 텐트들은 물론 학계에 보고된 모든 박쥐텐트들은 다 커다란 이파리 하나로 만들어진 것임에 비해 이 새로운 텐트는 한 나무에 있는 여러 잎들을 거의 다 사용하여 만든 복합적인 구조였다. 그때 마침 같은 연구소에서 식물을 연구하고 있던 동료의 도움을 얻어 그 나무가 코콜로바*Coccoloba*라는 식물이라는 것을 알게 되었고 텐트를 만드는 장본인은 피터스의 텐트박쥐*Peters' tent-making bat*라는 사실도 알아냈다. 코콜로바는 중남미 열대림에서 수관부에 다다르도록 자라는 아주 큰 나무지만 박쥐들이 텐트를 만든 것들은 키가 불과 2미터 내지 5미터밖에 안 되는 어린 나무들이었다. 일단 이 같은 텐트를 발견하고 나니 예전엔 무심코 지나쳤던 비슷한 모습의 작은 나무들이 내 시선을 잡기 시작했다. 나는 그후 1988년 6월까지 약 20개월 동안 피터스의 텐트박쥐에 의해 사용되고 있던 스물네 그루의 나무들을 주기적으로 관찰했다.

피터스의 텐트박쥐가 만들어낸 이 새로운 텐트는 여러 잎을 사용했다는 점에서도 특이하지만 그 구조의 기발함 역시 괄목할 만하다. 피터스의 텐트박쥐는 주로 이파리의 중앙맥을 입으로 물어뜯어 잎의 일부 내지는 거의 전부를 밑으로 축 처지게 만드는데 중앙맥을 물어뜯는 위치가 잎의 위치에 따라 다르다. 나무에서 제일 아래쪽에 있는 이파리들일수록 나무줄기로부터 먼 위치에서 중앙맥을 물어뜯고 나무를 따라 위로 올라갈수록 나무줄기에 가까운 곳의 중앙맥을 물어뜯는다. 나무의 밑쪽에서는 줄기로부터 어느 정도 떨어진 곳의 중앙맥을 물어뜯음으로 해서 매달릴 자리를 확보한 후 위로 올라갈수록 차츰 줄기에 가깝게 물어뜯어 마치 기와를 포개듯 위의 잎이 바로 아래에 있는 잎에 밀착하여 붙게 된다. 이렇게 만든 텐트는 미국 서부의 평원에 사는 인디언들의 티피 텐트를 방불케 하는 원추형을 지닌다. 그 작은 두뇌로 과연 어떻게 이렇게도 치밀하게 설계된 구조물을 만들 수 있는지 정말 신기하지 않을 수 없다.

과일박쥐들은 열매가 한창 흐드러진 과일 나무들을 따라 이곳저곳 이동하며 산다. 따라서 매일 밤 먼 동굴로부터 과일 나무까지 왔다 갔다 하는 번거로움을 피하기 위해 그 주변에 야영 막사를 세우고 떠돌이 생활을 하는 것이다. 열대우림에는 하루에도 몇 번씩 소나기가 내리는데 그야말로 퍼붓듯 쏟아진다. 따라서 빈틈없이 잘 짜여진 텐트를 만들지 않으면 찢어진 우산 아래 서 있는 것처럼 금방 쫄딱 젖고 만다. 피터스의 텐트박쥐들이 과연 비를 피하기 위해 텐트를 만드는 것인지를 알아보기 위해 간단한 실험을 해보았다. 텐트로 쓰이는 나무 한 그루를 베어 연구실로 가져온 뒤 소나기가 퍼붓는 것과 비슷한 상황을 만들고 텐트가 얼마나 효과적으로 비를 막아주는지를 조사했다. 박쥐는 워낙 민감한 동물이라 직접 실험에 쓸 수는 없었고 그 대신 박쥐와 비슷한 크기로 솜을 뭉쳐 실험에 사용했다. 미리 마련한 솜을 잘 설계된 텐트 속에 매단 후 콸콸 쏟아지는 수돗물 아래 5분 동안 두었다가 솜이 얼마나 젖었는가를 조사했다. 텐트 속에 매달았던 솜은 놀랍게도 거의 젖지 않고 포슬포슬한 상태 그대로였다. 그러나 일부러 이파리 하나를 떼어낸 텐트를 가지고 똑같은 실험을 실시해보았더니 불과 몇십 초 만에 솜이 쫄딱 젖는 것을 알 수 있었다. 기와를 정확하게 잘 포개는 것은 박쥐들에게도 중요한 일이다.

피터스의 텐트박쥐는 일반적으로 일부다처제의 사회 구조를 갖고 있다. 큰 야자수 잎이나 바나나 잎을 변형시켜 만든 텐트 아래에서 수컷 한 마리가 여러 마리의 암컷들을 거느리고 사는 모습은 이미 잘 알려진 사실이다. 나도 1987년 3월 라셀바에서 바나나 이파리를 이용해 만든 텐트 속에 거주하는 피터스의 텐트박쥐 일가족을 만난 적이 있다. 후궁을 열 마리도 넘게 거느린 수컷이었다. 그런데 신기하게도 코콜로바로 만든 복합 텐트 아래에선 언제나 젊은 총각 박쥐 한 마리 또는 드물게는 총각 둘이서 매달려 있을 뿐이다. 이들은 아마도 아직 후궁들을 거느릴 수 있는 처지는 못 된 젊은 수컷들인 것 같았다. 그래서 변방에 자기들만의 텐트를 만들고 야영을 하며 호시탐탐 기회를 노리고 있는 듯싶다. 한 가지 이해하지 못할 일은 그들이 왜 이렇게도 만들기 힘든 텐트를 제작하느냐는 것이다. 그저 작은 달걀만 한 크기의 몸을 지닌 박쥐가 두툼한 중앙맥을, 그것도 많으면 여남은 개씩이나 물어뜯어야 하는데 결코 쉬운 일은 아닌 듯싶다.

나는 매일 아침 등굣길에 한강대교를 건너고 상도터널을 지난다. 터널을 빠져나와 첫 번째 신호등에서 중앙대학 쪽으로 좌회전하지 않고 왼쪽으로 비스듬히 직진을 하면 또 다른 신호등을 만난다. 그곳에서 우회전을 하면 장승배기 삼거리로 가고 좌회전을 하면 봉천고개를 넘어 서울대학으로 간다. 대부분의 차들은 다 좌회전을 하려고 서 있고 일부는 점잖게 우회전을 하지만 정작 직진하는 차는 몇 되지 않는다. 그곳에는 또 하나의 터널이 기다리고 있다.

귀국한 지 두어 해 되던 때였다. 그날도 나는 여느 날이나 마찬가지로 그 신호등에서 좌회전을 받으려 서 있었다. 그러다 불현듯 정면에 보이는 터널을 지나보고 싶었다. 그 터널을 지나면 내가 대학 시절에 살던 약수터라고 부르던 동네로 이어질 것 같았다. 물론 내가 그 동네에 살던 시기에는 상도터널도 없었고 눈앞에 보이는 그 터널도 없었지만 지리적으로 짐작건대 약수터 동네로 이어지는 터널이 분명해 보였다. 마침 나는 좌회전과 직진을 모두 할 수 있는 줄에 서 있었다. 아침 강의가 있는 날도 아니었기에 나는 오늘이 그날이다 생각하며 차를 곧

바로 몰았다.

　내 추측은 정확하게 맞아떨어졌다. 그 작은 터널을 빠져나가자마자 예전에도 있었던 작은 아파트 몇 동이 왼쪽에 나타나고 그 앞에는 장승배기에서 타고 들어온 버스가 되돌아나가던 작은 공터가 거의 그 모습 그대로 있었다. 그 공터에서 왼쪽 골목으로 들어서 두어 번 꺾어 올라가면 우리 집이 있었다. 그때에는 퍽 넓었다고 생각되는 골목으로 어렵사리 차를 몰아 예전에 판자촌이 있던 봉천동 달동네로 넘어가는 언덕길을 따라 올라갔다. 그 길 역시 예전에 비해 형편없이 좁아 보였다. 약간 비탈진 길이라 좀 불편하긴 해도 동생들이랑 자주 공을 차던 길인데 차 두 대가 겨우 비킬 정도로 좁았다.

　예전 우리 집 대문 건너편 담벼락에 차를 세웠다. 차에서 내려 우선 집을 위아래로 찬찬히 훑어보았다. 좀 칙칙해진 것 같을 뿐 예전 모습 그대로였다. 막 지나쳐 온 골목길도 그렇지만 집도 예전에 비해 왜 그렇게 작게만 느껴지는지 묘한 기분이 들었다. 언뜻 내가 커서 그렇거니 했지만 이내 그 생각은 옳지 않다는 걸 깨달았다. 그 집에 살던 당시 나는 이미 대학생이었고 지금보다 덩치가 크면 컸지 작지 않았을 테니 말이다. 내 몸 크기와 상대적인 차이 때문은 아니라는 게 밝혀졌고, 그렇다면 왜 그리 모든 게 다 작아 보이는 것일까? 더 넓은 세상을 보고 와서 그럴까?

　1981년 6월 말 나는 같은 과에 있던 피어슨David Pearson 교수의 연구팀에 끼어 애리조나로 향하고 있었다. 모두 여섯 명으로 구성된 우리 일행은 학교에서 빌린 차 두 대에 나눠 탄 채 펜실베이니아에서 애리조나까지 미국 대륙을 거의 대각선으로 횡단할 참이었다. 사실 나는 연구도 연구였지만 미국에 온 지 2년밖에 안 된 때였기 때문에 미국의 여러 다른 지역을 한꺼번에 다 볼 수 있다는 점에 더 흥분되어 있었다. 펜실베이니아를 떠나 오하이오, 인디애나, 일리노이, 미주리, 캔자스의 한복판을 가로지른 후 오클라호마와 텍사스의 북서쪽 귀퉁이를 사뿐히 즈려밟고 뉴멕시코를 거쳐 애리조나에 도착했다. 사흘을 꼬박 달려온 길이다.

　애리조나에 도착한 날 밤 맥주잔을 기울이며 피어슨 교수는 내게 거쳐 온 곳들 중 어디가 가장 인상적이었느냐고 물었다. 내 눈에 비친 미국의 모습이 그들에게도 적지 않게 궁금했던 모양이었다. 나는 아무런 머뭇거림 없이 곧바로 캔자스였다고 대답했다. 모두들 실망하는 빛이 역력했다. 평평한 땅에 가도가도 옥수수밭과 들판밖에 없는 캔자스를 미국 사람들은 대개 가장 볼거리가 없는 지겨운 곳으로 여긴다. 하지만 작은 반도의 나라에서 온 나에게는 그곳만큼 신기한 곳은 또 없었다. 저 멀리 일직선으로 그어진 지평선은 서부영화를 빼곤 태어나서 한 번도 본 적이 없는 가슴 벅차도록 진기한 풍경이었다.

또 저 멀리 지평선 가까이 한 무리의 개미떼처럼 꼬물거리던 소들의 모습도 잊을 수 없었다. 쌍안경을 눈에 대고서야 그들이 진정 소들이라는 걸 확인할 수 있었다. 한쪽 울타리에서 무려 15분을 달려야 다른 쪽 울타리가 나타나던 목장도 내게는 충격 그 자체였다.

"실례지만 누구시죠?"

30대 중반쯤 돼 보이는 아주머니가 내 앞에 버티고 섰다.

"누구신데 남의 집을 아까부터 자꾸 올려다보시는 거예요?"

"아, 죄송합니다. 실은 제가 오래전에 이 집에 살았었거든요."

연신 나를 위아래로 훑어보던 아주머니는 더 이상 아무런 대꾸도 없이 대문을 걸어잠그고 휭하니 들어가버렸다. 잠시나마 혹시 나를 집 안으로 초대해주지나 않을까 은근히 기대했던 나는 그만 머쓱해지고 말았다. 그동안 내가 살던 미국 동네에서는 이만 못한 일에도 선뜻 현관문을 열어줬던 걸 기억하곤 입안이 씁쓸해지는 걸 느꼈다. 똑같은 상황은 아니지만 대학 때 읽었던 조해일의 소설 「왕십리」의 장면들이 스쳐갔다.

나는 그 아주머니가 집 안으로 초대해줬으면 염치 불구하고 들어갈 참이었다. 그 집은 그냥 우리 가족이 한때 살았던 그런 평범한 집이 아니다. 대학교 3학년 시절 지방에 계시던 아버지를 대신하여 내가 어머니와 함께 직접 지은 집이다. 아버지를 도와 기본 설계도 직접 하고 인부 관리에서 집들이까지 손수 일일이 챙겨 세상에 내보낸 내 자식과 같은 집이다. 바로 집 앞에 있던 복덕방 안의 작은 방을 빌려 눈을 붙이며 어렵게 지은 집이다. 불 같은 성미의 인부들을 통솔하기 위해 수염도 잘 깎지 않고 늘 모자를 눌러쓴 채 30대 중반 흉내를 내가며 지은 집이다. 인부들과 친해지기 위해 그야말로 원조 철판구이 돼지갈비에 소주잔을 기울여가며 지은 집이다. 밤마다 슬쩍슬쩍 자재를 빼돌리던 야방(당시 밤중에 공사판을 지키는 사람을 가리켜 부르던 이름)을 쫓아보내고 벽만 세운 방에서 선잠을 자며 지은 집이다.

얼마 안 되는 공간에 가능하면 널찍하게 보이도록 짓기 위해 나름대로 상당한 노력을 했다. 학교 도서관에 있는 건축 관련 서적들을 모조리 찾아 읽었고 그 당시 종로 2가에 군데군데 있었던 일본 서점마다 들러 멋진 저택 사진들이 들어 있는 책들도 죄다 들쳐 보았다. 평소에 알고 지내던 고등학교 선배 건축설계사무소에도 쳐들어가 이것저것 물어보기도 했다. 그래서 이른바 '죽은 공간 dead space'을 줄이는 방법으로 설계해야 한다는 것도 배웠다. 집들이 때 오신 동네 복덕방 할아버지께서 죽은 공간을 최대한으로 줄인 거실 입구에 서서 "집이 밖에서 보기보다 훨씬 넓네" 하시며 집값을 기대보다 훨씬 더 높게 부르시던 기억이 난다. 미국에 살던 어느 날 부모님들이 그 집을 팔고 다른 곳으로 이사하셨다는 얘기를 뒤늦게 전해 듣고 무척이나 섭섭해했던 기억도 난다. 언젠가 꼭 또 한 번 집을 짓고 싶다.

집을 짓는 행동은 많은 동물들에게 거의 본능과 같은 속성이다. 모든 동물들이 다 자기가 살 집을 만드는 것은 물론 아니지만 지극히 간단한 단세포 생물인 몇몇 원생 동물들도 자기 몸을 감싸줄 간단한 형태의 '집'을 짓는 다. 아메바 계통의 이들 원생동물들은 스스로 분비하여 만들어낸 비교적 단단한 구조물 속에 자신들의 부드러운 몸을 숨기고 산다. 알고 보면 바닷가 모래의 상당한 양이 바로 유공충이라는 원생동물들의 버려진 집들이다.

다세포 생물 중 비교적 간단한 동물들로서 여러 가지 복잡한 구조물을 만드는 예로는 곤충이 대표적이다. 깨 끗한 계곡을 따라 흐르는 개울물 속에는 종종 날도래라 는 수서곤충의 유충들이 산다. 이들은 모래, 조각난 이파 리, 죽은 달팽이 껍질 등을 모아 작은 대롱 모양의 집을 짓고 그 속에 들어가 산다. 그런데 이들이 집을 짓는 과 정을 관찰해보면 그저 단순히 주변에 흩어져 있는 작은 입자들을 마구잡이식으로 긁어모아 만드는 게 아니다. 집의 전체 형태에 맞추어 적절한 크기의 입자들만 선택한다. 어떤 종들은 식물의 이파리를 적당한 크기로 자른 후 그들을 잘 이어서 집을 만들기도 한다.

날도래가 집을 짓는 모습을 관찰하다보면 마치 그들이 신중하게 여러 가지 문제들을 고려하며 어떤 설계도에 따라 짓고 있다는 느낌이 든다. 하지만 좁쌀보다도 더 작은 두뇌를 가진 그들이 무슨 재주로 그럴 수 있으랴? 더구나 아예 신경계라는 것조차 갖고 있지 않은 유공충 같은 단세포 생물들은 또 어쩌랴? 따지고 보면 설계도가 없는 것은 아니다. 다만 머리로 만든 설계도가 아니라 유전자가 미리 그려준 설계도일 따름이다. 동물들이 만드는 구조물들의 거의 대부분은 배우지 않고도 만들 수 있는 것들이다. 조상으로부터 물려받은 그들의 유전자에 이미 어떻게 만들면 된다는 기본 정보가 기록되어 있기 때문이다.

하지만 우리 인간은 요모조모 생각하며 온갖 다양한 형태의 집들을 짓고 산다. 동물들의 건축물 중 가장 놀라운 것은 아마도 흰개미들이 만들어내는 마천루일 것이다. 호주나 아프리카의 초원에서 흰개미 집을 실제로 본 경험이 있는 이들은 그 엄청난 규모에 놀라움을 금치 못한다. 그리고 어른 키를 훌쩍 넘는 그 거대한 구조물이 몸길이가 불과 4분의 1센티미터 정도밖에 안 되는 흰개미 노동자들에 의해 만들어졌다는 사실은 우리가 만든 그 어떤 고층건물과도 비교할 수 없는 놀라운 일이다. 그렇지만 흰개미들의 집 짓는 행동이 기본적으로 유전자에 입력되어 있다 할지라도 어떻게 그 엄청난 규모의 마천루를 설계할 수 있는지에 대한 의문은 여전히 남는다. 그들 사회에 우리처럼 건축설계사라는 직업을 가진 흰개미들이 있어서 청사진을 만들어 공사를 시작하는 것은 아닐 것이다. 또 공사장에서 작업을 진두지휘하는 십장이 있는 것도 아니다. 복잡계 이론을 연구하는 학자들의 연구에 의하면 각 흰개미의 작은 노력이 결집되어 나타나는 결과라고 한다. 한 흰개미가 쌓은 흙더미 위에 또 다른 흰개미가 흙더미를 올려놓고 또 올리고 하면서 차츰 구조를 만들어간다는 것이다. 그래서 한 지역에 있는 같은 종의 흰개미 집들 중 모양이 같은 것은 절대 없다.

더욱 놀라운 것은 기름 한 방울이나 전력의 소모도 전혀 없이 그 큰 건물 내부의 온도를 항상 일정하게 유지시켜주는 저렴하고도 우수한 냉난방 시설을 갖추고 있다는 점이다. 넓은 초원 위에 불붙듯 이글거리는 태양 아래 노출되어 있지만 건물 하부의 입구를 통해 들어온 더운 공기가 굴뚝처럼 수직으로 뚫려 있는 통풍관을 따라 상승하며 굴 속의 수분을 증발시켜 실내의 온도를 조절한다. 실내 온도가 불쾌한 수준으로 접어들면 흰개미들은 모두 물 사냥을 나간다. 티끌 모아 태산인 격이지만 제가끔 입에 물고 온 물방울을 굴 벽면에 뿌린다. 그러면 그 물이 증발하며 열기를 앗아가기 때문에 자연스레 실내 온도가 조절

된다. 삼복더위에 집 앞에 물을 뿌려 시원하게 만들던 옛 어른들과 흡사하다. 어찌 보면 지극히 간단한 물리학적 원리지만 우리 어른들이 반드시 중학교 물상 시간에 배웠기 때문에 물을 뿌렸던 것이 아닌 것처럼 흰개미들도 경험을 통해 비슷한 생활의 지혜를 터득했을 것이다.

동물계를 통틀어 흰개미에 대적할 만한 또 하나의 토목사업가로 비버를 들 수 있다. 북미의 숲에 사는 비버는 날카롭고 강한 이빨로 제법 굵은 나무들을 잘라 흐르는 강물에 댐을 건설하여 호수를 만들고 그 호수 안에 집을 짓는다. 겨울이 되어 호수가 얼어붙어도 얼음 아래서 겨울을 날 수 있을 만큼 깊은 물을 스스로 만들며 살아간다. 자연을 있는 그대로 놓고 적응해가며 사는 것이 아니라 우리 인간처럼 자연을 변화시켜 보다 적합한 환경을 만들어가며 사는 것이다.

인간은 자연을 그 어느 동물보다도 효과적으로 사용하는 동물이다. 나는 종종 어느 이름 모를 행성의 생물학자들이 지구에 살고 있는 동물들의 행동과 생태를 연구하러 올지도 모른다는 상상을 한다. 하늘을 찌를 듯 솟아오른 고층 건물들, 그런 건물과 건물들을 연결시켜주는 도로망들, 그 도로 위를 질주하는 자동차라는 신종 동물들, 온갖 농작물들을 기르기 위해 일구어놓은 크고 작은 농지 등을 바라보며 주변 환경을 능동적으로 변화시키며

적응해가는 지구 생태계의 동물들이 사는 모습을 흥미롭
게 기록할 것이다. 더욱이 그 모든 것들이 다 호모 사피
엔스라는 한 종의 동물에 의해 만들어진 것이라는 사실
을 알고는 적지 않게 놀랄 것이다. 내가 지은 집도 그들
이 들여다볼까?

자연의 뒷모습

지금 이 순간에도 지구 곳곳에는 수많은 동식물들이 속절없이 우리 곁을 떠날 준비를 하고 있다. 동강이 무너져내리는 게 안타까워 읊은 최승호 시인의 시 「이것은 죽음의 목록이 아니다」에는 수달, 멧돼지, 오소리로 시작하여 왕고들빼기, 이고들빼기, 고들빼기에 이르기까지 우리 인간의 손에 목숨을 내맡긴 이 땅의 생물들 이름들이 줄줄이 동아줄에 묶여 있다. 우리 곁을 떠나는 것들을 생각하면 나는 제일 먼저 황금두꺼비를 떠올린다.

태풍 ‘루사’가 휩쓸고 지나간 뒤로 자연이 여기저기 벌 건 뱃살을 드러낸 채 드러누웠다. 꿈에도 그리는 내 고향 강릉江陵이 졸지에 시뻘건 강펄로 변하고 말았다. 비교적 어려서 떠난 고향이지만 대학에 들어가기 전까지는 방학 이란 방학을 거의 깡그리 보낸 곳인데. 나이 오십이 다 된 요즘도 눈을 감으면 강릉역에서 남대천을 가로질러 집에 이르는 솔밭길이 낯익은 수채화처럼 그려지는 그런 곳인데. 때로 남대천에 물이 불으면 아랫도리를 벗어 머 리에 이고 건너긴 했지만, 그 강이 이렇게 화가 나 세상 을 온통 개흙밭으로 만들 줄이야.

하루에 거의 1미터의 비가, 그것도 온대지방에 쏟아지 는 일은 있을 수도 없고 있어서도 안 될 일이다. 근 20년을 열대에 드나들었지만 일찍이 그런 비는 맞아보지 못했다. 쏟아붓기 시작하면 순식간에 속옷까지 적시긴 하지만 좀처럼 하루 종일 내리붓지는 않는다. 한바탕 내리부어도 열대의 흙은 구멍이 숭숭 많아 대부분은 그냥 어디론가 스며들어 사라지고 만다. 그러지 않아도 차지디차진 온대의 흙 위로 그렇게 많은 비가 내리쏟으면 어쩔 수 없이 보다 낮은 곳으로 내달릴 수밖에 없다. 그 비에 쓸려나간 온갖 잡살뱅이가 동해 바다 밑바닥마저 폐허로 만들었단다.

지구촌 곳곳이 온통 물난리다. 그렇다고 예전보다 부쩍 비가 많이 내리는 것은 아닌 것 같다. 여기저기 땅들이 계속 사막으로 변하는 것만 보더라도 비가 덜 왔으면 덜 왔지 더 오는 건 아닌 듯싶다. 다만 지역마다 쏟아지는 비의 양이 일정치 않을 뿐이다. 비가 제법 많이 오던 지역에는 갑자기 비 듣는 소리가 멈췄고 그 대신 엉뚱한 곳에 전례 없이 흠뻑 쏟아붓는다. 지구 생태계의 물 순환에 균형이 깨진 것이 틀림없어 보인다. 그리고 이런 추세는 앞으로 점점 심해질 전망이다. 이번엔 강릉이었지만 다음엔 어디가 될지 아무도 모를 일이다.

이번 비가 쓸고 간 것 중 특별히 우리 가슴을 섬뜩하게 한 것은 이미 오래전에 죽은 주검들이었다. 강릉의 한 공원묘지에서는 무려 수백 구의 주검들이 빗물에 쓸려나갔다. 산 목숨을 급류에 쓸려보낸 슬픔과 비할 바는 물론 아니겠지만, 하루아침에 조상의 묘를 잃은 자손들의 허탈함도 미처 말로 형용하기 어려울 지경이다. 떠내려간 대문은 다시 만들어 세울 수 있지만 사라져버린 조상의 주검을 무슨 수로 복원할 수 있겠는가. 이미 오래전에 영혼이 떠나버린 빈 몸이지만, 그 몸마저 잃고 난 지금 다시금 영혼을 마주할 면목이 없으리라. 한 목숨을 두 번 죽인 것 같은 느낌이 들 것이다.

내가 구구절절이 이들의 심정을 되짚어보는 데는 다 그만한 이유가 있다. 저녁 뉴스 시간에 그 황량한 공원묘지의 모습을 보는 순간 나는 온몸의 피가 거꾸로 흐르는 듯했다. 영락없이 할아버지 할머니를 모셔둔 바로 그 공원임을 나는 한눈에 알아보았다. 곧바로 강릉 시내에 사시는 작은아버지에게 전화를 했다. 웬일인지 아무도 전화를 받지 않았다. 바로 엊그제 비로 인한 피해는 없는가 알아보려 전화했을 때에는 마침 서울서 내려가 있던 사촌동생이 받았었는데 이번엔 아무도 전화를 받지 않았다. 뒤숭숭한 마음에 잠을 설쳤다. 이튿날 어머니가 전화를 하시고 할아버지 할머니 산소는 무사하다고 전해주셨다. 바로 주변의 많은 묘들이 다 쓸려 내려갔건만 꿋꿋이 버텨주셨단다. 불현듯 어려서 빗방울이 굵어지기 시작하면 한밤중에라도 주무시다 말고 논에 물꼬를 트러 나가시던 할아버지가 기억났다. 아마 이번에도 일찌감치 일어나셔서 물꼬를 다른 쪽으로 터놓으셨으리라. 그 부지런한 양반이 충분히 그러고도 남으셨으리라.

나는 할아버지 할머니 두 분 다 임종을 하지 못한 불효자다. 할아버지는 내가 미국생활을 청산하고 귀국하기 바로 전 해에 돌아가셨다. 돌이켜보면 나는 능히 그분을 임종할 수 있었다. 서울대학에 교수직을 얻어놓고도 미국에서 하던 연구가 채 끝나지 않아 1년간 귀국을 연기하던 중 할아버지는 그만 숨을 거두시고 말았다. 할아버지는 별나게 오랫동안 숨줄을 놓지 않으셨단다. 집안 어른들 말씀으로는 맏손주를 보고 돌아가시려고 그렇게 끈질기게 버티셨단다. 내가 귀국을 연기하지 않고 예정대로 돌아왔더라면 마지막으로 한 번 뵙고 보내드릴 수 있었을 텐데.

할아버지는 날 특별히 사랑하셨다. 방학 때 시골에 가면 아침저녁으로 나는 늘 할아버지와 겸상을 했다. 할머니나 삼촌들은 죄다 저만치 문 쪽에 큰 상을 펴고 함께 식사를 했지만 나는 늘 할아버지와 마주앉아 식사를 했다. 남자치고 가냘프다 싶을 정도로 호리호리한 몸매를 지닌 나와는 달리 할아버지는 기골이 장대한 분이셨다. 젊었을 때 씨름으로 황소도 두어 마리 타셨다고 한다. 마주앉아 식사를 하면서 가장 인상 깊었던 것은 생선을 드시는 모습이었다. 꽁치는 말할 것도 없고 두툼한 고등어도 머리부터 들어가면 꽁지도 안 남는다. 뼈고 내장이고 발라내는 게 없으셨다. 중학교 3학년 때 경포대로 캠핑을 가던 길에 우리 집에 들러 하룻밤을 지냈던 내 친구들이 지금도 하는 얘기가 있다. 강낭콩을 한 말 가득 담은 다음 한쪽 손잡이에 손가락 두 개만 넣은 채 콩알 하나도 떨어뜨리지 않고 들어올리던 우리 할아버지를 그들은 아직도 기억하고 있다.

1979년 여름 미국 유학을 앞두고 마지막으로 할아버지를 뵈러 강릉에 갔었다. 아버지도 함께 갔었다.

"아버지, 재천이가 미국으로 공부를 하러 간답니다."

"뭘 공부는 여적 했는데 또 하러 가냐?"

"박사를 하러 가는 거예요."

별나게 마디가 굵은 할아버지의 손이 내 손을 움켜쥐었다.

"박사? 네가 언제 그걸 하고 와서 강릉시장이 될 거냐?"

"할아버지, 전 강릉시장이 되는 공부를 하는 게 아니고, 대학교수가 될 겁니다."

"대학교수? 그래도 남자는 나라의 녹을 먹어야 한다. 그래 언제 강릉시장을 할 거냐."

평생토록 대관령 기슭에서 농사만 지으신 할아버지에게는 출세의 정점이 강릉시장이었다. 나는 결국 할아버지 생전에 강릉시장이 되어드리지 못했다. 4, 5년 만에 돌아온다며 떠난 손주를 기다리며 무려 15년이란 세월을 버티셨지만 끝내 홀로 떠나셨다. 나는 지금도 할아버지 생각만 하면 가슴 한복판이 그냥 무너져내린다.

나는 할머니 역시 임종을 하지 못한 채 떠나보냈다. 할머니는 지난해 봄 평생을 끼고 사신 담석증 때문에 급기야 병원에 입원을 하셨다. 아무래도 곧 숨을 거두실 것 같다는 작은아버지의 전화에 마지막으로 뵈러 갔다. 거의 피골이 상접하신 할머니는 맏손주가 왔다는 고모의 말에 실눈을 뜨시곤 이내 눈물을 흘리셨다. 돌아가시면 전화하마 하시는 작은아버지를 뒤로하고 서울로 돌아왔건만 할머니는 좀처럼 떠나시지 않으셨다. 나는 그해 여름 미국에서 연구 계획이 잡혀 있던 터라 곧 떠나야 할 형편이었다. 만약의 경우를 대비하여 출국 하루 전에 마지막으로 한 번 더 할머니를 뵈러 갔다. 그리곤 미국에 가 있던 어느 날 동생의 전화를 받았다. 여러 해 전 할아버지가 돌아가셨다는 국제전화를 받았을 때처럼 나는 조용히 운동화를 챙겨 신고 밖으로 나갔다. 한참을 걷다 돌아온 나를 안사람과 아들이 다가와 조용히 안아주었다.

지금 이 순간에도 지구 곳곳에는 수많은 동식물들이 속절없이 우리 곁을 떠날 준비를 하고 있다. 동강이 무너져내리는 게 안타까워 읊은 최승호 시인의 시 「이것은 죽음의 목록이 아니다」에는 수달, 멧돼지, 오소리로 시작하여 왕고들빼기, 이고들빼기, 고들빼기에 이르기까지 우리 인간의 손에 목숨을 내맡긴 이 땅의 생물들 이름들이 줄줄이 동아줄에 묶여 있다. 우리 곁을 떠나는 것들을 생각하면 나는 제일 먼저 황금두꺼비를 떠올린다. 1980년대 중반까지만 해도 중미 정글 곳곳에서 그리 어렵지 않게 볼 수 있었던 그들이 어느 순간 한꺼번에 자취를 감추고 말았다. 나 역시 개미 연구를 위해 종종 찾았던 코스타리카의 고산지대 몬테베르데 숲 속에서 늘 보던 그들을 갑자기 볼 수 없게 된 때를 1986년으로 기억하고 있다. 몬테베르데에는 그들을 보기 위해 내가 일부러 찾던 숲 속의 작은 웅덩이가 있었다. 황금두꺼비 수컷들은 머리끝에서 발끝까지 눈이 부시도록 아름다운 오렌지 색깔로 뒤덮여 있지만 대낮에는 어디로 숨었는지 보이지도 않다가 해가 떨어져 어두워지면 하나 둘씩 웅덩이 근처로 모여든다. 마치 우리 옛이야기 〈선녀와 나무꾼〉에 나오는 선녀들처럼 인적이 끊긴 깊은 산 속 웅덩이에 내려와 멱을 감는다. 방해가 될까 숨소리마저 죽이고 나무 뒤에 숨어 그들을 관찰하는 내 모습은 영락없는 나무꾼이다. 그들은 정말 고혹적인 몸매를 자랑이라도 하듯 다리를 길게 뻗어 보이기도 하고 속이 훤히 다 비치는 웅덩이 물속으로 첨벙 뛰어들어 수영을 즐기기도 한다. 하지만 이 한가로운 풍경은 어느 모로 뜯어보나 매력이라곤 찾아보기 어려운 우둘투둘한 암컷 한 마리의 등장으로 금방 규환지옥으로 변하고 만다. 여유 있게 풍류를 즐기던 미모의 '오렌지족' 수컷들이 한순간에 색에 굶주렸던 늑대들로 돌변한다. 한 마리의 암컷을 향해 수컷들은 체면이고 위신이고 다 던져버리고 몸을 날린다. 이렇게 뒤엉킨 상태에서 암컷이 물속으로 알을 흘리면 사방팔방으로부터 그 알들을 향한 수컷들의 사정이 벌어진다. 맨눈으론 볼 수 없지만 그 물속에는 여러 수컷의 몸을 빠져나온 정자들의 치열한 경주가 벌어지고 있으리라. 내가 나무 뒤에 숨어 지켜보건 아니건 그 숲 속에서는 거의 매일 밤 이 같은 성의 향연이 벌어지고 있었다. 그런데 어느 날부터인가 그 '선녀'들은 더 이상 이 행성을 찾지 않는다. 요즘은 어느 행성으로 나들이를 다니는지? 이럴 줄 알았으면 그들이 벗어놓은 옷가지라도 한두 개 숨겨둘걸.

나는 요즘 좀 지나치다 싶을 정도로 강의를 많이 하고 산다. 결코 '자연스러운' 생활이 아니다. 몇 년 전 TV에서 반년에 걸친 강연 시리즈를 하고 난 다음부터는 정말 강연 요청이 쇄도한다. 들어오는 요청을 다 받아들이면 거의 사흘이 멀다하고 강의를 해야 할 지경이다. 하지만 얼마 전부터 지방대학에서 교편을 잡고 있는 안사람 몫까지 상당 부분 떠맡아 가사를 책임져야 하는 관계로 거의 대부분의 요청을 어렵게 고사하며 꼭 해야 할 강연만 하는데도 그 수가 만만치 않다. 좋게 얘기하면 다분히 인간적인 행동이겠지만 사실 강연을 하고 듣는 행동처럼 비자연적인 것은 또 없을 것이다. 동물을 연구하다보니 나는 종종 다른 사람들로부터 동물과 인간이 어떻게 다르냐는 질문을 받는다. "동물과 인간이 어떻게 다르냐구요? 다를 바 하나도 없지요. 인간도 엄연히 동물이니까요"라는 내 대답에 불편해하는 사람들이 적지 않아 보인다. 꼭 그들을 안심시켜야 한다고 생각하는 것은 아니지만 나는 대개 동물과 인간이 확연하게 다른 점 몇 가지를 덧붙인다. 그중 하나가 이른바 '강의 행동'이다. 이 세상 그 어느 동물도 자기들 중 한 동물을 앞에 세워 한 시간 이상 떠들게 하고 다른 동물들은 그동안 꼼짝도 하지 않고 그걸 듣는 기이한 행동을 보이지 않는다. 우리보다 훨씬 더 전체주의 체제를 가진 개미사회에서도 전혀 관찰된 바 없는 행동이다. 제아무리 천하를 호령하는 여왕개미도 일개미들을 한데 모아놓고 지시를 내릴 만큼 막강하진 못하다. 강의는 인간만이 하는 지극히 '비자연적인' 행동이다. 하기야 그 덕분에 우리는 그 짧은 시간 동안에 다른 사람이 오랜 시간 동안 축적한 지식을 고스란히 전수할 수 있긴 하지만.

나는 강의를 퍽 자연스럽게 한다는 평을 듣는 편이다. 하지만 나는 슬라이드, 즉 사진이 없으면 '자연스러운' 강의를 하지 못한다. 고등학교 시절에 읽은 영어 지문에 이런 얘기가 있었다. 강단에 올라서기만 하면 기가 막히게 훌륭한 연설을 해대는 친구가 괜히 미워 골탕을 먹이는 방법을 찾던 중 그 친구에게는 연설을 할 때 늘 저고리 뒷면에 달아놓은 단추를 만지작거리는 버릇이 있다는 걸 발견한다. 그래서 어느 날 그 친구가 단 위로 오르기 직전에 그 단추를 떼어내 버린다. 그런 줄도 모르고 단상에 오른 이 친구는 여느 때처럼 여유를 부리며 연설을 시작했다. 그러나 이내 있어야 할 자리에 단추가 없다는 걸 알게 된 그는 고전 끝에 결국 연설을 다 마치지 못한 채 단을 내려와야 했다는 얘기였다. 사진을 없애면 내가 꼭 그 친구 꼴일 것이다. 어떤 의미에서 나는 사진을 늘어세우며 강의를 정리하는지도 모른다. 강의도 거의 사진에 해설을 붙이는 식으로 한다. 그래서 나는 평소에 강의에 쓸 좋은 사진을 찾느라 두리번거린다. 필요하면 다른 이들의 사진도 얻어서 쓰지만 내가 직접 찍어서 사용하기도 한다. 열대의 정글 속을 헤맬 때도 배낭 속에 든 것 중 가장 무거운 것들은 결국 사진 장비들이다. 주로 작은 곤충을 확대하여 찍으려니 렌즈며 플래시며 들고 다녀야 할 장비가 만만치 않다. 그 당시 함께 사진 장비를 메고 정글을 헤매던 하버드대학 동료들 중에는 지금 내셔널지오그래픽의 전속 사진작가가 된 친구들이 둘이나 있다.

그 친구들만큼 일가를 이루진 못했지만 나도 사진이라면 좀 해본 사람 축에 속한다. 대학 시절 가까운 친구 몇몇과 함께 만든 '영상'이라는 이름의 사진 동아리는 지금도 서울대학에서 왕성한 활동을 하고 있다. 아마 전국에서 제일 큰 규모의 대학생 사진 동아리일 것이다. 나는 그 동아리의 초대 회장을 지냈다. 내가 친구들 중 제일 사진 기술이 뛰어났던 것은 결코 아니다. 아마 실력으로 따지면 제일 처지는 편이었을 것이다. 그때가 바로 서울대학이 지금의 관악산 교정으로 이사하던 때였는데 우리는 당시 몇몇 단과대학의 작은 사진 동아리들을 한데 묶는 작업을 하고 있었다. 허구한 날 모여 논의는 열심히 하는데 뭐 제대로 되는 일이 없는 것 같아 어느 날 회의에서 나는 이렇게 지지부진하려거든 차라리 하지 말자는 말을 던지곤 자리를 박차고 일어나 집으로 돌아와버렸다. 집에 돌아와 잠옷으로 갈아입고 편안하게 있으려는데 친구들이 전화를 하고 집 근처까지 왔으니 잠깐 나오라는 것이었다. 나는 더 할 말도 없으니 그냥 돌아가라며 전화를 끊으려는데 잠깐이면 된다고 하도 간청을 해 하는 수 없이 다시 옷을 주섬주섬 차려입고 집을 나섰다. 집 동네 골목길에 있는 선술집에서 소주 한 병을 놓고 마주앉았다. 한참 뜸을 들이던 친구들은 소주 두어 병을 다비울 때가 돼서야 날 찾아온 이유를 꺼내놓았다. 나도 없는 자리에서 나를 회장으로 선출했다는 얘기였다. 그렇게 해서 나는 뜻하지 않게 사진 동아리 회장이 되었다. 사실 그 당시 나는 내 사진기도 하나 없는 사람이었다. 온갖 핑계를 다 동원하며 고모부의 아사히 카메라를 빌려 사진을 찍으러 다녔을망정 참 즐거웠고 많은 걸 배웠던 시절이었다.

　며칠 전 김화영 선생님이 번역한 『뒷모습』이란 책이 현대문학사로부터 날아들었다. 에두아르 부바의 사진에 미셸 투르니에가 글을 붙인 책이다. 글이야 투르니에의 글이니 더 말할 나위가 없지만 사진책치곤 그야말로 상식을 뒤엎는 파격이었다. 사진을 좀 배운 사람이라면 누구나 알 만한 얘기지만 인물사진을 찍는데 뒷모습을 찍는다는 건 한마디로 상식 이하의 짓이다. 당연히 앞모습을 찍어야 하고 표정의 미묘함을 담아내기 위해 언제나 ‘한 발짝 더 다가서라’ 라는 행동지침을 따라야 한다. 어쩌다 부바는 이처럼 자주 뒷모습을 찍게 되었을까? 김화영 선생님은 역자의 말에서 “나에게 등을 돌리고 가는 사람, 그는 다시 돌아오지 않을지도 모른다”라고 쓰고 있다. 돈도 없고 기력도 없어 미처 영정사진을 준비하지 못한 채 돌아가시는 무의탁 노인들을 찾아가 사진을 찍어주는 어느 따뜻한 경찰관 얘기를 들은 적이 있다. 나는 아직 이제 영영 다시 돌아오지 않을 생물들의 영정사진을 미처 다 찍어두지 못했다.

　자연을 연구하는 자연학자가 된 이후로는 어딜 가든 늘 사진 장비를 메고 다니는 버릇이 생겼다. 하지만 무거운 어깨를 잠시 쉬게 할 생각에 어쩌다 사진 가방을 두고 나오면 반드시 기가 막힌 사진거리가 나타나는 건 무슨 조화일까? 사진기를 목에 걸고도 결국 사진을 손에 쥐지 못한 뼈아픈 경험들이 있다. 그중 하나는 내가 내 생애 단 한 번 케찰quetzal이라는 새를 만났을 때였다. 인도에 공작이 있고 동남아시아에 극락조가 있다면 중남미에는 바로 케찰이 있다. 과테말라의 국조이기도 한 이 새의 수 컷은 온몸이 야하다 싶을 정도로 현란하고 뚜렷하게 구별되는 녹색과 적색의 깃털로 뒤덮여 있다. 또한 몸길이의 몇 배나 되는 긴 꼬리깃털은 정말 장관이다. 그날 우리 일행은 비교적 높은 언덕을 걸어서 넘고 있었다. 누군가가 외치는 "케찰이다!" 하는 소리에 모두들 거의 반사적으로 목에 건 쌍안경들을 거머쥐었다. 그날 나는 고도에 따른 곤충 분포 현황을 조사하는 임무를 띠고 있었던 터라 조사 장비가 무거워 늘 가지고 다니던 쌍안경을 챙기지 않았다. 옆의 친구에게 쌍안경을 다 쓰고 나면 좀 빌려 달라고 졸라댔다. 하지만 그 친구에게서 쌍안경을 건네받기도 전에 케찰은 더 깊은 숲 속으로 날아가버리고 말았다. 섭섭해하는 내게 그 친구는 내 목에 쌍안경 대신 늠름한 망원렌즈를 장착한 카메라가 걸려 있다는 걸 일깨워줬다. 쌍안경을 가지고 있지 않던 다른 친구들은 보통 렌즈밖에 달려 있지 않은 카메라를 가지고도 케찰 사진을 찍느라 법석을 떨었건만 나는 누구보다도 잘 갖췄으면서도 엉뚱한 쌍안경만 찾았던 것이다. 가끔 머

리 한복판에 구멍이 휑하니 뚫린 사람처럼 행동한다는
안사람의 말이 떠올랐다.

　사진은 분명히 찍었는데 무슨 까닭인지 새카맣게 타버
린 경험도 있다. 코스타리카의 태평양 연안에 있는 오사
Osa 반도에 가려면 배를 타고 바다로 접근하거나 경비행
기를 타고 가야 한다. 육로로는 숲이 너무 깊어 갈 수 없
는 곳이다. 1984년 여름 나는 동료 몇과 같이 그곳에 가
기 위해 미 공군 비행장이 있는 작은 마을에 도착했다.
이미 늦은 오후로 접어든 시각이었기 때문에 우리는 다
음 날 일찍 비행기를 타기로 하고 작은 펜션에 여장을 풀
었다. 대충 씻은 후 모두 저녁을 먹으러 나갔다. 별로 크
지 않은 마을이었지만 중국음식점이 거의 열 개 넘게 있
었다. 예전에 철도 노역을 하러 이곳으로 이주해온 중국
인들이 귀국하지 않고 차린 음식점들이란다. 우리는 그
들 중 가장 널찍하고 깨끗해 보이는 집으로 들어섰다. 우
리 일행이 자리를 잡고 음식을 주문하기 시작할 때부터
우리 식탁 곁에는 그저 대여섯 살밖에 안 돼 보이는 눈망
울이 초롱초롱한 중국 여자아이 하나가 서 있었다. 모두
들 그 귀여운 아이에게 말을 걸기 시작했다. 나는 다른
친구들보다 비교적 스페인 말이 서툴러 대체로 입을 다
물고 있었다. 그런데 그 아이는 어느새 내 곁에 와 서 있
었다. 그리곤 빤히 내 얼굴을 들여다보는 것이었다. 숨겨
놓은 딸이냐며 놀리는 동료들의 말에도 아랑곳하지 않고

그 아이는 이제 아예 내 턱 밑에 와 있었다. 나는 그 아이에게 내 무릎을 내보였다. 아이는 기다렸다는 듯 선뜻 올라 앉았다. 음식을 들고 나온 주인 아주머니가 내 무릎에서 아이를 황급히 끌어내리려 했지만 그럴수록 아이는 나를 더 꼭 끌어안았다. 그 아이는 결국 저녁 내내 내 무릎을 떠나지 않았다. 식사를 마치고 식당을 나서기 전에 나는 그 아이와 아주머니를 벽면에 붙여 세우고 사진 한 장을 찍어두었다. 아주머니에게 손목을 잡힌 아이는 우리 일행이 골목 끝을 돌아 사라질 때까지 식당 앞에 그대로 서 있었다. 나는 몇 번이고 뒤를 돌아보며 아이에게 손을 흔들어 보였다. 그러나 아이는 한 번도 내게 손을 흔들지 않았다.

미국에 돌아오자마자 나는 그동안 찍은 사진들을 모두 사진관에 맡겨 현상을 의뢰했다. 언제나 그렇듯이 잘 나온 사진도 있고 맘에 들지 않는 사진들도 있었다. 그런데 무슨 이유에선지 그 아이를 찍은 사진은 까맣게 타버리고 없었다. 아마 플래시가 터지지 않았나 보다 하는 것이 내가 스스로에게 할 수 있는 가장 손쉬운 설명이었지만 섭섭한 마음을 금할 수 없었다. 몇 년 후 나는 오사 반도에 또 가기 위해 그 마을을 찾았고 그 아이가 보고 싶어 그 중국음식점에 들렀다. 아주머니는 예전의 그분 같은데 아이는 보이지 않았다. 아주머니에게 아이에 대해 물었다. 내 스페인어 실력이 짧아서 그랬는지는 모르지만 아주머니는 끝내 내게 그 아이에 대해 아무런 얘기도 해 주지 못했다. 사진이 있었더라면 보여주고 물을 수 있었건만 그저 안타까울 뿐이었다. 그날은 나 혼자였지만 처음 그 아이를 만났을 때에는 여러 친구들이 나와 함께 있었다. 내가 헛것을 본 건 분명 아니었다. 하지만 나는 지금도 그 아이에 대해 그 이상 더 아는 바가 없다. 그날 오랫동안 사라지는 내 뒷모습을 하염없이 바라보던 그 아이의 모습만 내 머릿속에 또렷이 남아 있을 뿐. 어쩌면 그 아이는 저 먼 세계에서 나를 보러 왔던 선녀였는지도 모른다는 생각이 든다. 왠지 그 아이의 사진첩엔 내 사진이 걸려 있을 것만 같다. 그리고 그건 내 뒷모습일 것 같다.

얼마 전 김춘수 시인의 「하늘에는 고래가 한 마리」라는 시를 읽었다.

그녀에게는
샅이 없었으면 좋겠다.
밑구멍이 없었으면 좋겠다.
그녀의 밤하늘에는 보늬 쓴
바끄럼타는 별들만 있었으면 좋겠다.

하늘에는 새들이 나는
길이 나 있다.

빤하다.

하늘에는 대문이 없다.

지붕이 없다.

하늘에는 나라가 없으니

국기가 없다.

하늘에는 아무 일도 없으니

너무 싱겁다고 천둥이 치고

어느 날 하늘에는

고래가 한 마리 죽어 있었다.

고래는 그 옛날 우리와 이 뭍에서 함께 살다가 우리가 싫어 우리에게 등을 보이며 바다로 돌아갔었다. 그런데 바다까지 따라와 괴롭히는 우릴 피해 언젠가 하늘로 올라간 모양이다. 대문도, 지붕도, 나라도 없는 그곳을 나는 고래들이 좋아할 줄 알았는데. 아마 그곳에는 삿도 없고 밑구멍도 없다는 걸 몰랐나 보다. 내가 오늘 올려다본 그 고래는 등을 내 쪽으로 한 채 누워 있었다. 아직도 다 물지 못한 콧구멍이 훤히 들여다보였다.

자연은 순수를 혐오한다

섞여야 건강하다. 섞여야 아름답다. 섞여야 순수하다. 왜냐
하면 자연은 태초부터 지금까지 늘 섞여왔기 때문이다. 자연
은 언제나 다양해지는 방향으로 움직여왔다. 다양해지기 위
해 섹스도 생겨났다. 섹스란 다름 아닌 유전자를 섞는 과정이
다. 자연은 순수를 혐오한다. 그걸 모르고 우린 큰 밭 가득 한
작물만 심는다. 곤충들에게는 그런 횡재가 따로 없다. 때 묻
지 않은 자연에서는 공격대상들이 워낙 띄엄띄엄 떨어져 있
어 일일이 찾아 다니며 파먹어야 하는데 우리가 친절하게 한
곳에 다 모아놓으니 얼마나 신 나는 일인가, 자연은 다양해서
아름답다. 꼭 보고 죽어야 할 세상이 그곳에 있다.

'순수'라는 말처럼 철저하게 우리를 구속하는 말도 그리 많지 않아 보인다. 순수한 아름다움을 지닌 미녀라는 둥, 순수한 감정으로 대하라는 둥. 순수하다는 게 도대체 뭐기에 이렇게 목을 매는가? 하도 악착같아 때론 그 자체가 순수하지 못하다는 생각마저 든다. 사전에 보면 '조금도 잡것이 섞이지 아니한 상태'를 순수라 일컫는단다. 산문적인 요소들을 배제하고 오로지 정서만을 표현하는 순수시를 부르짖는 시인들이 있는가 하면, 소설의 본질에 어긋나는 요소들일랑 철저하게 빼버린 순수소설을 주창한 앙드레 지드 같은 소설가도 있었다. 그런가 하면 인식의 한계를 넘어 형이상학을 만들어낼 수 있다고 믿었던 순수이성은 칸트에 의해 신랄하게 찢기기도 했다. 나

는 종종 주변 사람들로부터 순수과학을 하는 사람이라는
말을 듣는다. 그렇다면 내 동료 과학자들 중에는 더럽고
지저분한 과학을 하는 이들도 있단 말인가?

 "자연은 순수를 혐오한다." 우리는 끝없이 순수에 매달
리는데 자연은 오히려 그걸 혐오하다니. 우리에게 새롭
게 유전자의 관점에서 생명을 바라볼 수 있게 해준 연구
업적으로 생전에 이미 다윈 이래 가장 위대한 생물학자
라는 칭송을 한 몸에 받았던 고 해밀튼 박사가 남긴 말이
다. 이미 우리 사회에 일상 용어가 되어버린 '이기적 유
전자'의 개념이 바로 해밀튼 박사의 연구에서 나온 것이
다. 진화의 다른 말은 한마디로 '다양화'다. 적어도 이
지구라는 행성에서 벌어진 진화는 그렇다. 태초의 바다
에서 어느 날 우연히 태어난 DNA라는 묘한 화학물질이
그동안 변신에 변신을 거듭하여 이룩해놓은 것이 바로
오늘날 이 엄청난 생물다양성이다.

 다윈의 자연선택 메커니즘을 자칫 잘못 이해하면 자연
은 날이 갈수록 순수해질 수밖에 없어 보인다. 하나의 형
질에 존재하는 여러 변이들 중 가장 잘 적응한 것이 선택
을 받는 이른바 '자연선택' 과정이 거듭되면 결국 좋지
않은 변이들은 다 사라지고 가장 훌륭한 변이만 살아남
을 것이니 이를테면 잡것들은 다 제거되고 한 가지 제대
로 된 것만 남게 되는 게 아니겠는가? 그렇다면 자연선
택 과정을 거듭하면 할수록 변이도 점점 줄어들고 모든

형질은 다 순수해지는 방향으로 변할 것이다. 하지만 우리 주변에 살아남은 자연은 엄청나게 다양한 모습으로 진화했다. 하나로 순수하게 뭉치기보다는 지저분하리만치 다양하게 퍼져 있다. 어떻게 이런 일이 벌어질 수 있는가? 한마디로 선택의 방향이 항상 일정할 수 없었기 때문이다. 세대를 거듭하면서도 환경이 늘 일정하게 유지된다면 이른바 '훌륭한' 형질이 선택될 수 있다. 하지만 환경이 예측할 수 없는 방향으로 계속 바뀐다면 제아무리 재주 있는 자연선택이라도 하나의 훌륭한 변이를 일관성 있게 선택하기 어렵다. 태초부터 지금까지 자연은 그렇게 엎치락뒤치락하면서 온갖 색다른 모습들을 연출한 것이다.

자연의 변덕이 특별히 죽 끓듯 하는 곳이 바로 열대의 숲 속이다. 나는 1979년에 도미한 뒤 무려 11년이나 걸려 박사 학위를 받았다. 펜실베니아주립대학에서 석사 학위를 하면서도 새로운 곳으로 도약을 준비한답시고 장장 4년을 훌쩍 날려보내고 말았다. 서울대학에서 생물학을 전공하긴 했으나 생태학이나 동물행동학 쪽으로는 일찍이 배운 게 많지 않아 미국에 가서 정말 기초부터 다 다시 하느라 좀 오래 걸렸다. 하지만 하버드로 옮긴 후에도 7년이나 더 걸린 것을 기초가 부족했던 탓으로 돌리기는 좀 어려울 것 같다. 사실 하버드에 도착했을 때에는 갓 대학을 졸업하고 곧바로 박사과정에 진학한 대부분의 미국 친구들에 비해 석사 과정을 마치고 온 나는 오히려 기초가 단단한 사람으로 인정을 받았다. 그러면서도 그 친구들보다 대체로 더 오래 그곳에 머물러야 했던 것은 다 그놈의 다양성 때문이다. 열대 숲 속의 그 현란한 생물다양성 말이다.

정글은 내게 봐도 봐도 늘 새로운 거대한 장난감 가게다. 나는 분명히 민벌레의 행동과 생태를 연구하기로 하고 정글을 찾았다. 정글에 드나들기 시작한 지 한 1년여 만에 코스타리카와 파나마 정글 속 민벌레들이 많이 모여 사는 곳에 훌륭한 실험장소도 마련했다. 문제는 매일 그곳까지 가는 게 내게는 엄청난 시련이었다는 것이었다. 연구소 건물을 빠져나와 정글로 들어선 지 얼마 되지도 않아 나는 이내 현란한 색조의 나비 한 마리에 마음을 빼앗긴다. 그리곤 한동안 그 나비가 나는 대로 내 몸을 맡긴다. 불현듯 잠에서 깨어 내 본연의 자세를 가다듬고 애써 갈 길을 재촉해본다. 그러나 몇 발짝 더 떼고 나면 다가오는 나를 발견하곤 수줍은 듯 나무 뒤로 몸을 숨기는 도마뱀과 하릴없는 숨바꼭질을 시작한다. 마치 "나 잡아봐라" 하며 숨는 듯한 도마뱀과 그 뒤를 쫓는 나는 영락없이 삼류 청춘영화에 나오는 연인들이다. 조금 더 깊이 숲 속으로 들어가다보면 이번엔 개미핥기가 갑자기 길을 막는다. 검은 털조끼를 입은 녀석은 뒷발로 꼿꼿이 서서 그 작은 입을 벌리고 앞발톱을 세운 채 나를 위협하려 든다. 그래 봐야 내 허벅지에도 못 닿는 녀석이. 그것도 개미나 핥을 수 있는 작은 입을 가지고. 가소롭기 짝이 없다. 내가 자기에게 전혀 겁을 먹지 않는 것 같자 녀석은 협박을 포기하고 제 갈 길을 간다. 나는 녀석이 개미굴을 뒤지는 게 보고 싶어 잠시 뒤를 쫓는다. 이러다 보면 어느새 해가 서산으로 머리를 박기 시작하고 나는 하산을 서둘러야 한다.

때로는 이보다 더 심각해지기도 한다. 별생각 없이 따라간 동물들이 내가 미처 생각지도 못한 신기한 행동들을 보여주면 그로부터 며칠 동안 나는 아예 그 학교로 등교한다. 그래서 나는 열대에서 돌아올 때마다 종종 엉뚱한 주제의 논문을 써서 지도교수에게 가져가곤 했다. 선생님은 늘 아무 말씀 없이 친절하게 내 논문들을 읽어주셨다. 딱정벌레의 모성애에 관한 논문에 이어 박쥐의 텐트 만들기 행동에 관한 논문이 이어진다. 논문마다 꼼꼼히 문장들을 고쳐주시곤 선생님은 늘 맨 끝에 "그런데 학위논문은 잘 돼 가는가?" 하고 물으셨다. 그걸 읽을 때마다 후회도 조금은 했지만 사실 나는 늘 스스로 합리화하기에 바빴다. 전공하는 학문분야가 워낙 생소하고 당장 돈이 되는 것도 아닌지라 시간이 흐를수록 귀국하기 어려울 것이라는 생각이 또렷하게 들었다. 어느 세월에 한국에서 내 전공을 필요로 하랴 싶었다. 어쩔 수 없이 미국에서 직장을 얻어야 할 것으로 마음을 굳혔다. 큰 대학에서 거창한 연구를 하느라 지지고 볶는 것보다 작은 대학에 가서 학생들과 함께 조촐하게 지내고 싶었다. 워낙 가르치는 걸 좋아한지라 이미 우수강의자상도 한두 번 받았고 하여 늘 학생들과 함께 지낼 수 있는 곳이 내겐 더 어울릴 것 같았다. 대개 그런 작은 대학에는 내 분야에 여러 명의 교수들이 있는 게 아닌지라 내가 혼자서 학생들의 다양한 관심사를 골고루 만족시켜주려면 미리 폭넓게 연구 경험을 쌓아두는 게 좋겠다고 생각했다. 하지만 그건 모두 핑계에 지나지 않았다. 그저 고질적인 내 오지랖 넓은 관심이 죄라면 죄일 뿐이다.

학위를 마친 후 하버드대학에서 전임강사로 일하면서 나는 적지 않은 대학들의 교수공채에 지원서를 냈다. 원한 대로 큰 대학들보다는 학부과정만 있는 작은 대학들에서 더 많은 인터뷰 요청이 왔다. 그중에는 리드 칼리지 Reed College나 포모나 칼리지 Pomona College 같은 명문들도 있었다. 결국은 초대형 대학 중의 하나인 미시건대학에 자리를 잡았다가 귀국하게 되었지만 후회는 하지 않는다. 대학을 같이 다녔던 동창들에 비해 상당히 늦게 귀국하는 바람에 직급도 낮고 연구 여건도 여러 가지로 어렵지만 내 다양한 경험 덕에 나는 지금 학생들의 온갖 호기심들을 모두 연구에 옮기며 산다. 지금 우리 실험실에서는 개미, 말벌, 바퀴벌레, 딱정벌레는 물론 거미, 개구리,

민물고기, 흰발농게, 까치, 조랑말에 드디어 인간까지 갖가지 동물들의 행동과 생태를 다양하게 연구하고 있다. 나는 절대로 학생들에게 연구주제를 건네주지 않는다. 내가 미국에서 그랬듯이 내 연구실에 들어온 학생들은 모두 제가끔 스스로 자신의 연구주제를 찾아야 한다. 그리곤 지도교수인 나를 설득해야 한다. 그 연구가 왜 할 만한 연구인지, 그 연구를 어떻게 언제까지 할 것인지, 그 연구를 하고 나면 과학계에 어떤 기여를 하게 될 것인지 등등을 조목조목 설명해야 한다. 나는 그들에게 그리 많은 질문을 하지 않는다. 하지만 많은 경우 한참 나에게 열변을 토하다간 슬그머니 가지고 들어온 계획서를 꾸겨쥐곤 꾸벅 절하며 방을 빠져나간다. 엉뚱한 물건을 가져와 팔아보려다 이 양반한테는 시간만 낭비하겠구나 싶어 포기해버리는 외판사원처럼.

이러다 보니 내 실험실에서는 늘 온갖 동물들에 대한 갖가지 연구들이 한꺼번에 진행된다. 언뜻 재미있을 것 같지만 내겐 그리 좋은 일만은 아니다. 신경 써야 할 일이 한두 가지가 아니니 내 인생이 점점 더 고달파질 것은 쉽게 짐작할 수 있으리라. 그 많은 연구에 다 어떤 형식으로든 최소한의 연구비를 마련해줘야 하고 각각 제대로 진행되고 있는지 늘 살펴야 한다. 가끔 내 머리 속에는 이 연구와 저 연구가 한데 섞여 뒤죽박죽이다. 그래서 학생들에게 자꾸만 미안하다. 그러나 이렇게 힘들게 사는

데에는 한 가지 타협할 수 없는 장점이 있다. 스스로 어렵게 선택한 연구주제에 느끼는 애착은 남다르다. 다른 연구실에서 공부한 학생들이 졸업논문을 발표할 때마다 내가 늘 하는 질문이 있다. "왜 그 실험을 하기로 결정했느냐?" 또는 "왜 그 실험을 이렇게 하지 않고 그렇게 하기로 했느냐?"는 지극히 근본적인 질문들이다. 그런데 이런 질문에 제대로 답하는 학생들이 거의 없다. 몇 년 전에 드디어 그럴듯한 '정답'이 하나 나왔다. "지도교수님이 하라고 해서 했는데요." 많은 학생들이 대학원에서 이처럼 수동적으로 연구하고 있다. 적어도 내 학생들은 자기가 왜 그 연구를 택했으며 왜 특정한 방법으로 실험을 했는지 분명하게 대답한다. 나는 그것만으로도 대만족이다. 석사는 좀 덜하지만 박사 학위란 한마디로 이제 홀로 연구할 능력을 갖췄다고 생각하여 주는 일종의 자격증이다. 그가 그 분야에서 대가가 되었다고 걸어주는 훈장이나 메달이 아니다. 그렇다면 자립할 수 있는 능력을 키워주는 것이 무엇보다도 중요하다. 내 연구실에는 종종 '건방진' 친구들마저 있다. 연구를 시작한 지 채 얼마 되지도 않아 벌써 내게 "이 주제에 관한 한 선생님이 저보다 더 많이 아는 것은 아니지 않습니까?" 하는 눈빛으로 나를 치켜보기 시작한다. 그럴 때마다 나는 겉으론 "건방진 놈" 하지만 속으론 마냥 기쁘다. '그래, 너도 이제 학자가 되는구나.' 학자란 모름지기 조금은 반골이어야 한다. 자연과학자는 더 그렇다.

겉으로는 비교적 온화한 편인 나도 가끔 반골 소리를 듣는다. 당적 바꾸기를 밥 먹듯 하는 우리네 정치인들을 철새라고 부르는 것이 못내 못마땅하여 얼마 전 내 신문 칼럼에 이제부터는 그들을 진드기라고 부르자 했더니 주변에서 보기보다 상당히 반골 기질이 강하다는 소리를 듣는다. 치열한 정도는 비슷할지 모르지만 살기 위해 목숨을 걸고 해마다 긴 여정에 올라야 하는 철새들과 멀쩡히 잘 살면서 더 큰 이익을 좇아 그저 길만 건너 다른 당으로 옮겨가는 우리 정치인들을 같은 수준에서 비교하는 일은 한마디로 동물들의 신성한 삶에 대한 모독이다. 먹이가 사라지고 기온이 떨어져 어쩔 수 없이 선택한 길이지만 철새들은 그 험난한 여정에 상당수가 목숨을 잃고 만다. 우리 정치인들은 위험은커녕 그저 다음 날부터 기사 양반더러 새 당사 앞에 차를 대라고 지시만 하면 된다. 그런 양반들을 '철새정치인'이라 부르면 괜히 낭만적으로 들리기까지 한다. 깊어가는 가을 저녁 석양을 배경으로 고즈넉이 날아가는 기러기들이 연상되기 때문이다. 스산한 가을바람에 코트 깃을 치켜세우며 길을 건너는 그들에게는 자칫 인생의 연륜마저 있어 보이고, 그래서 그들의 행동이 허용되기라도 하는 것 같아 못마땅하다. 그들에게 그렇게 고상한 이름을 붙여줄 까닭이 없다.

그래서 나는 전국의 언론인들에게 새로운 이름을 제안했다. 이제부터 그들을 '진드기 정치인'이라 불렀으면 좋겠다고. 생명이 있는 것은 다 아름답다고 부르짖는 사람으로서 진드기를 비하하는 것 같아 마음이 아프긴 하지만 어감이라도 좋지 않으면 다시 한 번 생각하지 않을까 싶어서 감히 제안해본 것이다.

진드기란 거미강에 속하는 동물로서 상당수가 다른 동물이나 식물에 기생하며 산다. 평생토록 다른 생물의 몸에 빌붙어먹는 진드기들도 뭐 그리 칭송할 만한 존재들은 아니지만 그래도 지조는 있어 보인다. 내가 우리 정치인들을 생각하며 특별히 떠올리는 진드기들은 이른바 '이동성 진드기phoretic mites'라고 부르는 이들로서 평소에는 자기 잇속만 챙기며 살다가 더 좋은 지역으로 이주를 해야 할 때에만 다른 동물의 몸에 올라타는 부류들이다. 이동성이 중요하기 때문에 기는 동물보다는 나는 동물, 즉 곤충이나 새들을 더 선호한다. 함께 이동은 할망정 이념이 같을 필요는 없다. 그저 목적지만 같으면 된다. 몸집이 너무 작아 단번에 큰 동물의 몸에 올라타지 못하는 진드기들은 자기보다 조금 더 큰 진드기의 등에 업혀 큰 동물의 몸에 오르기도 한다. 택시를 타고 비행장에 가는 격이다. 요즘엔 하도 당적을 바꾸는 정치인들이 많아 그 종류도 다양하다. 혼자서 당당하게 옮기는 진드기들이 있는가 하면 비겁하게 남의 등 위에 숨어서 건너가는 진드기들도 있다. 진짜 진드기들과 어쩌면 그렇게 하는 짓들이 흡사한지 신기할 따름이다. 하기야 진드기들도 다 살자고 하는 일이고 우리 정치인들에게도 나름대로 다 절박한 이유들이 있겠지만, 이 땅에서 정치를 하려면 왜 꼭 여당 정치인이어야 하는지 알다가도 모르겠다. 떼를 지어 당을 옮긴 이들이 기자회견을 하는 모습을 보면 정말 철새들이 날아갈 때처럼 V자 편대를 만들어 서 있다. 아 참, V자는 승리victory의 첫 글자이던가. 진드기 정치인들을 박멸해야 이 땅의 정치가 제대로 성장할 수 있을 것이다. 해충 박멸은 단연 유권자의 몫이다.

잘못 입을 놀리다 반골 소리를 들은 얘기가 또 하나 있다. 우리 민족은 순수혈통에 대한 집착을 그야말로 목숨처럼 소중하게 아낀다. 스스로 배달민족이라 부르며 외부의 피가 섞이지 않은 깨끗하고 순수한 사람들이라고 자위한다. 생물학자에게 이것만큼 어이없는 일도 그리 많지 않다. 우리나라의 지정학적 위치를 한번 냉정하게 바라보라. 우리는 반도에 사는 사람들이다. 뇌 속의 시상 하부에 달랑달랑 매달려 있는 뇌하수체처럼, 늙은 암침팬지의 젖꼭지처럼 대륙의 한쪽 끝에 대롱대롱 매달려 있는 반도에 살고 있다. 반도란 대륙으로부터 섬으로 생물들이 이동하는 길목이다. 너도나도 좋은 길목에 가게를 내려는 이유가 무엇인가? 사람들이 많이 지나가는 곳이기 때문이다. 좀더 솔직해지자. 역사를 돌이켜보면 우리는 늘 외부의 침입을 겪으며 살아왔다. 반도에 따로 돌아앉아 이따금 중국 대륙을 몰아친 거센 통일의 회오리바람 속에 휩쓸리지 않고 그런대로 독립을 유지해온 것은 사실이지만, 거란이 왔다 갔고 몽골과 러시아가 들락거렸고 심지어는 섬나라 일본까지 기어오르기도 했다. 피가 섞이지 않을 수는 없었다. 우리 몸속에 한 핏줄만 흐를 수는 결코 없다.

이런 점으로 보면 섬나라 일본의 주장은 더 해괴망측하다. 일본은 오래전부터 문물이 일본으로부터 한국 반도와 대륙으로 이동했다고 주장하고 싶어 했다. 그래서 구석기시대 유물을 발견했다는 한 고고학자의 주장에 온 나라가 흥분했던 것이다. 일본 열도에 역사의 흔적이 오래면 오랠수록 자신들이 대륙으로 문물을 전달했을 가능성이 그만큼 커지기 때문이다. 지난해 그 고고학자가 유물을 손수 심은 후 다시 발견하는 장면을 일본의 한 신문기자가 추적하여 밝힌 사건은 일본인들에게 실로 엄청난 충격이었으리라. 고고학적인 증거는 증거대로 필요하겠지만 생물학적인 증거만 보더라도 일본인들의 꿈은 이뤄지기 어렵다. 생물이란 모름지기 대륙에서 섬으로 이동하기 마련이다. 더 큰 땅덩어리에 더 큰 집단이 있게 마련이고 그런 곳에서 작은 변방으로 이동하는 게 자연의 자연스러운 모습이다. 가끔은 섬으로부터 대륙으로 기어오르는 생물들이 있긴 하다. 36년간 우리가 겪었던 수모가 그 한 예다. 하지만 36년을 제외한 수천 년 동안 우리가 그들에게 준 수모를 생각하면 문물의 이동도 생물의 이동과 그리 다를 바 없어 보인다.

나는 우리 민족이 애써 순수혈통을 주장하여 얻는 게 과연 무엇일까 가끔 생각해본다. 순수혈통을 가진 줄로 착각한 나머지 엄청나게 배타적이다. 미국에서 산 15년 동안 은근하게 겪었던 인종차별을 되새겨본다. 학문의 본토에서 한번 당당하게 부딪혀볼 생각이 없었던 것은 아니었지만 결국 귀국을 결정하게 된 배경에도 그 은근한 인종차별이 있었다. 하지만 정작 내 나라에 돌아와 내 민족이 다른 민족에게 내뱉는 차별의 가래에 나는 구역질을 느낀다. 미국인들은 나를 이렇게까지 매몰차게 내차진 않았다. 무엇이 우리로 하여금 남을 받아들이지 못하게 만드는가? 바로 피를 섞지 않겠다는 우리의 민족적 결의 때문이라고 생각한다. 이런 생각은 비단 우리 민족과 남의 민족을 가르는 데 그치지 않는다. 같은 민족 내에서도 내 가족과 남의 가족도 칼로 베듯 날카롭게 가른다. 입양에 특별히 인색한 민족이 바로 우리들이다. 내 핏줄이 아니면 절대로 길러서는 안 된다고 이를 악문다. 유전자가 다른 생명은 가차없이 내치는 몇몇 하등동물들처럼.

섞여야 건강하다. 섞여야 아름답다. 섞여야 순수하다. 왜냐하면 자연은 태초부터 지금까지 늘 섞여왔기 때문이다. 자연은 언제나 다양해지는 방향으로 움직여왔다. 다양해지기 위해 섹스도 생겨났다. 섹스란 다름 아닌 유전자를 섞는 과정이다. 그런데 요즘 자꾸 인간은 그 반대 방향으로 움직여가는 것 같다. 섹스를 줄인다는 것은 아니다. 섹스는 온 사방에 넘쳐흐른다. 컴퓨터 화면에도 흘러 넘친다. 기껏 불려놓은 다양성을 애써 줄이려는 움직임이 나타났다. 유전자 조작 또는 치환이 바로 그것이다. 모두들 복제인간이 나타날까 봐 벌벌 떨지만 그건 사실 별게 아니다. 복제인간이란 그저 뒤늦게 태어난 쌍둥이 동생에 지나지 않는다. 이 세상에 쌍둥이들이 좀 많아진다고 해서 그렇게까지 끔찍할까? 골목길 돌아서기 전에 본 사람을 골목을 빠져나오기 전에 또 만난다고 해서 그렇게 섬뜩할까? 나는 생물학자이긴 하지만 개인적으로 복제인간은 나타나지 않았으면 좋겠다. 하지만 누군가는 어느 구석에서 복제인간을 만들고야 말 것 같은 느낌을 지울 수가 없다. 아무리 철저하게 통제한다 해도 이 지구의 어느 어두운 구석에서 누군가는 저지르고 말 것만 같다. 우리가 죽기 전에 복제인간이 이웃집에 이사 올지도 모른다.

그렇지만 복제인간은 몇 만들어보고 나면 이내 시들해질 것 같다. 해보니 쌍둥이만 잔뜩 만들어낸 것에 지나지 않는다는 걸 인식하곤 그 열기가 사라질 것으로 기대한다. 그에 비하면 유전자 조작은 훨씬 더 위험한 장난이다. 나는 가끔 이런 상상을 한다. 머지 않은 장래에 충분히 벌어질 수 있는 일이다. 임신한 아내와 남편이 함께 병원을 찾는다. 인간유전체 검사법이 상용화되어 배 속에 있는 태아의 유전자 전모가 이미 의사선생님의 손에 들려 있다. 노트북 컴퓨터의 키를 두드리며 의사선생님이 말한다.

"축하합니다. 귀여운 따님이십니다. 유전자도 아주 보기 좋습니다. 건강한 따님입니다. 다만 여기 이곳이 조금 마음에 걸리긴 합니다만……."

부부는 금방 사색이 된다.

"뭐 그리 걱정할 것은 아닙니다만 따님께서 40대에 접어들면 희귀한 유전병을 나타낼 확률이 그저 한 15퍼센트 정도 됩니다. 물론 확률입니다. 꼭 그 병에 걸린다는 말은 절대 아닙니다."

15퍼센트가 아니라 1퍼센트라도 마찬가지다. 부모가 되어 이 얘기에 가슴을 쓸어내리지 않을 이가 어디 있겠는가.

"의사선생님, 무슨 방법이 없을까요? 저희 아이를 꼭 살려주십시오, 제발."

"제가 죽는다고 말씀드린 것은 절대로 아닙니다. 그럴 확률이 조금 있다는 것뿐입니다."

부부에게 그 말은 여전히 사형선고와 다름없다.

"방법이 없는 건 아닙니다. 저희 병원에 갈아 끼울 유전자가 있긴 합니다만 가격이 만만치 않습니다."

이런 순간에 돈을 문제 삼을 부모는 이 세상에 아무 데도 없으리라. 대출을 해서라도 아이의 유전자를 맞춤 유전자로 갈아 끼워줄 것이다.

이런 시대가 오면 대부분의 아이들은 거의 모두 똑같은 유전자들로 무장을 한 채 병원문을 나서게 될 것이다. 좋은 유전자를 확보하고 있는 '용한' 의사들을 찾아 아이를 가진 부모들이 줄을 설 것이다. 나쁜 유전자를 미리 색출하여 좋은 유전자로 갈아 끼우는 일은 분명히 좋은 일이다. 떼돈을 들여서라도 보다 건강하고 유능해지겠다는 걸 무슨 까닭에 막을 수 있겠는가. 개인은 보다 막강해질 수 있다. 그런데 개인들은 이처럼 막강해지는 반면 그 개인들로 이뤄진 집단은 한없이 연약해지는 모순을 어찌하랴. 그 오랜 세월 동안 우리 모두를 다양하게 만드느라 분주했던 진화의 노력이 하루아침에 물거품이 된다. 유전적으로 다양한 개체들로 구성되어 있는 집단은 예상치 못한 변화들을 견뎌낸다. 집단의 일부는 당하더라도 살아남은 개체들이 그 빈자리를 메우며 삶을 이어간다. 하지만 유전적으로 다양하지 못한 집단, 예를 들어 무성생식을 하는 집단의 경우는 다르다. 번식은 급속도로 잘 할지 모르지만 변화에는 절대적으로 불리하다. 치

명적인 질병이 돌면 한꺼번에 사라질 수도 있다. 이것이 바로 그 많은 손해를 무릅쓰고도 섹스가 살아남은 결정적인 이유다. 누군가 말했듯이 "혼자만 잘 살믄 무슨 재민겨?" 혼자만 잘 살 수 없는 게 자연이다.

　자연은 순수를 혐오한다. 그걸 모르고 우린 큰 밭 가득한 작물만 심는다. 곤충들에게는 그런 횡재가 따로 없다. 때 묻지 않은 자연에서는 공격 대상들이 워낙 띄엄띄엄 떨어져 있어 일일이 찾아다니며 파먹어야 하는데 우리가 친절하게 한곳에 다 모아놓으니 얼마나 신 나는 일인가. 그리곤 해충들이 들러붙는다고 약을 뿌린다. 잔치를 벌여 손님을 청하곤 왜 왔느냐 냉대하는 격이다. 온대지방에 비해 열대지방에 대규모 농업이 발달하지 않은 이유가 바로 순수를 질투하는 자연 때문이다. 그 질투심 많은 자연 덕분에 열대의 정글에는 그렇게 많은 장난감들이 날 기다리고 있는 것이다. 나는 가끔 강연 도중에 이 세상에 태어나서 정글을 한 번도 못 보고 죽는 사람만큼 불행한 사람이 또 있을까 싶다고 떠들곤 한다. 그 엄청난 생명의 파노라마를 못 보고 죽는다는 것은 남들이 다 본 영화를 혼자만 못 봐 섭섭한 그런 정도가 아니다. 생명을 가진 자로서 한 번도 생명의 고향에 가보지 못하고 생명을 반납하는 셈이다.
　내가 처음 정글을 드나들 때만 하더라도 정글에 가는

일은 상당한 모험이었다. 타잔 영화에서 보듯이 큰 칼을 휘저으며 길을 만들어야 했던 시절이 있었다. 나도 초창기에는 늘 그 긴 칼을 허리춤에 차고 다녔다. 하지만 이제는 다르다. 여행사에서 마련해준 비행기를 타고 열대 지방 공항에 도착하면 기다리고 있던 관광버스가 곧바로 열대림 앞으로 모셔간다. 질척질척한 진흙탕 속을 걸어야 하는 것도 아니다. 관광객을 맞이하는 열대림에는 숲 속 깊숙이 마루길이 깔려 있다. 신발을 적실 까닭이 없다. 자연학자의 설명을 들으며 온갖 곤충들과 꽃들을 감상하다 보면 갑자기 정글 한복판에 엘리베이터가 나타난다. 그걸 타고 숲 천장에 오르면 그곳에는 나무 꼭대기 사이로 구름다리가 놓여 있다. 출렁출렁 구름다리를 따라가다 보면 동물원 철책 안에서만 보던 원숭이들이 좌우로 넘나든다. 화훼시장을 아무리 돌아다녀도 보지 못할 온갖 형태의 난들이 사방에 흐드러졌다. 자연은 다양해서 아름답다. 꼭 보고 죽어야 할 세상이 그곳에 있다.

우리 장례식엔 누가 올까

우리 인간이 전혀 어우름의 지혜를 터득하지 못한 동물처럼 살아가고 있다는 것은 실로 엄청난 아이러니다. 규모로 보아 우리 인간만큼 훌륭하게 어우름의 삶을 살아온 동물이 없건 만 오늘 우리는 왜 자연의 품을 떠나 자연을 짓밟으며 살고 있는 것일까? 나는 우리 빈소에 개미 빈소 못지않게 많은 문 상객들이 왔으면 좋겠다. 그러자면 살아 있을 때 남들에게 잘 해야 한다. 또 그러다 보면 그들 중 누군가가 우리더러 장례 식 비용이 날이 갈수록 오르는데 그냥 더 살지 그러냐고 할지 도 모를 일이다.

어느 날 자연계의 동물 대표들이 모여 앉아 논술시험을 치르고 있었다. 긴 진화의 역사 동안 무엇을 어떻게 잘하여 아직도 이 지구상에 살아남았는지 그 비결을 적어내는 시험이었다. 빠르기로 소문난 치타 대표와 느려터진 굼벵이 대표가 나란히 시험에 참가했다. 이 지구라는 행성에 살았던 모든 동물들 중 가장 큰 몸집을 자랑하는 흰수염고래가 왔는가 하면 벼룩도 시험장에 튀어들었다. 물론 만물의 영장이신 인간의 대표도 열심히 답을 쓰고 계셨다. 그런데 문제가 생겼다. 불미스럽게도 부정행위를 한 대표들이 있었다. 바로 개미 대표와 인간 대표였다. 하지만 둘 다 한사코 서로 답을 베껴 쓴 일은 없다고 잡아뗐다. 아무래도 개미세계와 인간세계에 대한 보다

면밀한 진상조사가 있어야 할 듯싶다.

생물학자들에게 우리 인간과 가장 가까운 동물이 누구냐고 물으면 거의 모두 침팬지라고 답할 것이다. 그도 그럴 것이 최근의 분자유전학 연구에 의하면 침팬지와 인간은 유전자의 거의 99퍼센트를 공유한다고 한다. 자연계를 통틀어 우리만큼 가까운 사촌을 찾기가 쉽지 않다. 사실 그들이 우리보다 털이 좀 많은 편이고 네 발로 걷기 조금 불편해하지만 우리처럼 손바닥에는 손금도 있고 손가락 끝에는 지문도 가지고 있다. 그리고 우리들보다 턱이 좀 앞으로 튀어나왔고 코가 훨씬 납작하지만 자세히 들여다보면 참 닮은 곳도 많다.

하지만 우리 중 그 어느 누구도 침팬지들이 국가를 세우고 국왕을 모신다는 얘길 들어본 적 없을 것이다. 아프리카에서 40년이 넘도록 침팬지의 행동과 생태를 연구해온 제인 구돌 박사의 관찰에 따르면 모계 중심의 가족들 숲에 수컷들 몇몇이 어울려 사는 사회구조를 갖고 있다. 물론 그 사회에도 대부분의 암컷들과 잠자리를 할 수 있는 으뜸수컷이 있지만 우리 사회의 군주와는 사뭇 다르다. 침팬지들이 농사를 짓는 걸 본 이도 없다. 가축을 기르는 걸 본 적도 없다. 노동력이 부족하다고 노예를 부린다는 얘길 일찍이 들어본 적 없고, 오랫동안 남의 나라에서 간첩생활을 하다 잡힌 침팬지에 대한 기사를 읽어보지 못했다. 때론 침팬지들도 혼자 떠돌아다니는 외톨이 침팬지를 공격하기도 하지만, 대규모의 전쟁을 일으켜 상대 종족을 말살하는 대량학살을 자행했다는 기록은 없다.

지금 나열한 이 모든 일들은 오로지 인간만이 할 수 있는 지극히 '인간적인' 일들이다. 그런데 이 지극히 인간적인 일들이 개미세계에서는 고스란히 다 벌어진다. 개미 대표와 인간 대표는 서로 상대방의 답안지를 훔쳐보지 않았다. 비록 인간은 척추동물의 길을 따라 진화했고 개미는 척추도 없는 동물들, 그중에서도 곤충들 숲에 끼어 저쪽 다른 길로 오늘에 이르렀으나 둘 다 어려운 고비를 겪을 때마다 찾아낸 해답들이 어쩌면 이렇게 비슷할 수 있단 말인가. 여기에는 무언가 심오한 진리가 담겨 있어야만 할 것 같다.

이 지구에는 지금 과연 몇 마리의 개미들이 살고 있을까? 계산이 불가능한 질문이다. 하지만 한 20여 년 전 용감하게도 이 계산을 해본 영국 곤충학자가 있었다. 이를테면 산에는 몇 마리의 개미가 살고 들에는 몇 마리, 그리고 우리들 집 안에는 또 몇 마리 하는 식으로 해본 계산이다. 분명히 틀린 계산인 줄 뻔히 알지만 하나밖에 없는 수치라 종종 써먹는다. 그의 계산에 따르면 이 지구에는 거의 1경 마리의 개미들이 살고 있을 것이란다. 개미 한 마리의 무게를 평균 1 내지 5밀리그램으로만 쳐도 전 세계에 분포하는 개미들의 무게는 우리 인류집단 전체의 무게를 간단히 웃돈다. 거대한 시소의 한쪽에 개미들이 죄다 올라타고 반대쪽에 인간들이 모두 올라타면 우리는 얼추 시소놀이를 할 수 있게 된다.

일대일로 비교하면 인간의 백만 분의 일도 채 안 되는 하찮은 미물이지만 수적으로 워낙 성공한 동물이라 다 모아놓으면 그 막강함은 실로 엄청나다. 기계문명세계의 지배자는 당연히 우리 인간이다. 우리가 만든 세상이고 우리가 주인이다. 하지만 이 기계문명사회에서 한 발짝만 빠져나가 저 자연계로 들어서면 그곳의 주인은 곤충이다. 그중에서도 가장 성공한 곤충은 단연 개미다. 지구를 양분하는 기계문명세계와 자연생태계의 두 지배자, 인간과 개미, 그들은 어떻게 해서 오늘날 이렇게 막강한 존재들이 되었는가? 바로 이 물음이 오늘도 나를 끊임없이 그들의 세계로 이끌고 있다.

답부터 공개하자. 개미와 인간이 이 지구를 지배할 수 있었던 비결은 한마디로 협동이었다. 이 세상에 그 수많은 동물이 있지만 협동의 힘을 발견한 동물은 그리 흔하지 않다. 그중에서도 개미와 우리가 가장 조직적으로 협동할 줄 안다. 백지장도 맞들면 낫다 하지 않던가. 혼자서는 결코 잡을 수 없는 큰 동물을 인간과 개미는 여럿이 힘을 모아 잡는다. 그렇다고 해서 개미들이 코끼리를 잡을 수 있는 것은 아니지만 일개미 한 마리가 다리든 더듬이든 붙들고 늘어져 행동을 부자유스럽게 할 수 있는 정도로 큰 동물은 모두 개미의 사냥감이다. 일개미 한 마리가 사냥감의 어디든 붙들고 그저 한 몇 분만 버티면 된다. 순식간에 몇십 또는 몇백 마리의 개미들이 모여든다. 이렇게 간단한 지혜를 왜 다른 동물들은 터득하지 못했을까 의아스러울 뿐이다.

답을 말하기는 너무도 간단하지만 실제로 협동을 하기란 그리 쉬운 일이 아니다. 왜냐하면 협동에는 늘 희생이 따르기 때문이다. 희생이 성원들에게 고르게 주어지면 아무런 문제가 없을 것이다. 하지만 현실은 그렇지 못하다. 어느 사회든 누군가는 남들보다 더 큰 희생을 치르게 되어 있다. 우리 인간이 협동을 잘하는 동물이라고는 했지만 사실 우리는 그리 썩 잘하는 편이 못 된다. 나의 희생이 남의 그것보다 지나치게 크다 싶으면 협동에는 이내 금이 가고 만다. 민주주의란 바로 이 희생을 고르게 분배하자는 노력이다. 우리는 협동을 하되 매우 계산적인 협동을 하는 동물이다. 개미의 한문 표기인 의蟻는 벌레 충虫 부에 의로울 의義 자를 붙여 만든 글자다. 아마도 중국 사람들은 그 옛날에 이미 개미들의 희생정신에 대해 잘 알고 있었던 모양이다.

특별히 눈물겨운 개미들의 희생담을 한두 가지만 소개하고자 한다. 썩어가는 나무 속에 굴을 파고 사는 개미들 중에는 가끔 유달리 평평한 이마를 가진 일개미들이 태어난다. 이들이 이처럼 남다른 머리통을 갖고 태어나는 이유는 단 한 가지. 이들은 허구한 날 그 널찍한 이마로 굴문을 막고 보초를 선다. 그러다가 음식물을 구하러 나갔던 동료가 돌아와 더듬이로 그 이마를 "딴따라단따 딴따" 하고 두들기면 비켜서주지만, 다른 군락의 개미가 와서 아무리 두드려도 비켜서지 않는다. "딴따라단따 따단"은 정확한 암호가 아니기 때문이다. 예전에 군대에서 보초를 서봤거나 지금 군에서 보초를 서고 있는 자식을 가진 분이라면 잘 아는 사실이다. 차라리 도랑을 파면 하루해가 어떻게 가는지 모르게 흐르지만 보초를 서노라면 속으로 60을 세어야 1분이 간다. 참으로 못할 짓이다. 그것도 평생을 그 짓만 하라면 정말 받아들이기 어려운 일이다. 만일 이제 막 아들을 낳았는데 정부에서 평생 보초만 서라는 통지서가 날아든다면 그걸 묵묵히 받아들일 부모는 이 세상에 아무도 없을 것이다.

내가 미국 하버드대학에서 박사 과정을 하던 시절 우리 실험실에는 줄잡아 10여 종의 개미 군락들이 살고 있었다. 그중에서도 온도와 습도가 일 년 내내 일정하게 유지되는 환경실에는 미국 남서부의 사막이나 호주의 벌판에 서식하는 일명 꿀단지개미라는 신기한 개미들이 살고 있었다. 이들이 주변에서 거둬들이는 음식 중에는 식물이나 다른 곤충들로부터 채취한 단물이 제법 큰 몫을 차지한다. 그런데 어려울 때를 대비하여 이 단물을 보관하고 싶어도 그들에겐 마땅한 단지가 없다. 그래서 그들은 자기들 중 몇이 살아 있는 꿀단지가 되는 것이다. 굴 천장을 입으로 물고 매달리면 다른 일개미들이 그 벌어진 입으로 단물을 길어다 붓는다. 원래 쌀알보다도 작았던 배가 완두콩만큼이나 부풀어오른다. 길면 아홉 달씩 그렇게 매달려 있어야 한다. 남산만큼 부풀어오른 배를 하고 아홉 달을 견뎌야 한다. 어디서 많이 듣던 얘기다. 그런데 이들의 사회를 아무리 면밀하게 들여다보아도 결코 자원제는 아닌 것 같다. 무슨 기준에 따르는 것인지는 모르나 몇몇 일개미들이 차출되는 것처럼 보인다. 우리 사회에 이런 일이 벌어지면 당장 법원에 고소장이 날아들 것이다. 개미들의 희생에는 뭔가 질적으로 다른 면이 있는 것 같다.

개미들의 협동이 특별히 큰 힘을 발휘할 수 있는 까닭은 바로 분업을 바탕으로 한 협동이기 때문이다. 친구들과 바닷가로 캠핑을 가거나 아니면 더 극적으로 무인도에 몇 사람이 불시착하는 경우를 상상해보자. 우리는 자연스레 누구는 나무를 해오고 누구는 밥을 짓는다. 절대로 그 모든 사람들이 한꺼번에 나무를 해오고 한꺼번에 밥을 짓는 일은 벌어지지 않는다. 우리는 둘만 모여도 일을 나눈다. 분업을 하도록 진화한 동물이다. 개미가 그렇다. 땅 위를 기는 개미들은 모두 같은 일을 하고 있는 것처럼 보일지 모르나 개미굴 속에 들어가 보면 여왕의 곁

에서 시중만 드는 개미들이 있는가 하면 집 안 이곳저곳
에서 허드렛일을 하는 개미들도 있고 아가방에서 아기들
을 돌보는 개미들도 있다.

우리 인간이 효율의 극대화를 꾀하기 위해 개발해낸
분업제도 중에 자동차 조립공장에서 흔히 볼 수 있는 컨
베이어벨트식 분업제도가 있다. 다름 아닌 포드자동차의
창업자인 헨리 포드가 개발한 방법이다. 하지만 중남미
열대의 잎꾼개미들은 6천만 년 전에 이미 터득한 일이
다. 산에서 나무를 해오는 이들을 나무꾼이라 부르니 이
파리를 물어 나르는 개미를 잎꾼이라 부르려 한다. 중남
미 열대림에서 이들을 만나기는 그리 어렵지 않다. 넓으
면 폭이 한 자가 넘는 신작로를 만들어놓고 제가끔 둥그
렇게 자른 이파리들을 물고 집으로 돌아가는 이들의 모
습은 실로 장관이다. 개미의 몸은 원래 진한 갈색이라 땅
색과 잘 구별이 되질 않아 몇 발짝 떨어져 보노라면 개미
들은 보이지 않고 파르스름한 이파리들만 찰랑찰랑 눈이
모자라게 저 숲의 끝자락을 돌아선다.

이렇게 열심히 물어들인 이파리를 먹으려는 것이 아니
다. 굴속에는 잎꾼들보다 좀 몸집이 작은 일개미들이 기
다리고 있다가 그 이파리들을 받아 입으로 잘게 썬다. 그
리곤 그 위에 버섯을 길러 먹는다. 유전자를 분석해보니
그 버섯은 잎꾼개미의 집에서 적어도 6천만 년은 살았다
는 계산이 나왔다. 우리 인간이 농사를 짓기 시작한 것이

겨우 1만년 전이고 보면 농사에 관한 한 선배도 보통 선배가 아니다. 잎꾼개미가 버섯농장을 경영하기 위해 채택한 공정을 보면 실로 자동차 공장을 뺨친다. 아예 몸의 크기가 다른 네 계급의 일개미들이 태어나 그중 가장 작은 일개미들은 이름하여 시녀개미들로 여왕의 시중을 들거나 아기들을 돌본다. 그들보다 조금 큰 일개미들은 버섯농장에서 일하는 농부개미들이다. 밖에 나가 이파리를 물어들이는 잎꾼개미들은 농부개미들보다 더 크게 태어난다. 하지만 그들이 제일 큰 개미는 아니다. 특별히 크게 태어나는 몇몇 일개미들은 잎꾼개미들이 행진을 할 때 그들을 보호하는 병정개미들이다. 병정개미들의 보호를 받으며 잎꾼개미들이 이파리들을 농장으로 운반해오면 농부개미들이 버섯을 기르고 시녀개미들이 수확하여 여왕과 아기들을 먹인다. 효율적인 분업의 힘을 일찍부터 깨달은 이들이 중남미의 열대림을 석권한 것은 결코 우연이 아닌 듯 싶다.

지나치게 성공한 우리 인간이 이제 스스로 산아제한을 해야 하는 것에 비할 바는 아니겠지만 개미들도 나름대로 성공의 아픔을 겪는다. 물속과 아주 높은 고산지대를 제외하곤 개미가 살지 않는 곳을 찾기 어려운 형편이다 보니 자기들끼리의 경쟁이 엄청나다. 우리 인간에게 더 이상 이렇다 할 천적이 없듯이 개미에게도 가장 무서운 천적은 다른 개미들이다. 인간을 제외하고 대규모의 전쟁을 감행하는 동물은 이 지구상에서 개미밖에 없다. 하지만 인간의 경우에는 단지 종교가 다르다는 이유만으로도 전쟁을 하지만 개미들의 전쟁은 거의 예외 없이 경제적인 이유 때문에 일어난다. 좁은 영역 내에 두 나라가 사이좋게 자원을 나눌 수 없다면 전쟁을 통해 한 나라가 망할 수밖에 없다. 가끔 아파트 인도에까지 개미들이 기어 나와 새카맣게 서로 엉켜 붙어 있는 것을 본 적이 있을 것이다. 개미들이 전쟁을 하고 있는 장면이다. 중립지역에서 단순한 힘겨루기로 끝나는 전쟁이 없는 것은 아니지만 대개 한쪽이 기울면 더 강한 쪽의 군대는 가차없이 적의 후방으로 진격한다. 그 나라의 아이들을 훔쳐오기 위함이다. 마치 금의환향하는 십자군처럼 병정개미들이 전쟁의 노획물인 알, 애벌레, 번데기 등을 물고 집으로 돌아온다.

아무것도 모른 채 남의 나라에 인질로 끌려온 이 아이들이 성충으로 깨어날 즈음 참으로 가증스러운 일이 벌어진다. 고치의 껍질을 뜯으며 세상에 첫발을 내딛자마자 이 어린 개미들은 일종의 영아세례를 받는다. 하지만 그들의 머리를 적시는 물은 예사로운 물이 아니다. 바로 그 낯선 나라 여왕이 분비하는 화학물질로 세례를 받는다. 세례의 다른 이름은 세뇌라 했던가. 일단 그렇게 세례를 받고 나면 그들은 그 나라의 여왕이 자신들의 여왕인 줄 알며 평생토록 충성을 다한다. 노예의 삶은 이렇게 시작한다. 이들 노예들은 실제로 그 나라의 여왕이 낳은 자식들이 아니기 때문에 늙으면 죽기 마련이다. 시간이 갈수록 노예의 수는 줄어간다. 그러면 개미제국에는 또 다시 전운이 감돈다. 노예를 확보하기 위해 또 어느 약한 이웃을 침공할 계획을 세운다. 참으로 엉뚱하게도 때론 아직 남아 있는 노예들을 앞세우고 그들의 조국을 공격 한다. 노예들은 침공해 들어가는 나라가 모국인지도 모 른 채 원수의 여왕을 위해 목숨을 바쳐 싸운다. 그리곤 자기들이 적국에서 그 한 많은 노예생활을 하는 동안 조 국에서 태어난 누이동생들을 업어다 다시 적국의 노예로 바친다. 이런 모습을 볼 때마다 개미로 태어나지 않고 인 간으로 태어난 걸 고맙게 생각한다. 그곳에도 링컨과 같 은 지도자가 나타나지 않는 한 이 삶의 질곡은 오랫동안 계속될 듯싶다.

이처럼 남의 나라에 볼모를 뺏기는 나라들은 결국 오 래 버티지 못하고 스러진다. 해마다 때가 되면 방방곡곡 에서 혼인비행을 나온 그 수많은 여왕개미들이 모두 제 가끔 나라를 세우면 개미 세계는 이내 춘추전국시대를 맞는다. 땅은 한정되어 있고 새롭게 나라를 세우려는 '여 왕호걸'들은 너무도 많다. 오나라와 촉나라가 그랬듯이 난국을 타개하는 가장 좋은 길은 이웃나라와 동맹을 맺 는 것이다. 그래서 개미 세계의 건국설화에는 여러 여왕들이 동맹을 맺어 함께 나라를 세웠다는 이야기들이 심심찮게 전해온다. 비록 훗날 함께 나라를 세웠던 건국동지들과 왕권을 놓고 피비린내 나는 정쟁을 피할 수 없지만 혼자 몸으로 키워낼 수 있는 일개미의 수에 한계가 있기 때문에 일단 뭉쳐야 산다는 걸 개미 여왕들은 잘 알고 있다. 대통령이 되고 싶어 하는 이들이 아무래도 무소속으로는 승산이 없을 것 같아 골머리를 썩이면서 두어 개의 정당에 모여 있는 우리네 정치판과 크게 달라 보이지 않는다.

내가 가장 오랫동안 연구한 개미는 단연 아즈텍개미다. 그 옛날 중미에서 찬란한 문명을 일으켰던 아즈텍 인디언에서 그 이름을 따온 개미들이다. 내가 그들의 생태와 행동을 처음 연구하기 시작한 것이 1984년이니 그동안 강산이 거의 두 번 가까이 변한 셈이다. 나는 그들이 나라를 건설하는 과정과 그 과정에서 왕권을 거머쥐기 위해 여왕개미들이 벌이는 합종연횡 양태를 주로 연구해왔다. 아즈텍개미는 대나무처럼 속이 텅 빈 트럼펫나무 속에 집을 짓는다. 트럼펫나무가 아직 어릴 때 각 마디마다 제가끔 한 마리 이상의 여왕개미들이 입주하여 신흥국가들을 건설한다. 주변 국가들보다 하루라도 먼저 막강한 일개미 군대를 만들어 천하를 평정하려면 여왕개미 혼자서 알을 낳는 것보다는 여럿이 협동을 하는 것이 유리하다. 그래서 때로는 지름이 1센티미터에 높이가 1내지 2센티미터도 채 안 되는 작은 원통형 마디 속에 무려 스무 마리도 넘는 아즈텍 여왕들이 발 디딜 틈도 없이 엉켜 산다. 각 마디 속마다 이렇게 모여 살고 있는 여왕들은 모두 한결같이 똑같은 꿈을 갖고 있다. 훗날 아즈텍 제국의 황제로 등극하는 일이다. 트럼펫나무는 궁극에는 숲 천장에 다다르는 큰 나무로 성장한다. 문헌에 따르면 그렇게 큰 나무 속에는 언제나 단 하나의 제국이 살고 있고 그 제국은 어김없이 한 여왕이 통치하고 있다고 한다. 그렇다면 트럼펫나무가 작은 나무에서 큰 나무로 자라는 과정 어딘가에 그 많은 여왕들 중 한 마리만 살아남고 나머지는 모두 역사의 뒤안길로 사라져버리는 일종의 왕자의 난이 벌어질 수밖에 없다. 형제처럼 다정하게 협동하는 여왕들의 코끝에는 언젠가 벌어질 대살육의 피비린내가 아련히 어른거린다.

내가 이 연구를 시작한 지 채 1년도 되지 않았던 어느 날 동료 개미학자의 문제 제기로 인해 정말 큰 나무 속에는 한 여왕이 통치하는 하나의 국가만이 있는 게 사실인지 확인해야 했다. 그간의 문헌을 다시 읽어보니 그 같은 주장이 명확한 자료에 의한 것이 아니라 단편적인 관찰에 의거한 짐작일 뿐이란 걸 발견했다. 어쩔 수 없이 내 눈으로 확인해야 했다. 그래서 어느 날 높이 30여 미터나 되는 트럼펫나무를 뉘어놓고 확인작업에 들어갔다. 그 나라에 여왕개미가 한 마리 이상 있다는 걸 확인하는 일이라면 차라리 간단했다. 여왕개미를 두 마리째 발견하는 순간 작업을 멈추면 된다. 그러나 그 나라에 단 한 마리의 여왕만이 군림한다는 사실을 밝히려면 전국 방방곡곡을 이 잡듯 샅샅이 뒤져야 한다. 결코 만만한 일이 아니었다. 그 정도 되는 나무라면 적어도 일개미가 6, 7백만 마리는 족히 살고 있을 것이기에 하는 말이다. 아즈텍개미는 다행히 독침은 갖고 있지 않지만 워낙 악착같은 놈들이라 근처에서 잠시라도 서성대면 어느새 발목이나 허벅지를 무는 놈들인데 나는 이제 그들의 국토를 뒤집어엎어야 할 판이다. 물리지 않기 위해 나는 내가 쓸 수 있는 온갖 방법을 죄다 동원했다. 그 더운 열대에서 턱밑까지 올라오는 겨울용 자라목깃 스웨터를 입고 얼굴에는 망사로 된 방충망 같은 것을 만들어 뒤집어쓴 다음 이삿짐을 쌀 때 쓰는 굵은 초록색 테이프로 목을 몇 차례씩 칭칭 감았다. 손목, 발목, 그리고 허리 부위 등 개미가 비집고 들어갈 수 있는 틈새란 틈새는 모두 철저하게 테이프로 감았다. 지금 생각하면 사진이라도 한 장 찍어두었어야 할 일이었다. 참으로 내가 봐도 가관이었다.

그런데 막상 숲에 들어가 아즈텍개미들과 맞닥뜨리고 보니 그 모든 준비들이 다 허무한 것이었다. 아무리 꽁꽁 싸매도 그저 한 5분이면 충분했다. 어디로 어떻게 기어 들어왔는지 온갖 곳을 다 문다. 특히 남자로서 더할 수 없이 중요하게 생각하는 부분을 물릴 때면 참으로 난감

했다. 하는 수 없이 그 많은 테이프들을 죄다 풀어헤친 다음 속옷까지 다 벗고 잡아내야 했다. 인간의 그림자가 비추지 않는 오지였으니 망정이지 벌건 대낮에 아랫도리를 내리고 참으로 할 짓이 아니었다. 몇 번 이런 못할 짓을 거듭하다 나는 드디어 막가는 인생이 되고 말았다. 물테면 물어라 하고 반바지에 티셔츠 차림으로 덤벼들었다. 손도끼로 나무를 뻐개놓고 땅바닥에 엎드리다시피 웅크린 채로 여왕개미를 찾노라면 수천 아니 수만 마리의 개미들이 내 온몸에 달려들어 필사적으로 물어뜯는다. 가끔 일어나 손으로 대충 훑어내고 또 덤벼들었다. 이 실험을 시작할 때에는 의미 있는 자료를 얻으려면 최소한 스무 그루 정도는 확인해야지, 했지만 나는 결국 다섯 그루를 마친 다음 포기하고 말았다. 곱슬머리에 최씨인 내게는 영 자존심 상하는 일이었지만 아무리 생각해도 할 짓이 아니었다. 아무리 명문 하버드대학의 박사 학위가 중요하다 해도 온몸의 살갗이 그야말로 딸기 껍질처럼 변하는 데에는 어쩔 도리가 없었다.

개미들의 성공은 다른 개미들과 맺는 동맹에서 그치지 않는다. 생물학을 전공하지 않은 이들도 어려서부터 하도 들어 잘 알고 있는 이른바 ‘개미와 진딧물’의 관계가 있다. 개미는 진딧물을 다른 포식동물들로부터 보호해주고 진딧물은 그 대가로 식물의 즙을 가공하여 만든 단물을 개미에게 바친다. 아주 오래전부터 서로 맺어온 동맹이다. 개미는 사실 진딧물뿐 아니라 매미충, 뿔매미, 깍지벌레, 그리고 부전나비의 애벌레 등 다양한 곤충들을 가축으로 기른다. 일찍부터 서로에게 도움이 되는 '어우름'의 지혜를 터득한 것이다.

개미의 어우름은 동물세계의 범주를 넘어 식물까지 아우른다. 해마다 봄이면 많은 사람들이 벚꽃놀이를 즐긴다. 하지만 벚꽃이 지고 나면 언제 그랬더냐 다시는 벚나무를 쳐다보지도 않는다. 벚나무는 잎보다 꽃을 먼저 피우는 조금은 성미 급한 나무다. 내년에는 벚꽃이 진 다음 한번 벚나무를 찾아보길 권한다. 그리곤 이파리가 빠져나온 잎맥을 살펴보라. 그곳에는 가운데 구멍이 뚫린 한 쌍의 작은 돌기들이 돋아 있을 것이다. 그 돌기에 가만히 혀끝을 대고 음미해보면 은은한 단맛을 느낄 것이다. 식물은 자기 대신 다른 식물과 섹스를 즐겨줄 벌이나 나비를 위해 꽃 속에 꿀을 준비하고 있다. 하지만 의외로 많은 식물들이 꽃 밖에도 꿀샘을 갖고 있다. 벚나무처럼. 식물이 그렇게 꽃 밖에 마련한 꿀샘은 어김없이 개미만을 위한 것이다. 개미들을 유인하기 위함이다. 개미들이 들락거리면 자기들을 갉아먹는 다른 곤충들이 얼씬도 하지 못한다는 걸 식물들은 잘 알고 있다. 열대로 가면 갈수록 더 그렇지만 개미와 이 같은 동맹을 맺은 식물들은 의외로 많다.

언뜻 보면 여기서 드디어 개미와 인간의 차이가 드러나는 것처럼 보인다. 주변의 다른 생물들과 어우르며 살 줄 아는 지혜를 터득하여 실행하는 동물이 개미라면 우리는 마치 자연의 일부가 아닌 양 자연을 정복하고 유린하며 살고 있는 것 같다. "생육하고 번성하여 땅에 충만하라, 땅을 정복하라, 바다의 고기와 공중의 새와 땅에 움직이는 모든 생물을 다스리라" 하신 하느님의 말씀을 있는 그대로 받아들여 진작에 속 깊은 청지기이길 포기하고 오로지 군림하기만을 원하는 것처럼 보인다. 지구의 역사에는 적어도 다섯 번에 걸쳐 몸서리칠 대절멸사건들이 일어났다. 엄청난 수의 생물들이 졸지에 죽음의 벼랑으로 밀려 떨어진 그런 끔찍한 사건들이 적어도 다섯 번은 일어났다는 것이다. 지금 또다시 여섯 번째 사건이 벌어지고 있다. 그 전의 다섯 사건들과 지금 벌어지고 있는 이른바 제6의 대절멸사건에는 한 가지 뚜렷한 차이가 있다. 그 전의 다섯 사건들이 모두 지구로서도 어쩔 수 없었던 천재지변에 의한 것인 데 반해 이번 사건은 그 지구에 살고 있는 구성원들 중 하나인 인간이라는 철없는 동물 하나의 장난 때문에 벌어진다는 점이다. 지구로서는 참으로 어처구니없는 일일 것이다. 기껏 애써 키운 자식에게 발등을 찍히는 격이라고나 할까.

오늘 나는 참 특별한 장례식 두 곳엘 다녀왔다. 개미와

인간의 장례식이었다. 죽기 전에 자신의 장례식을 보고
싶어 했던 영국의 여류소설가 마리아 에지워스와 함께
갔다. 개미의 장례식은 아침부터 그야말로 울음바다였
다. 그동안 개미와 온갖 동맹관계를 맺고 있던 그 수많은
생물들이 만드는 애도의 행렬이 그 끝을 가늠하기 어려
웠다. 그들은 모두 한결같이 개미가 없는 세상을 어떻게
홀로 살아갈 수 있을까 두려워하고 있었다. 그에 비하면
인간의 장례식은 초라하리만치 한산했다. 제일 먼저 빈
소를 찾아온 것은 바퀴벌레였다. 인간 덕택에 잘 먹고 잘
살았지만 이젠 할 수 없이 숲 속으로 다시 돌아가야 할
그들의 어깨는 마냥 무거워 보였다. 바퀴벌레들이 떠난
얼마 후 쥐들이 다녀갔고, 간간이 이, 빈대, 벼룩들이 의
무적으로 나타나 봉투를 던지곤 사라졌다. 유사 이래 가
장 엄청난 장난을 쳤던 인간의 서거를 진심으로 애석해
하는 생물은 별로 없어 보였다. 이제 드디어 이 지구에 독
재의 시대가 물러가고 또다시 평화가 스며드는 듯싶었다.
　그러다가 어둑어둑 땅거미가 깔릴 무렵 홀연 소떼들이
밀려들었다. 아, 그래, 인간이 아니었다면 그들이 그 둔
한 동작으로 또 그 둔한 머리로 어떻게 그만한 성공을 거
둘 수 있었겠는가. 인간들이 오죽 많이 길러줬으면 지구
온난화가 그들의 방귀에 섞여 나오는 메탄가스 때문에
생길지도 모른다는 학설이 점잖은 과학 학술지에 발표가
될까. 그들은 정말 바퀴벌레 못지않게 서러워했다. 그러

고 있는데 뒤늦게 소식을 들은 벼와 밀, 보리들이 헐레벌떡 들이닥쳤다. 그들 역시 인간 덕을 톡톡히 본 이들이다. 인간이 농사를 짓기 시작하기 전까지 그러니까 불과 1만 년 전까지만 해도 그들은 저 들판 구석에서 말없이 피고 지던 한낱 잡초에 지나지 않던 존재들이었다. 그러던 그들이 오늘날 이 지구 표면을 가장 넓게 뒤덮게 된 것은 오로지 인간을 만난 행운 덕이었다.

　우리는 흔히 자연을 생각하면 '적자생존' '약육강식' 등의 살벌한 사자성어들을 떠올린다. 다윈의 진화론에서 나온 표현들이다. 하지만 정작 다윈은 잘 쓰지 않은 표현들이다. 그의 이론에 감화되어 성전을 들고 세상으로 뛰어나간 '다윈의 전도사들'이 즐겨 쓰던 말들이다. 다윈이 바라본 세상에 경쟁이 중요하지 않은 것은 아니지만 무턱대고 충돌을 일삼는 경쟁만이 이 세상에서 살아남는 유일한 길이 아니라는 걸 다윈은 일찍부터 깨달았다. 앞에서 나는 중량을 비교하며 개미와 인간의 성공을 칭송했지만 중량만 놓고 볼 때 이 지구를 지배하고 있는 생물은 단연 식물이다. 그중에서는 꽃을 피우는 식물 즉 현화식물이다. 현화식물이 이렇게까지 성공할 수 있었던 배후에는 그들의 꽃가루를 옮겨준 곤충들의 도움이 절대적이었다. 오늘날 이 지구에서 가장 막강한 숫자를 자랑하는 동물이 누구인가? 바로 곤충이다. 식물과 곤충이 함께 이처럼 엄청난 성공을 거둔 것은 결코 우연이 아니다.

서로 어우름의 지혜를 터득하고 실천했기 때문이다. 자연계를 둘러보면 남을 적대시하며 투쟁만 하며 살아온 생물들보다 서로 돕고 살아온 생물들이 의외로 많다. 경쟁을 이기기 위해 협동하는 것이다.

우리 인간이 전혀 어우름의 지혜를 터득하지 못한 동물처럼 살아가고 있다는 것은 실로 엄청난 아이러니다. 규모로 보아 우리 인간만큼 훌륭하게 어우름의 삶을 살아온 동물이 없건만 오늘 우리는 왜 자연의 품을 떠나 자연을 짓밟으며 살고 있는 것일까? 한편으로는 그 누구보다도 철저하게 자연과 어우르며 살고 있으면서 다른 편으로는 전혀 그런 사실조차 모르는 듯 어리석은 짓을 하고 사는 것일까? 아무리 유명한 사람의 장례식이라도 어느 정도는 날씨의 영향을 받는다지만, 나는 우리 빈소에 개미 빈소 못지않게 많은 문상객들이 왔으면 좋겠다. 그러자면 살아 있을 때 남들에게 잘해야 한다. 또 그러다 보면 그들 중 누군가가 우리더러 장례식 비용이 날이 갈수록 오르는데 그냥 더 살지 그러냐고 할지도 모를 일이다.

돌아오지 못하는 길

그때 그 뱃전에서 나는 불현듯 이런 생각을 했었다. 내가 이 승을 떠날 준비가 되었을 때 또다시 이곳을 찾으면 어떨까 하고. 너무나 깨끗이 아무런 흔적도 남기지 않고 떠날 수 있을 것 같았다. 아들도 하나 낳았으니 DNA에게 할 일은 어느 정도 한 셈이고 지구생태계에 누를 끼치지만 않았다면 그것으로 만족할 수 있는 일이 아니겠는가. 내가 이 행성에 오던 날보다 떠나는 날이 못하지만 않다면 그것으로 족하리라.

황동규 선생님은 "휴대폰 안 터지는 곳이라면 그 어디
나 살갑다" 하셨지만, 잠시나마 문명을 떠나 자연을 찾겠
다는 이들이 요즘엔 도무지 문명 쪽으로 세운 더듬이를
접지 못하는 것 같다. 산꼭대기에서도 휴대폰이 터지는
세상이 되다보니 떠난다는 의미가 예전과 사뭇 달라졌
다. 우리나라 젊은이들의 거의 4분의 3은 휴대폰이 없으
면 불안하다는 통계가 있었다. 몇 년 전 《뉴스위크》에서
오려둔 만화 한 컷이 있다. 어느 호젓한 바닷가에 가족이
함께 피서를 간 모양인데 엄마는 팩스기를 만지고 있고,
아빠는 노트북으로 이메일을 확인하고 있고, 큰아이는
휴대폰을 귀에 달고 있고, 작은아이는 게임기를 손에 들
고 있다. 몸은 떠나지만 마음은 한없이 길게 늘어나는 줄

을 쥔 채 여행을 떠난다. 이제 곧 전 세계 어디서도 쓸 수 있는 휴대폰이 나온다니 예전에 정글에서 길을 잃던 기억이 멋쩍어진다.

우리는 여행을 떠나기 전에 길을 잃지 않기 위해 많은 준비를 한다. 지도를 챙기고 자동차를 점검한다. 인터넷에 들어가 미리 목적지까지 가상여행을 해보는 이들도 있다. 내가 아는 한 미국 친구는 가족이나 일행을 이끌고 진짜 여행을 떠나기 전에 조금이라도 미심쩍은 곳이 있으면 일부러 시간을 내어 미리 한번 그곳까지 먼저 갔다오는 이도 있다. 이쯤 되면 좀 지나치다 싶긴 하지만 내가 아는 대부분의 사람들은 길 떠나기 전에 여러 가지로 퍽 긴장하는 편이다. 나는 그런 준비를 잘 안 하는 사람이다. 떠돌이 근성이 있어서 그런지 실제로 숲 속이나 들판을 많이 돌아다닌 탓인지 내 탁월한 방향감각을 좀 지나치게 신봉하는 경향이 있다. 그러다보니 길에서 무슨 과학 하는 사람이 이렇게 정확하지 못하냐고 안사람에게 핀잔을 심심찮게 듣는 편이다.

인간의 행동을 연구하는 진화생물학자들 중에는 길을 찾는 행동에서 뚜렷한 남녀 차이를 관찰한 이들이 있다. 남자들은 종종 동서남북의 방위지표를 사용하여 방향을 잡는 반면, 여자들은 주로 중요한 지형지물을 보며 길을 찾는 경향이 있다. 그 옛날 우리 조상들이 수렵채집생활을 하고 살 시절을 상상해보자. 남자들은 주로 사냥을 하기 위해 먼 길을 떠나야 했고 여자들은 대개 집 주변에서 야채나 열매들을 채취했을 것으로 생각된다. 당연히 여자들은 눈에 익은 주요 지형지물을 따라 마을 근처를 맴돌았을 것이다. 그렇지만 동물들의 뒤를 쫓아야 했던 남자들에게 지형지물은 거의 무용지물이었을 것이다. 해와 달을 지표로 삼아 이동했을 것은 쉽게 짐작할 수 있으리라. 실제로 지금도 오지에 사는 몇몇 종족들을 관찰해보면 대충 그렇게 산다. 그럴듯한 설명이지만 요즘 주위에서 직접 운전을 하며 처음 가는 길도 척척 잘 찾는 여성들을 보면 그저 기회가 적어 그랬던 것은 아니었나 하는 생각도 든다.

영화 〈쥬라기 공원〉의 속편 〈잃어버린 세계〉에는 함께 이동하던 일행 중 한 친구가 용변을 보기 위해 잠시 일행에서 벗어났다가 길을 잃고 끝내는 작은 공룡들에게 당하고 마는 장면이 나온다. 어디를 둘러봐도 다 풀과 나무 천지인 숲 속에서는 드러내놓고 쓸 만한 지형지물이 많지 않아 쉽게 길을 잃을 수 있다. 물론 등산길에서 벗어나지만 않으면 조금 돌더라도 결국에는 마을로 내려올 수 있지만 산행을 할 때에는 가능하면 일행이 좀 있는 게 좋다. 등산길에서 잠시라도 벗어나야 할 경우에는 길목이 될 만한 곳에 반드시 표시를 해놓는 것도 좋은 방법이다. 가끔씩 탁 트인 곳으로 나왔다 들어갔다 하는 온대의 숲은 그래도 좀 나은 편이다. 가도 가도 숲천장으로 꽉 막힌 하늘뿐인 열대의 정글 속에서는 제아무리 방향감각이 뛰어난 사람이라도 길을 잃기 십상이다. 그래서 우리 열대생물학자들은 밝은색의 천조각 몇 개씩을 늘 배낭에 넣고 다닌다. 그걸 늘 기억했다 사용하는가는 별개의 문제이긴 하지만.

초원에서 동물들을 사냥하는 종족들이야 언제나 해와 달을 올려다볼 수 있지만 정글 속에서 사냥감을 따라다녀야 하는 이들은 과연 어떻게 방향을 가늠하고 다닐까 궁금하다. 사하라사막에 사는 개미 중에는 놀라운 귀소능력을 보이는 것들이 있다. 불볕처럼 뜨거운 모래밭 위를 종종걸음을 걷듯 이리저리 방향을 틀며 돌아다니다가도 일단 먹이를 발견하면 정확하게 일직선으로 집을 향해 달린다. 마치 그 작은 뇌 속에 고성능 컴퓨터가 있어서 방향을 바꿀 때마다 태양을 기준으로 집 방향의 각도를 늘 계산하고 다니는 것처럼 보인다. 제아무리 빼어난 암산능력을 지닌 사람도 하기 힘든 일이다. 아마도 그 개미들의 뇌에는 무슨 간단한 메커니즘이 개발되어 있을 것이다. 우리 연구실이 최근 강화도에서 연구한 흰발농게의 경우도 상당히 비슷한 방법으로 집을 찾는다는 사실이 밝혀졌다.

해를 직접 볼 수 없는 숲 속의 개미들도 해를 기준으로 방향을 잡는다는 연구결과가 있다. 빽빽한 숲천장이긴 하지만 틈새를 비집고 들어오는 햇살의 패턴을 기억하는 것이다. 이 같은 행동 메커니즘을 밝히기 위해 옛날 내 지도교수는 다음과 같은 재미있는 실험을 했다. 아프리카 정글 속에 사는 개미군락을 실험실로 옮겨와 원통 우리 안에 넣은 다음 그들이 고향에서 늘 올려다보던 숲천장의 모습을 어안렌즈로 찍어 인화하여 우리의 천장으로 덮어주었다. 개미들로 하여금 한동안 그 천장 사진에 익숙하게 한 다음 본격적인 실험을 실시했다. 일개미들이 원통 우리의 한쪽 끝에 있는 둥지를 떠나 반대편에 있는 먹이를 발견할 때까지 기다렸다가 그들이 먹이를 물고 집으로 돌아오는 중간에 갑자기 천장 사진을 180도 돌려놓는다. 잠시 우왕좌왕하던 개미들은 도로 먹이가 있던 방향으로 걷기 시작한다. 다시 천장 사진을 원래대로 돌려놓으면 또다시 집으로 향한다. 숲천장 틈새로 새어드는 햇살 패턴을 방향지표로 삼는다는 명확한 증거를 밝힌 실험이다.

우리 인간도 훈련을 받으면 비슷한 일을 할 수 있을 것이라 생각한다. 분명히 말하건대 훈련을 해야 가능한 일이다. 나는 주로 정글 바닥을 훑고 다니는 열대생물학자다. 내가 연구하는 민벌레라는 곤충이 주로 정글 바닥에 쓰러져 썩어가는 나무 둥치 속에 살기 때문이다. 몇몇 동료들과 미지의 지역을 탐사할 때를 제외하고는 대개의 경우 열대연구소 근처 숲 속에서 등산길을 따라다니며 좌우에 보이는 쓰러진 나무들을 뒤진다. 쓰러진 나무라고 해서 모두 민벌레가 사는 것은 아니다. 민벌레들이 살기 좋아하는 나무들이 따로 있다. 그리고 적절하게 썩어 있지 않으면 민벌레들이 파고들어 살 수 없다. 이런저런 요인들을 고려하여 열대를 드나들기 시작한 얼마 후부터는 내게도 이른바 '보는 눈'이 생겼다. 쓰러진 나무라고 무작정 뛰어들기보다는 등산길에 서서 문제의 나무 둥치를 뒤질 것인가 말 것인가를 저울질한다. 대부분 등산길 바로 옆에 있는 둥치들을 뒤지게 되지만 때로는 저만치 먼 데 누워 있는 나무까지 기어들어 가기도 한다. 어렵게 덤불을 헤치고 들어갔다가 허탕을 칠 때면 기분이 영 떨떠름하다. 이젠 제법 눈썰미가 늘어 멀리 나무 모습만 봐도 대충 알 듯하다. 그런데 그놈의 미련이 늘 문제다. '저 나무엔 없을 거야.' 하면서도 발길이 못내 돌아서질 않아 번번이 기어들어 가고 만다.

1986년 여름이었다. 바로콜로라도섬에 있던 어느 날 기어이 숲 속에서 길을 잃고 말았다. 등산길에서 그리 멀지 않은 곳에 누워 있는 나무 둥치를 뒤지러 덤불을 헤치며 들어섰다. 그 나무만 뒤지고 곧바로 등산길로 되돌아오리라 생각했기 때문에 특별한 표시는 하지 않았다. 꼭 민벌레들이 있을 것 같았는데 막상 껍질을 벗겨보니 속이 너무 썩어 문드러져 있었다. 둘레가 제법 되는 나무였기에 민벌레들이 있었다면 퍽 큰 군락이었을 텐데 하는 아쉬움을 애써 접고 등산길로 되돌아 나오려는데 저만치 더 깊은 곳에 또 다른 나무 둥치가 보였다. 언뜻 보아 민벌레들이 살기에 안성맞춤인 것처럼 보였다. 첫 번째 나무에서 대충 각도를 재어두곤 이내 그 나무로 향했다. 내 예상은 적중했다. 나무는 민벌레들이 서식하기에 아주 적절하게 썩어 있었다. 그리 어렵지 않게 떨어져 나오는 나무껍질 밑마다 민벌레들이 떼를 지어 몰려다니고 있었다. 줄잡아 3, 40마리는 잡은 것 같았다. 뿌듯한 마음에 주섬주섬 배낭을 챙겼다. 시계를 보니 어느새 정오를 훌쩍 넘긴 때였다. 그러고 보니 배가 출출했다. 얼른 등산길로 나가 앉아 챙겨온 도시락을 까먹어야겠다는 생각에 발길을 돌렸다. 먼저 들렀던 나무 둥치가 오른쪽으로 두 시 방향에 있었다. 그렇다면 그대로 직진하면 등산길을 만나리라 생각하고 곧바로 걸었다. 그런데 이상한 일이었다. 한참을 걸은 것 같은데 등산길이 나타나질 않는 것이었다. 내 보폭과 보행시간을 곱해보니 내가 필경 등산길을 지나친 게 틀림없어 보였다. 나는 그곳에 서서 잠시 망설이다가 오던 길을 거꾸로 가보기로 마음먹었다. 정확하게 180도를 회전한 후 되도록 직선을 유지하며 걸었다. 앞에 덤불이 나타나더라도 가능하면 직진을 고집하며 얼마 동안 그렇게 걸었다. 그러나 여전히 등산길은 보이지 않았다. 은근히 걱정이 되기 시작했다. 잠시 마음을 가라앉히기로 했다. 생각해보니 민벌레를 찾던 나무 둥치를 찾으면 될 것 같았다. 반경 몇십여 미터 정도의 면적을 뒤지면 그 나무 둥치들이 있지 않겠나 싶었다. 곧 후회한 일이었지만 그 결정은 그야말로 결정적인 실수였다. 나는 그렇게 해서 완전히 방향감각을 잃은 것이다. 얼마를 그렇게 헤맸을까? 주위가 퍽 어두워진 것 같아 시계를 들여다보았다. 다섯 시가 넘은 시각이었다. 벌써 세 시간 넘게 숲 속을 헤맨 것이었다. 갑자기 등에 짊어진 배낭의 무게가 느껴졌다. 아까 퍼부은 비로 옷은 여전히 살 위로 척척 들러붙었다. 배도 좀 아파왔다. 그러고 보니 아직 점심도 먹지 않았다는 걸 그제서야 깨달았다. 배가 아픈 게 아니라 고픈 것이었다.

나는 그네처럼 휘어져 내린 굵은 리아나liana 줄기 위에 걸터앉아 도시락을 까먹기 시작했다. 어쩌면 쉽사리 그곳을 빠져나가지 못할지도 모른다는 생각에 도시락을 반쯤 남겨 다시 잘 싸서 배낭에 넣어두었다. 물도 그저 목을 축일 정도만 마셨다. 도대체 어디에서부터 잘못되었는가 곰곰이 되짚어보았다. 그러다가 불현듯 배낭 속에 나침반이 있을 것이라는 생각이 떠올랐다. 배낭을 이리저리 뒤졌다. 필요도 없는 걸 왜 그리 많이 넣어가지고 다니는지. 배낭을 거의 뒤집어엎을 듯 샅샅이 뒤져 드디어 나침반을 찾았다. 보물을 찾은 듯 기뻤다. 하지만 기쁨은 잠시였다. 가려고 하는 목적지로부터 내가 지금 어느 방향에 있는지를 모르는 상황에서 나침반은 아무 쓸

모가 없다는 걸 나는 그때 처음 알았다. 가고자 하는 곳이 내가 있는 곳의, 예를 들면, 북서쪽이라는 걸 알아야 나침반을 보며 그쪽으로 향할 게 아닌가? 나는 그때 내가 등산길에서 어느 쪽에 있는지, 나무 둥치의 북쪽에 있는지 서쪽에 있는지 전혀 알지 못했다.

나침반을 도로 배낭에 넣고 그동안 자주 쓰진 않았지만 늘 가지고 다니던 천조각들을 꺼냈다. 꺼내보니 모두 청색 조각들이었다. 대낮에는 비교적 눈에 잘 띄는 색깔이지만 저녁 시간에는 그리 좋은 색이 아니라는 걸 또 그때 깨달았다. 좀 늦은 감은 있었지만 이제라도 더 이상 길을 잃으면 안 될 것 같아 걸터앉아 있던 리아나부터 묶어두었다. 그리곤 어느 방향으로든 직진으로 1백 걸음을 뗄 때마다 하나씩 묶으며 걸었다. 열 개의 천 조각을 묶도록 길이나 나무 둥치를 발견하지 못하면 다시 조각들을 풀며 리아나로 되돌아왔다. 이번에는 첫 번 방향과 약 45도 각도를 유지하며 같은 일을 반복했다. 하지만 네 줄도 다 마치지 못했는데 해가 완전히 져버리고 말았다. 늘 가지고 다니는 전조등을 꺼내 이마에 두르고 하던 일을 계속했다. 그러나 그렇게 여섯째 줄을 하던 중 갑자기 건전지가 다하면 어쩌나 하는 걱정이 들기 시작했다. 물론 작은 비닐백 속에 비상용 건전지를 늘 가지고 다니긴 했지만 그래도 왠지 불안했다. 여섯째 줄을 마친 다음 나는 다시 그 리아나에 걸터앉았다. 내가 45도 각도를 제대로 쟀다면 한 절반쯤을 마친 셈이다. 시곗바늘은 벌써 밤 아홉 시를 넘어섰다. 나는 하는 수 없이 그곳에서 밤을 지새우기로 했다.

리아나에 걸쳐 잠을 청할 수는 없었다. 우선 폭이 너무 좁고 좌우로 흔들리는 게 도무지 일정치 않았다. 그렇다고 축축한 땅바닥에 그냥 누울 수는 없고 하여 나는 주변에서 나뭇가지들을 모으기 시작했다. 그들을 얼기설기 겹쳐놓은 다음 큰 깃털 모양의 야자수 이파리들을 꺾어 그 위에 깔았다. 누워보니 그런대로 훌륭한 야전침대였다. 그러고 보니 침팬지들이 매일 밤 만드는 침대와 닮은 데가 있었다. 아마 이래서 우릴 가리켜 '제3의 침팬지'라고 부르는 모양이다. 등이며 옆구리며 여기저기 삐죽삐죽 쑤시긴 해도 그만하면 잠을 청할 수 있을 것 같았다. 비행기가 파나마공항에 너무 늦게 도착하여 스미스소니언 연구소 본부에 들를 수 없을 때면 가끔 하룻밤을 걸치던 파나마시티 외곽의 허름한 모텔에 비하면 훨씬 좋았다. 말이 모텔이지 그곳엔 방 안에 전깃불도 없었다. 창밖 복도 천장에 있는 전등 하나로 네 방을 모두 비추는 그런 곳이었다. 침대는 아무리 봐도 창고에서 화물 받침대로 쓰던 걸 그대로 들어다 놓은 게 틀림없었다. 방바닥은 물론 그냥 맨땅이었다. 그 낮은 침대 위에 누우면 무언가 연신 그 밑으로 기어다니는 소리가 들린다. 차라리 큰 소리 속에서는 잠이 들어도 그런 소리에는 들던 잠도

달아나버린다. 하룻밤에 1달러 25센트만 내면 되는 곳이니 사실 무엇을 불평하랴? 그보다 한 단계 나은 곳은 거의 10달러를 내야 했다. 얼마 되지 않는 연구비로 오래 버티려면 어쩔 수 없는 일이었다. 정글 모텔은 생각보다 훌륭했다. 돈을 낼 필요도 없었다. 밤이 이슥해질수록 갖은 동물들의 울음소리가 더욱 기승을 부렸다. 경쟁이라도 하듯 귀를 찢는 소리들 사이로 이따금 거미들이 거미줄 치는 소리가 들리는 것 같았다.

찬 빗방울이 뺨을 후려치는 바람에 눈을 떴다. 몸은 이미 쫄딱 젖어 있었다. 비가 내린 지 퍽 된 듯싶었다. 깊은 숲 속이지만 주변이 희뿌옇게 밝아오는 걸 보니 새벽이 된 모양이었다. 밤새 자다 깨다 했지만 그래도 어김없이 새날이 밝는다는 게 신기했다. 카메라가 젖을까 봐 커다란 나뭇잎으로 잔뜩 덮어놓았더니 다행히 배낭은 별로 젖지 않았다. 비는 그리 많이 내리진 않았던 것 같다. 배낭을 둘러메고 어제 했던 그대로 다시 길을 찾기 시작했다. 그런데 이게 무슨 조화란 말인가? 시도한 첫 줄을 따라 불과 몇백 걸음도 걷지 않아 등산길이 나타났다. 나는 등산길에서 얼마 되지도 않는 곳에서 그 긴 밤을 지샌 것이었다. 어제는 그렇게 오래 뒤졌어도 보이지 않던 길이 오늘은 시작하자마자 눈에 훤히 들어왔다. 무언가에 속은 것 같은 씁쓸함을 입 속 가득 씹으며 나는 터덜터덜 산을 내려왔다. 연구소에 다다르니 모두들 아침식사를

하느라 분주했다. 새벽부터 비를 맞으며 어딜 다녀오느
냐고 누군가가 물었다. 전날 밤 아무도 날 찾지 않은 게
분명했다. 모두들 내가 사라진 줄도 몰랐던 것이다. 아침
먹을 생각이 싹 사라져버렸다. 나는 아무 말도 하지 않고
내 방으로 올라갔다.

그로부터 불과 몇 달 후 나는 또 한 번 숲 속 깊숙한 곳
에 버려지는 경험을 했다. 바로콜로라도섬으로 가려면
갬보아Gamboa라는 작은 마을에서 배를 타야 한다. 그 마
을의 한쪽 끝에는 미군부대가 있고 반대편에는 파나마운
하를 따라 파이프라인 로드Pipeline Road라는 길이 길게 뻗
어 있다. 파나마에 처음 도착했을 때부터 나는 언젠가는
그 길을 한번 뒤지리라 벼르고 있었다. 벼르고 벼르던 날
을 잡았다. 그런데 막상 날을 잡아 그 길로 민벌레 채집
을 떠나려는데, 그날 따라 연구소 지프들이 모두 나가고
없었다. 일단 마음을 먹고 나니 포기하기 어려웠다. 그래
서 나는 연구소 본부에서 그리 멀지 않은 렌터카 사무소
에 들러 차를 한 대 빌렸다. 작은 흰색 도요타 승용차였
다. 숲길을 달리기에 적합한 차는 물론 아니었지만 그저
가고 싶은 마음에 그냥 빌렸다. 길로 들어서서 처음 십여
분 동안은 괜찮았다. 길도 비교적 넓고 평평한 편이었다.
그러나 그 후로는 차 한 대가 겨우 지나갈 정도로 좁은
외길이었다. 물론 그럴 리야 없겠지만 가다가 만일 다른

차를 만난다면 후진으로 계속 나와야 할지도 모를 일이
었다. 채집은 성공적이었다. 운전을 하다가 숲 속에 쓰러
진 나무 둥치를 발견하면 곧바로 차를 세우고 한동안 뒤
진 다음 다시 차를 몰곤 했다. 그 길에는 다리들이 심심
찮게 있었다. 운하로 흘러드는 강의 지류들이 그렇게 많
은 줄은 몰랐다. 다리라고는 해도 철도 침목 같은 것들을
듬성듬성 연결해놓은 정도라 차가 위아래로 심하게 흔들
렸다.

그렇게 얼마나 들어갔을까. 다리만 해도 족히 열 개는
건넌 것 같았다. 배도 출출하고 이젠 돌아가야겠다 싶었
지만 좀처럼 차를 돌릴 수 있는 공간을 찾을 수가 없었
다. 그런 공간을 찾느라 다리를 또 서너 개나 더 건넜다.
이러다 영원히 차를 돌리지 못하는 건 아닌가 걱정하고
있는데 갑자기 차가 급하게 멈춰 섰다. 안전띠를 매고 있
었으니 다행이었지 하마터면 머리를 앞유리에 박을 뻔했
다. 아무리 밟아도 박힌 차는 꼼짝도 하지 않았다. 내려
서 확인해보니 왼쪽 바퀴가 길에 팬 깊은 골에 박혀버렸
다. 후진을 시도해보았지만 역시 꿈쩍도 하지 않았다. 차
구석구석을 다 뒤졌지만 땅을 팔 때 쓸 수 있을 만한 쟁
기는 하나도 없었다. 그날따라 나 역시 웬일인지 장비도
제대로 챙기지 않은 채 길을 나선 것이었다. 늘 주머니에
넣고 다니던 스위스 군용칼도 어디 갔는지 찾을 수가 없
었다. 숲 속을 둘러보며 쓸 만한 나뭇가지를 찾아보았지

만 모두 너무 썩어 전혀 쓸모가 없었다. 믿기 어렵겠지만 바퀴 밑의 흙을 퍼내는 데 쓸 만한 것이라곤 지갑 속에 들어 있던, 아침에 그 차를 빌리는 데 썼던 신용카드 한 장이 전부였다. 한심하기 짝이 없었지만 어쩔 수 없었다. 나는 몇 시간 동안 차 옆에 쭈그리고 앉아 신용카드로 바퀴 옆의 흙을 퍼냈다. 하지만 파인 골 밑바닥의 흙이 이미 진흙으로 변해버려 바퀴 양 옆을 애써 넓히면 넓힐수록 차는 점점 더 깊숙이 가라앉을 뿐이었다. 야속한 시간은 아랑곳하지 않고 흘러 어느새 땅거미가 깔리기 시작했다. 뭔가 결단을 내려야 할 시간이 다가왔다. 나는 하는 수 없이 차를 포기하고 마을을 향해 걷기 시작했다.

풀벌레들이 이제 곧 해가 진다며 귀가 따갑게 떠들어대기 시작했다. 해가 떨어진 후에도 다행히 길은 희미하게나마 보였다. 얼마나 깊이 들어왔는지 도무지 짐작도 되지 않았다. 침목이 듬성듬성 놓인 다리 위를 건너며 갑자기 등골이 서늘해짐을 느꼈다. 운전을 할 때는 몰랐는데 썩은 침목들이 적지 않았다. 발을 디디면 우지끈 소리를 내며 흔들리는 침목이 한둘이 아니었다. 그리고 다리 밑으로 흐르는 냇물은 종종 상당히 멀찌감치 들렸다. 근래 몇 년 동안 그 길을 따라 나만큼 깊숙이 들어간 사람이 없었다는 걸 나는 그다음 날에나 알게 되었다. 그것도 차를 몰고 그곳까지 들어간 사람은 일찍이 없었단다. 나는 졸지에 연구소에서 가장 겁 없는 탐험가라는 명성을 얻었다. 하지만 실제로는 그들이 나를 가장 철없는 탐험가로 생각하고 있다는 걸 나는 잘 알고 있었다.

유난히도 많은 물이 쏟아져 흘렀던 지난여름의 끝자락 강월도 시인이 남해 바닷물에 몸을 던졌다. 중절모를 쓴 신사가 가슴팍까지 물에 잠겨 있는 합성사진과 함께 친구들에게 부친 편지에서 그는 다음과 같은 유언을 남겼다고 들었다.

"이 서신을 받을 즈음이면 나는 서울을 떠나 남해를 찾아 다시 한 번 떠났을 것입니다. 이번에는 아마 돌아오지 못하는 길로 갔을 것입니다. 아, 이 땅의 자네들이 그립겠지요. 아직 누릴 수 있는 젊음을 만끽하며 이 세상을 누려보시게. 나 먼저 가네. 친구들이여, 잘 있게."

평소 가까운 지인에게 그 옛날 대한해협에 뛰어들었던 윤심덕처럼 생을 마감할 것이라고 얘기했던 것으로 미루어보아 그는 오래전부터 돌아오지 못할 여행을 계획했던 것 같다. 하지만 실종된 지 채 두 달이 안 돼 그의 시신 일부가 울릉도 근해에서 발견되었다. 주민등록증과 명함이 주머니 속에 있더란다. 이제 겨우 시신의 일부라도 건져 그의 넋을 달래줄 수 있게 된 가족에게는 더할 수 없이 다행스러운 일이지만 나는 왠지 '돌아오지 못하는 길'로 떠난 그가 일부나마 돌아와버려 섭섭했다. 물론 그의 목숨은 영원히 돌아오지 못할 길로 떠나버렸다. 그러나 그의 무언가가 주민등록증과 명함을 들고 되돌아온 것 같은 느낌을 지울 수 없다. 돌아오지 못하는 길로 깨끗이 떠나기가 이렇게 어렵단 말인가?

언젠가 돌고래를 보려고 필리핀 근해에 갔던 적이 있다. 나는 내 눈으로 제일 먼저 돌고래들을 발견하겠다는 욕심에 뾰족한 뱃머리에 기대섰다. 파도를 가르는 배의 각도가 어색하게 뒤틀릴 때마다 뱃전에 부서져 튀어오르는 물보라가 싱그럽게 내 온몸을 적셨다. 돌고래를 찾느라 두리번거리던 내 눈 저만치 앞에 섞이지 않는 두 물감의 경계가 너무도 뚜렷하게 보였다. 배는 빠른 속도로 그 경계선을 향해 돌진했다. 배가 그 경계에 다다르면 엄청난 충격이 있을 것 같았다. 마치 벽을 향해 돌진하는 차 안에 앉아 있는 느낌이었다. 나도 모르게 뱃머리의 쇠난간을 힘껏 쥐었다. 하지만 배는 별다른 요동 없이 그 선을 건넜다. 머리를 돌려 두고 온 바다를 바라보았다. 저 멀리 아스랗게 보이는 육지 앞으로 푸른 잔디가 뒤덮여 있는 것처럼 보였다. 그리고 이제야 정말 바다에 나온 것 같았다.

그곳은 바다의 색깔이 달랐다. 산호초 위에 펼쳐져 있던 바다의 색은 초록색이었는데 그 바깥 바다의 색은 진한 군청색이었다. 중학교에 들어가 처음 펜글씨를 배울 때 사용했던 잉크색과 흡사했다. 그러고 보니 그곳은 이

지구에서 가장 깊은 곳이라는 마리아나해구에서 그리 멀지 않은 곳이었다. 언젠가 지리 시간에 외웠던 기억이 난다. 11,034미터라고 했던가? 에베레스트산의 높이가 8,848미터이니 그걸 뽑아 거꾸로 처박아본들 턱도 없을 웅덩이가 아닌가? 나는 주머니를 뒤져 동전 한 닢을 꺼내들었다. 그리곤 그걸 난간 밖으로 떨어뜨렸다. 동전은 이내 검푸른 잉크 속으로 빨려들어갔다. 나는 스스로 동전이 되어 그 끝모를 바닷물 속으로 내려갔다. 순간 몸이 솜털처럼 가볍게 느껴졌다. 세상은 이제 더 이상 내 곁에 있지 않았다. 그저 광활한 무無의 공간만이 암흑 속에 있을 뿐이었다.

그때 그 뱃전에서 나는 불현듯 이런 생각을 했었다. 내가 이승을 떠날 준비가 되었을 때 또다시 이곳을 찾으면 어떨까 하고. 너무나 깨끗이 아무런 흔적도 남기지 않고 떠날 수 있을 것 같았다. 아들도 하나 낳았으니 DNA에게 할 일은 어느 정도 한 셈이고 지구생태계에 누를 끼치지만 않았다면 그것으로 만족할 수 있는 일이 아니겠는가. 내가 이 행성에 오던 날보다 떠나는 날이 못하지만 않다면 그것으로 족하리라. 내 뒤로도 수많은 이들이 와서 살아야 할 이곳에 애써 족적을 남길 일이 무엇 있으랴. 그 족적이 좋은 것이든 나쁜 것이든 가릴 까닭조차 없어 보인다. 그저 없었던 것처럼 살다가 떠날 수만 있다면 그보다 더 큰 행복은 없으리라.

언젠가는 과학을 시로 쓰리라

과학의 역사를 돌이켜볼 때 글 잘 쓰는 과학자들이 성공적이었음은 의심의 여지가 없다. 중요한 사실은 이러한 노력이 과학자 자신들의 영광에만 그치는 것이 아니라는 점이다. 그들 덕분에 대중이 그만큼 더 과학화한 것이 더 중요한 일이다. 나 역시 자연현상을 관찰하고 그 속에서 우리 인간의 모습을 찾으려 적지 않은 양의 글을 쓰고 있다. 아직 학문의 깊이나 글의 설득력에서 모자란 면이 너무 많지만 언젠가는 과학적 발견을 시로 표현할 수 있게 되길 기대하며 산다. 원래 과학이란 고대의 시로부터 탄생하지 않았던가?

　나는 어려서 생명의 아름다움을 시로 읊어보고 싶어
했다. 조금 더 커서는 생명의 모습을 깎아보려 했다. 이
제는 생명의 속살을 파헤치고 싶다.

　1970년대 말 미국 유학을 준비하며 썼던 내 개인 에세
이의 한 대목이다. 나이에 비해 더넘찬 편이었던 나는 아
홉 살 때부터 시인 흉내를 냈다. 큰삼촌이 검은 끈으로
묶어준 백지 노트를 겨드랑에 끼고 자못 심란한 얼굴로
종종 강이 내려다보이는 언덕을 찾곤 했다. 경복중학교
에 입학한 첫해 작문 시간이었다. 교지에 실릴지도 모른
다며 글을 써내라고 하여 내 첫 시집에 적어두었던 시들
중 〈별〉이라는 시 한 편을 제출했는데 그게 덜컥 교지에

실리고 말았다. "은구슬 금구슬 뿌려 놓은 곳, 밤 하늘에 형제 별 무엇을 하나?"로 시작하는 정형시에 가까운 동시였다. 유치하거나 말거나 나는 마치 등단이라도 한 듯 흥분을 감출 수 없었다. 그러다 2학년 2학기 어느 날 친구들과 운동장에서 농구를 하고 있는데 몇몇 친구들이 고등학교 형들과 무리를 지어 학교를 빠져나가는 게 보였다. 어딜 가느냐 물었더니 백일장을 하러 경복궁에 간단다. 농구나 하지 그런 델 무얼 하러 가느냐는 친구들의 힐난을 뒤로한 채 경복궁으로 따라갔다. 고등학교 국어 선생님의 말씀이 끝나자 똘똘 말아온 두루마리 종이가 펼쳐졌다. 그 종이 위에는 굵은 붓글씨로 '낙엽'과 '연못'이라는 두 단어가 적혀 있었다. 그들을 보는 순간 내 가슴속 혀 끝에는 신맛도 아니고 단맛도 아닌 야릇한 맛이 진동했다. 선생님이 나눠주시는 원고지 한 뭉치를 받아들고 나는 경회루가 건너다보이는 풀밭에 자리를 잡았다. 몇 시간 동안 그렸다 지웠다 하며 〈낙엽〉이라는 제목의 시 한 편을 써냈다.

며칠 후 세계사 시간이었던 것으로 기억한다. 훤칠한 키에 요즘 말로 꽃미남 같았던 세계사 선생님이 교실을 들어서며 내 이름을 부르시는 것이었다. 그리곤 학생들에게 내가 암행어사가 되었다고 말씀하셨다. 무슨 말인지 어리둥절해하고 있으려니 "금방 교무실에서 들었는데 최재천이가 백일장에서 장원급제를 했다더라" 하시는 것이었다. 그날 종례시간에 들어오셔서 잔뜩 긴장감을 살리며 뉴스를 터뜨린 담임 선생님에게 대단히 미안해했던 기억이 지금도 새롭다. 그해 백일장은 좀 별났다. 개교 60주년 기념으로 예년과 달리 금메달도 주고 상품으로 옥편이며 만년필 등도 주며 별나게 성대하게 치렀다. 예년에는 그저 상장 한 장이 고작이었단다. 교내백일장이란 대개 국어 선생님이 심사를 하는 게 보통이고 그러다보면 문예반 친구들이 상을 휩쓸게 마련이다. 그런데 그해에는 60주년 기념이라 경복고등학교 7회 동문이자 당시 유명한 시인이셨던 장만영 선생님이 오셔서 심사를 해주셨다. 그래서 아마 문예반도 아닌 내가 뽑힐 수 있었으리라. 장만영 선생님은 내 작품이 "뛰어나게 우수하다"는 극찬을 해주셨다. 내 평생 이보다 더 큰 상을 받아본 적 없고 이렇게라도 하지 않으면 내 주제에 어느 세월에 《현대문학》에 시를 실어보겠나 싶어 주책인 줄 알지만 열세 살 소년 시절에 썼던 그 시를 여기 다시 적어본다.

숲의 나뭇가지 끝에도
가을은 젖어
금빛으로 타오른다.

지나간 날들의

행복한 생각도 슬픈 사색도
가을의 향로 속에
녹아 꺼지면
조그마한 한 잎의 낙엽
밝은 달빛을 타고
볏낟가리 위에
사뿐히 내려앉는다.

귀익은 귀뚜라미 소리 들으며
낙엽은 이슬에 젖는다.
고독의 쓰라림을 맛보며
조용히 조용히 이슬에 젖는다.

서늘한 가을바람이 불어오면
낙엽은 다시 땅 위에 뒹군다.

지난 여름
즐거웠던 일들을 생각하며
사색에 잠기는 낙엽은
가을의 상징.

짙어가는 가을빛 속에
쓸쓸한 미소를 지을 뿐…….

　장만영 시인께서는 손수 내 시를 다듬어주시기까지 했다. 원본에는 내가 "사색에 잠기는 낙엽은 정녕 가을의 상징이어라" 하는 식으로 축축 늘어지게 쓴 걸 상큼하게 잘라주시는 등 두어 군데를 친절하게 고쳐주셨다. 그렇게 해서 이 시는 영원히 내 마음 한복판에 새겨졌다.

　나는 그처럼 떠들썩하게 평소 흠모하던 문예반원이 되었고 사춘기 시절 내내 문학의 열병을 앓으며 살았다. 본격적으로 대학입시 공부를 해야 할 무렵 한동안에는 언감생심 조각가가 되려는 꿈을 꾼 적도 있다. 정작 생물학을 평생 업으로 가슴에 품게 된 것은 대학을 거의 다 마칠 무렵이었다. 그러다 보니 나는 그저 어쩌다 보니 생물학자가 되었다는 발저림을 느끼며 산다. 요즘 아이들은 별로 하는 것 같지 않지만 나와 같은 연배나 그 전 세대들은 예전에 학교에서 뻔질나게 자신의 장래희망을 적어내야 했다. 나는 한번도 과학자가 되겠다고 답해본 적이 없었던 것 같다. 그 당시 내 친구들은 대개 나를 문학소년이나 미술반원으로 기억한다. 하지만 이른바 문과 영 순위였던 나는 무슨 영문인지 이과반으로 보내졌고, 어떻게 하다 보니 이제는 버젓이 과학자 흉내를 내며 살고 있다.

　그렇다고 해서 내가 과학을 하게 된 것을 후회하는 것은 결코 아니다. 약간은 등을 떠밀려 하게 된 일이지만 지내놓고 보니 내겐 그 역시 여간 큰 행운이 아니었다.

어릴 때부터 글쟁이가 되고 싶었던 것은 숨길 수 없는 사실이지만, 내가 만일 처음부터 줄곧 문학도의 길을 걸었더라면 어쩌면 지금 이 나이에도 신춘문예를 한답시고 질척거리며 살고 있을 것이다. 줄담배를 물고 어느 퀴퀴한 여관방에 들어앉아 원고지를 구기고 있을지도 모른다. 그 대신 정식으로 작가로 등단한 것도 아니면서 겁없이 여기저기 글을 흩뿌리고 살 수 있는 것은 다 과학을 한 덕분으로 안다. 과학자들은 글을 잘 못 쓴다는 우리 사회의 편견 덕분에 글줄을 몇 마디라도 꿸 줄 아는 몇 안 되는 과학자 중의 하나라며 분에 넘치는 대접을 받고 있다.

　나는 1970년대 말부터 1990년대 중반까지 무려 15년 동안을 미국에서 살았다. 장년기의 상당 부분을 미국 문화에 젖어 산 셈이다. 미국에 유학하며 처음에 가장 힘들었던 일은 역시 영어로 논문을 쓰는 일이었다. 일찍이 우리말로도 써본 일이 없는 과학논문을 다짜고짜 남의 나라 말로 쓰는 일은 결코 쉽지 않았다. 언제 a 또는 the를 써야 하는지, 이른바 관사의 사용법을 비롯하여 기본 문법에 어긋나지 않도록 문장을 다듬는 것도 중요했지만 글 전체의 구성이 더 큰 문제였다. 문학도의 꿈을 꿨다고는 해도 기껏해야 중학교 2학년 때 교내백일장에서 장원을 한 것을 계기로 가끔 교지에 시 몇 편 실었던 것과 대학 시절 독서 동아리 회지에 단편소설 아니 콩트 두어 편을 발표해본 것이 고작이지만 어설프게나마 그렇게 단련된 나의 문학적 글쓰기와 새롭게 배운 과학적 글쓰기 사이에는 내가 미처 생각지도 못한 엄청난 차이가 있었다. 그동안 내가 익혔던 문학적 글쓰기에 따르면 정말 하고 싶은 애기는 선뜻 꺼내놓지 않고 한동안 변죽을 울리도록 돼 있었는데, 과학적 글쓰기는 내게 우선 결론부터 토해내기를 강요했다. 어렵사리 쓴 글을 미국 친구에게 보이면 번번이 결론을 서론 앞으로 가져가라는 충고를 듣곤 했다. 다음번에는 그렇게 하리라고 스스로 굳게 다짐하지만 막상 쓰려고 하면 또 옛날 버릇이 나오곤 했다. 내가 이 무식한 글쓰기에 익숙해지는 데에는 상당한 시간이 필요했다.

유학생활이 한 1년쯤 흘렀을 무렵 나는 정식으로 작문 수업을 받아보기로 마음먹었다. 이공계 대학원생들을 위해 영문학과에서 개설해놓은 강좌였다. 열 명 남짓의 학생들이 매주 각자 자기 논문의 일부를 제출하면 그중 한 학생의 글을 선택하여 모두 함께 읽고 토론을 벌이는 수업이었다. 세 번째 시간이었던 것으로 기억한다. 수업 후에 선생님이 나를 따로 부르셨다. 앞으로는 강의에는 올 필요 없고 선생님 연구실에서 개인 수업을 하자고 제안하셨다. 그리곤 날더러 어려서 문학도의 꿈을 가져본 적이 있느냐고 물으셨다. 그 밑도 끝도 없는 뜻밖의 질문에 나는 시인이 되고 싶었다는 부끄러운 고백을 하고 말았다. 선생님은 아무 말씀 없이 입가에 잔잔한 미소를 지어 보이셨다. 그날 이후 나는 일주일에 한두 번씩 선생님 연구실에서 개인교습을 받았다. 선생님은 절대 내 글을 직접 고쳐주시는 법이 없었다. 나로 하여금 한 문장씩 읽게 한 다음 마음에 드느냐고 물으셨다. 썩 마음에 들지 않는다고 하면 그냥 어깨를 들썩거리며 양손을 펴 보이실 뿐이었다. 나는 내 문장을 이렇게도 접어보고 저렇게도 뒤집어보았다. 신기하게도 그러다 보면 저절로 내 맘에 드는 문장이 튀어나오곤 했다.

그렇게 한 학기를 마치고 난 다음 내 글은 내가 보아도 몰라보게 변해 있었다. 그곳 펜실베이니아주립대학에서 석사를 마친 후 다른 대학의 박사과정으로 진학할 때 나는 그 선생님에게 추천서를 부탁했다. 추천서란 대개 학생에게 공개하지 않는 것이 원칙이지만 선생님은 당신이 쓰신 편지를 내게 건네며 영어가 제대로 됐는지 읽어보라고 하셨다. 우리들이 늘 그랬듯이 나는 어떤 문장은 맘에 들지 않는다고 지적하는 만용을 부리기도 했다. 이번에는 그가 학생이 되어 이리저리 문장을 고쳐보며 새로 써 주셨다. 사실 그의 문장들은 내가 감히 왈가왈부할 수 있을 수준이 아닌 빼어난 명문들이었지만, 그 편지에는 특히 내가 절대로 고치고 싶지 않은 문장이 하나 있었다. 그는 내가 정확성, 경제성, 그리고 우아함을 고루 갖춘

글을 쓴다고 적었다. 그 분에 넘치는 찬사 속에는 시를 쓰네 껍죽대던 시절 맹목적으로 추구했던 수식의 화려함과는 전혀 다른 속성들이 들어 있었다. 나의 글쓰기는 어느덧 나 나름의 문학세계를 떠나 과학의 영역으로 옮겨가고 있었다.

귀국한 첫해 어느 날 당시 민음사의 과학전문 계열사인 사이언스북스의 주간으로 일하던 이갑수 시인께서 내 연구실에 찾아와 글을 부탁했다. 얼떨결에 수락을 하곤 그 후 며칠간 나는 태어나서 처음으로 글쓰기를 혐오하는 끔찍한 경험을 하게 되었다. 유학을 떠나기 전까지 내 몸에 배어 있던, 변죽을 울려가며 멋을 부리던 문학적 글쓰기와 사뭇 건조하지만 정확한 정보 전달을 추구하는 과학적 글쓰기가 온통 뒤죽박죽이 되어 단 한 줄의 글도 게워낼 수 없었다. 길가에 핀 코스모스도 흘끔거리며 걷고 싶은데 결론부터 자꾸 튀어나오는 통에 글의 숨이 계속 끊기고 말았다. 문학적 글쓰기라고 해서 요점부터 먼저 말한 다음 차츰 설명을 붙여 나가지 말라는 법이 없지만 최소한 그 당시 내 머릿속에서는 도무지 타협의 기미가 보이질 않았다. 고민으로 밤을 꼴딱 샌 어느 날 새벽 불현듯 나는 미국에서 공부를 하던 15년이란 세월 동안 정글과 사막 등 아름다운 지역들을 수없이 많이 돌아다녔건만 그 잘난 시 한 줄조차 써보지 못한 걸 기억해냈다.

　문학의 꿈을 접고 과학의 현장으로 달려가던 과정에서 내게 전혀 회의가 없었던 것은 아니었다. 시심이 절로 솟는 아름다운 곳들을 방문했을 때마다 벅차오르는 가슴을 애써 억누르던 아픈 기억들이 있다. 그럴 때마다 나는 늘 겁이 났다. 어렵게 영어로 배운 과학적 글쓰기의 공든 탑이 무너져내릴 것만 같았다. 그래서 늘 서둘러 관찰기록을 챙기고 실험에 들어갔다. 그러면서도 내가 그나마 조금은 가지고 있었을 것으로 자부했던 이른바 문학적 감수성이란 게 사라지는 걸 늘 가슴 아파했다. 그때마다 낮은 목소리로 나 자신에게 다짐했다. 언젠가는 내가 시로 돌아가리라. 그 언젠가가 언제인지는 아직 모른다. 다만 언제부터인가 나는 내 속의 두 글쓰기 세계의 갈등을 엉거주춤 무마시키는 길을 찾아 걷고 있는 나를 발견했다. 이 길이 올바로 가고 있는 길인지는 아직 잘 모른다. 그저 이렇게 열심히 걷다 보면 언젠가 더 큰 길이 보이려니 하고 서둘러 걷고 있다.

　전쟁터의 병사들을 대상으로 호르몬 조사를 해보면 언뜻 이해가 되지 않는 결과가 나온다. 한창 총격이 벌어지며 동료가 피를 흘리며 죽어나가는 현장에서 이른바 스트레스 호르몬의 분비량을 잰 것과 부대에 돌아와 샤워를 하고 안정을 되찾은 후 아까 있었던 일을 되살려 생각해볼 때 역시 호르몬의 분비량을 잰 것을 비교해보면 후자가 훨씬 높게 나온다. 막상 일이 막 벌어질 때보다는 나중에 조용히 음미할 때 감동이 더 클 수 있다는 얘기일지도 모른다. 나는 애써 이 연구 결과로 마음의 위안을 삼는다. 내가 세계 여러 곳들을 다니며 보았던 그 많은 자연의 아름다움이 언젠가는 더 큰 감동으로 나를 사로잡으리라 기대해본다. 그런 곳을 찾을 때마다 가차없이 붓을 꺼내 휘갈기지 못한 아쉬움은 있지만 훗날 은근히 그러나 확실하게 내 몸속에 호르몬이 솟구치리라 믿어본다.

과학이 내 글에 준 가장 소중한 선물은 뭐니 뭐니 해도 정확성이다. 과학논문의 글은 문학적 수려함보다 내용의 정확한 전달을 더 중요하게 여긴다. 언젠가 《뉴욕타임스》의 어느 서평가가 우리 시대 과학적 글쓰기의 두 거물에 대해 다음과 같은 평가를 내린 적이 있다. 얼마 전 암으로 사망한 하버드대학의 고생물학자 굴드Stephen Jay Gould와 같은 대학의 동료이자 내 지도교수였던 윌슨Edward O. Wilson을 비교한 것이다. 과학자로서 보기 드물게 크고 화려한 붓을 휘두르던 굴드의 글은 때로 도대체 무엇을 말하려는 것인지 알기 어려울 때가 있다고 그는 꼬집었다. 자신의 박식함을 알리는 데 급급한 나머지 때로 글을 쓰는 본분을 잊는다는 것이었다. 그런가 하면 그는 윌슨의 글을 읽은 후 "그래서 그가 무슨 얘기를 하려 했느냐"를 묻는 사람은 아무도 없다고 평했다. 나는 윌슨 교수로부터 직접 작문 교습을 받은 적은 없다. 사실 그는 늘 당신 일에 너무 바빠 내가 쓴 학술논문도 제대로 읽어주지 못했다. 그저 거의 십 년간 그의 곁을 서성이는 동안 그의 글쓰기 스타일이 알게 모르게 내 몸에 물감을 드리운 것 같다. 아직은 그저 잘못 빤 빨래에 군데군데 엉뚱한 색깔이 묻은 것에 지나지 않지만.

1959년 스노우Sir Charles P. Snow는 과학과 문학을 근본적으로 융화되기 어려운 두 문화로 규정했다. 하지만 그는 전통적인 문학의 세계와 새롭게 떠오르는 과학문화 사이에 엄청난 괴리가 존재함에도 불구하고 전통이 과학을 끌어안는 노력을 해야 한다고 역설했다. 곧이어 터져나온 유드킨Michael Yudkin 등의 반론에 답하면서 그는 1963년 제3의 문화the third culture, 즉 사회사social history의 태동이 이미 시작되었음을 지적했다. 그에 따르면 사회사란 사회학자를 비롯하여 정치학자, 경제학자, 심리학자는 물론, 의학이나 건축학 등에 종사하는 이들의 지적 활동 모두를 포괄한다. 이는 일찍이 19세기 말 헉슬리Thomas Henry Huxley가 사회학과의 창설을 주창하며 문학이란 결국 여러 모양의 탈을 뒤집어쓴 사회학이라고 말한 것과 맥을 같이한다. 이런 점에서 사회생물학이라는 과학 분야에 몸담고 있는 나로서는 하나의 문화를 부르짖은 레빈George Levine 에 몸을 기대고 싶다. 레빈이 생각하는 하나의 문화란 과학과 문학이 하나의 분야로 합쳐져야 한다는 것은 아니지만 적어도 하나의 문화적 담론으로 거듭나야 한다는 것을 의미한다.

과학과 문학이 하나의 담론으로 거듭난다는 것은 구체적으로 무엇을 의미하는가? 한마디로 설명하기는 쉽지 않지만 분명하게 얘기할 수 있는 것이 하나 있다. 결코 과학소설만을 의미하는 것은 아니다. 과학소설 중에는 물론『멋진 신세계』처럼 하나의 문학 작품으로서 객관적인 가치를 높게 평가받은 것들도 있지만 대부분은 그저 소재를 과학에서 가져왔을 뿐 다른 면에서는 일반 소설들과 크게 다를 바 없다. 소재를 과학에서 가져왔다고 해서 담론이 이뤄졌다고 볼 수는 없다는 말이다. 그 과학적 소재에 대한 학문적인 이해와 철학적 분석이 함께해야 한다. 이런 점에서『멋진 신세계』의 저자 헉슬리가 상당한 생물학자 집안 출신이라는 사실은 그리 쉽게 넘길 일이 아니다. 그 유명한 토머스 헉슬리의 손자인 그는 줄리언 헉슬리의 친동생이자 1963년 노벨 생리의학상을 수상한 앤드류 헉슬리의 배다른 형이기도 하다.

그렇다고 해서 과학자가 또는 과학자 집안에서 성장한 작가만이 과학과 문학의 담론을 이룰 수 있다는 말은 아니다. 흔히 현대문학의 이정표라고 칭송받는「황무지」의 저자 엘리엇Thomas Stearns Eliot이 성장 과정에서 다윈의 진화론으로부터 지대한 영향을 받았고 그로 인해 그의 작품들이 한결같이 혼돈과 안정, 진보와 퇴행, 통일과 분열

등의 갈등으로 가득했다는 것은 잘 알려진 사실이다. 엘리엇은 워낙 동양과 서양의 사상사는 물론 많은 학문 분야에 걸쳐 폭넓게 읽고 연구한 학자이기도 했기에 그의 모든 작품들에 철학적 깊이가 느껴지는 것은 당연한 일이다. 엘리엇의 작품세계에 나타나는 성찰의 깊이는 다른 작가들에 대한 분석에 비춰볼 때 그 수준이 다르다. 모든 생물에서 자식은 모름지기 부모를 닮는다는 이른바 유전의 법칙에 철저하게 매료되었다고 알려진 디킨스 Charles Dickens의 경우는 학문적으로 얻어진 성찰은 아니다. 그 정도라면 우리 문학에도 예는 수두룩하다. 우선 제목부터 완벽한 김동인의 「발가락이 닮았다」가 있고 마지막 대목에서 왼손잡이의 유전에 대한 절묘한 여운을 남긴 이효석의 「메밀꽃 필 무렵」도 있다. 그저 단순히 다윈의 진화론에서 윤곽만을 빌려 구상한 스타인벡John Ernst Steinbeck의 『분노의 포도』도 담론의 수준을 달성한 것은 결코 아니라고 본다. 같은 맥락에서 휘트먼Walt Whitman의 시들 역시 우리가 지금 알고 있는 생태학 지식을 대변하지는 못한다.

나는 지난 몇 년간 '과학의 대중화'에 남다른 관심을 보여왔다. 그런데 과학의 대중화라는 구호는 과학을 대중의 수준으로 끌어내려야 한다는 메시지가 너무 강해 자칫하면 '과학의 저질화'로 이어질 가능성이 있다. 그래서 요사이 나는 '대중의 과학화'라는 표현을 더 즐겨

쓴다. 과학을 대중에게 알리려는 궁극적인 목적은 누구나 과학적인 사고를 할 수 있게 함이다. 즉, 과학문화를 형성하려 함이다. 엘리엇이 성장하던 시절 미국사회는 진보의 개념을 놓고 다윈의 진화론과 치열한 씨름을 벌이고 있었다. 어릴 때 겪었던 그 사상적 갈등이 훗날 그의 작품세계를 지배하는 인식체계의 바탕이 된 것이다. 과학문화가 사회 전반에 형성되지 않는 한 진정한 과학과 문학의 담론은 기대할 수 없다.

　과학과 문학의 담론이 어려운 것은 과학이 일방적으로 지나치게 빨리 달아나는 데에도 문제가 있어 보인다. 과학계에 몸을 담고 있는 과학자들마저도 남의 분야는 말할 나위도 없거니와 자신의 좁은 분야의 변화를 따라잡기도 벅찬 것이 지금의 현실이다. 하지만 문학적 상상력이 반드시 자세하고 정확한 과학적 증거에 의존해야 하는 것은 아닐 것이다. 다만 문제는 현대의 독자들이 이미 상당 수준의 과학지식을 보유하고 있기 때문에 과학적 데이터와 근본적으로 다른 문학적 상상은 그 자체가 아무리 화려하다 하더라도 설득력을 잃을 수밖에 없어 보인다. 암스트롱이 달 표면에 내려 그 황량한 황무지의 모습을 화상으로 보여준 이후 더 이상 계수나무 아래에서 떡방아를 찧는 토끼들을 상상하기란 쉽지 않은 일이다.

　과학과 문학의 담론이 성공적으로 이뤄진 예로 가장

많이 거론되고 이미 엄청난 양의 연구들이 쏟아져 나온 주제는 바로 다름 아닌 프로이트의 이론과 문학과의 관계일 것이다. 하지만 나는 이 관계야말로 기본 설정 자체가 흔들릴 수밖에 없는 문제라고 생각한다. 너무 과격하게 들릴지 모르지만 프로이트의 이론은 엄밀한 의미에서 과학이 아니기 때문이다. 도대체 무슨 근거로 뱀과 같이 긴 물체들이 모두 남근을 상징하며 무의식의 세계에 갇혀 있는 성의 표현이라고 단언할 수 있단 말인가? 도대체 어떻게 어머니를 차지하기 위해 자신의 아버지를 살해하는 것이 적응적인 현상으로 진화할 수 있단 말인가? 프로이트의 이론들은 거의 모두 엄청나게 상상력이 풍부했던 한 개인의 창작물에 지나지 않는다. 이런 점에서 프로이트 정신분석학은 검증되지 않은 가설의 예측들을 별다른 여과 없이 실재에 응용하는 과오를 범했다는 평가를 면하기 어렵다. 과학자라고 해서 상상력이 풍부해서는 안 된다는 뜻은 결코 아니다. 사실 그 정반대다. 위대한 과학적 발견은 대개 창의적인 상상의 결과이다. 다만 그 상상이 객관적인 과정을 거쳐 검증되어야만 비로소 과학이 되는 것이다. 더 이상 그 어느 과학자도 기존의 과학지식으로부터 완벽하게 자유로울 수는 없다. 이를테면 쿤Thomas Kuhn이 지적한 패러다임paradigm 또는 푸코Michel Foucault의 에피스테메épistémè의 굴레를 벗어나기 어렵다는 말이다. 따라서 프로이트가 문학에 미친 영향을 논의하는 일은 그 첫 단추부터 잘못 꿰어진 격이다. 과학적으로 인정받은 패러다임 또는 에피스테메 내에서도 위와 같은 과정을 거치며 문학작품을 만들기는 불가능할 것이다. 이런 점에서 볼 때 진정한 의미의 '문학의 과학화'는 근본적으로 불가능한 일처럼 보인다.

정신분열증을 앓으면서도 결국 노벨 경제학상까지 받은 수학자 존 내시John Nash의 일생을 그려 아카데미 작품상과 감독상을 수상한 영화 〈뷰티풀 마인드A Beautiful Mind〉에는 다음과 같은 청혼 장면이 나온다. 별로 낭만적이지 못한 존John의 청혼에 훗날 그의 부인이 되어 평생 그를 돌보아준 앨리시아Alicia도 만만치 않게 엉뚱한 질문을 던진다.

"우주가 얼마나 큰가요?"
"무한대로 크지요."
"당신은 그걸 어떻게 아나요?"
"우주가 무한대로 크다는 걸 나타내는 충분한 자료가 있기 때문에 알지요."
"하지만 아직 증명이 된 건 아니지요."
"아니지요."
"사랑도 아마 마찬가지겠지요?"

　과학자들은 진실fact 또는 진리truth라는 말을 되도록 쓰지 않으려 한다. 어떠한 과학적 발견에도 의심의 여지는 늘 존재하며 새로운 실험과 관찰에 의해 바뀔 수 있는 가능성이 항상 열려 있기 때문이다. 가능성은 상상을 낳는다. 어차피 과학도 궁극에는 언어로 남을 설득해야 한다는 점에서 문학과 그리 다르지 않다. 그래서 어쩌면 '과학의 문학화'는 가능할지 모른다고 생각한다. 개인적으로 나는 바로 이 부분에 관심이 크다. 앞에서 논의한 바와 같이 과학적 글쓰기와 문학적 글쓰기 간에는 근본적인 구조적 차이가 있을 수 있지만 둘 사이의 거리를 줄이는 노력 자체가 허무한 것은 아니라고 생각한다. 구조적인 차이는 서로 어느 정도 인정한 상태에서도 과학이 문학으로부터 얻을 수 있는 이득은 무궁무진하다. 문학 내부에서 보더라도 낭만주의와 포스트모더니즘이 구조적으로는 엄청난 차이를 지니지만 기능 면에서는 과학과 예술을 모두 포용하는 데 모자람이 없어 보인다.

　과학의 역사를 돌이켜볼 때 글 잘 쓰는 과학자들이 성공적이었음은 의심의 여지가 없다. 지난 세기의 가장 위대한 과학적 업적으로 평가받는 DNA의 이중 나선 구조의 발견은 왓슨, 크릭, 윌킨슨, 이 세 명의 분자생물학자들에게 노벨 생리의학상을 안겨주었다. 이들 세 사람 중 나이도 제일 어리고 경력도 비교적 적은 편인 미국인 왓슨이 동료 영국 학자들을 누르고 훨씬 유명해지고 그 영향력도 가장 막강해진 데에는 일반인들을 상대로 그가 저술한 『이중나선』이라는 작은 책 덕분이라고 보는 이들이 많다. 살충제 남용의 폐해를 "봄은 왔어도 새는 울지 않는다"는 사뭇 시적인 표현을 구사하며 파헤친 『침묵의 봄』의 저자 카슨Rachel Carson은 영원히 가장 위대한 생태학자로 이름이 남을 것이다. 지금은 비록 하버드대학 강단으로부터 퇴임했지만 아직도 개미 연구를 멈추지 않고 있는 영원한 개미학자 윌슨은 『인간 본성에 대하여』와 『개미』로 풀리처상을 두 번씩이나 수상했고 최근에는 『지식의 대통일Consilience』이라는 저서를 집필하여 모든 학문 분야에 걸친 인간의 지적 활동 전체를 분석하고 있다. 중요한 사실은 이러한 노력이 과학자 자신들의 영광에만 그치는 것이 아니라는 점이다. 그들 덕분에 대중이 그만큼 더 과학화한 것이 더 중요한 일이다.

나 역시 자연현상을 관찰하고 그 속에서 우리 인간의 모습을 찾으려 적지 않은 양의 글을 쓰고 있다. 아직 학문의 깊이나 글의 설득력에서 모자란 면이 너무 많지만 언젠가는 과학적 발견을 시로 표현할 수 있게 되길 기대하며 산다. 원래 과학Wissenschaft이란 고대의 시poetry로부터 탄생하지 않았던가? 언젠가는 내가 과학을 시로 쓰리라.

열대예찬

지은이 최재천
펴낸이 김영정

1판 1쇄 펴낸날 2003년 6월 13일
2판 2쇄 펴낸날 2022년 8월 1일

펴낸곳 (주)현대문학
등록번호 제1-452호
주소 06532 서울시 서초구 신반포로 321(잠원동, 미래엔)
전화 02-2017-0280
팩스 02-516-5433
홈페이지 www.hdmh.co.kr

ⓒ 최재천, 2003

ISBN 978-89-7275-550-0 03810

* 책값은 뒤표지에 있습니다.
* 파본은 구입처에서 교환해 드립니다.

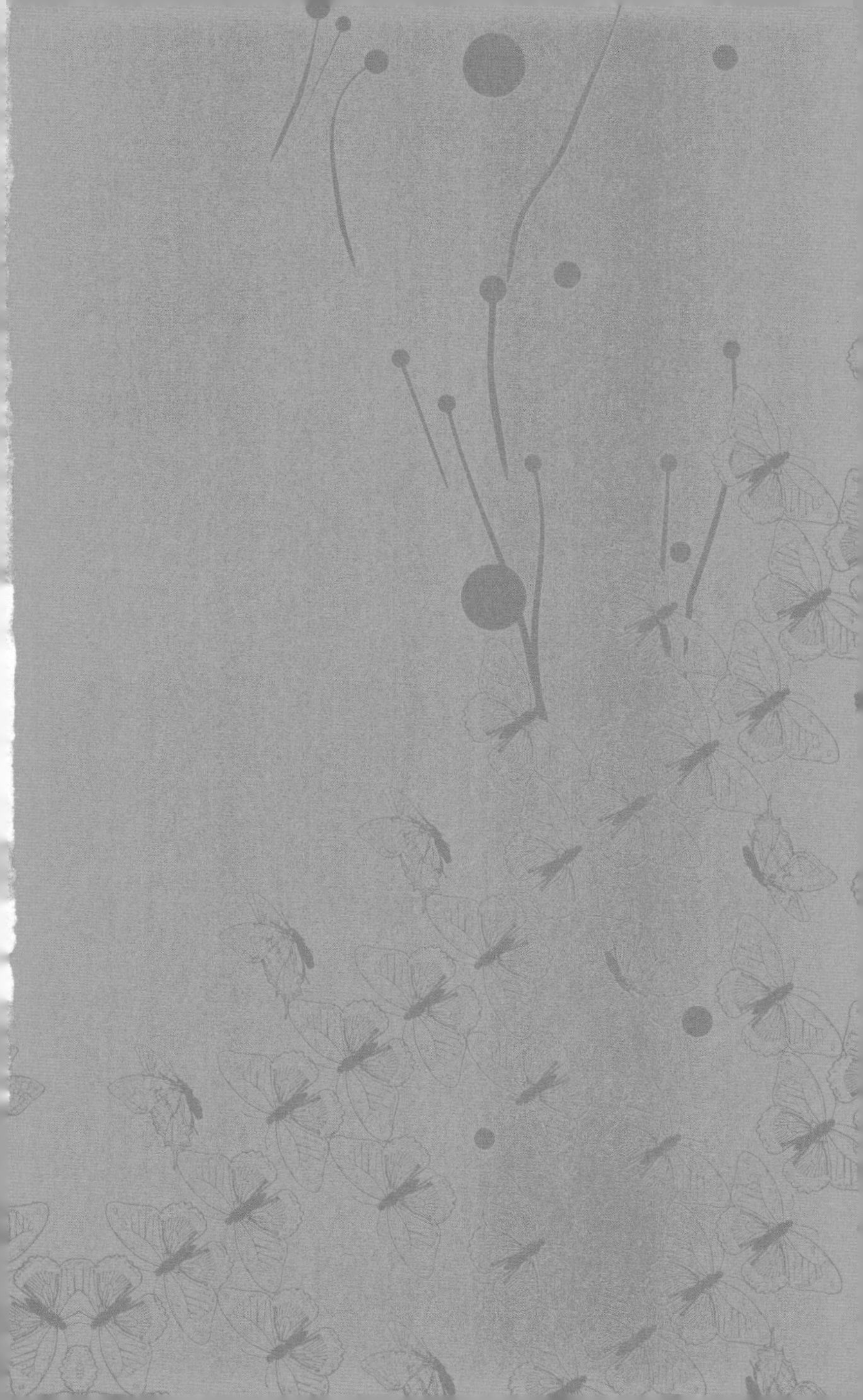

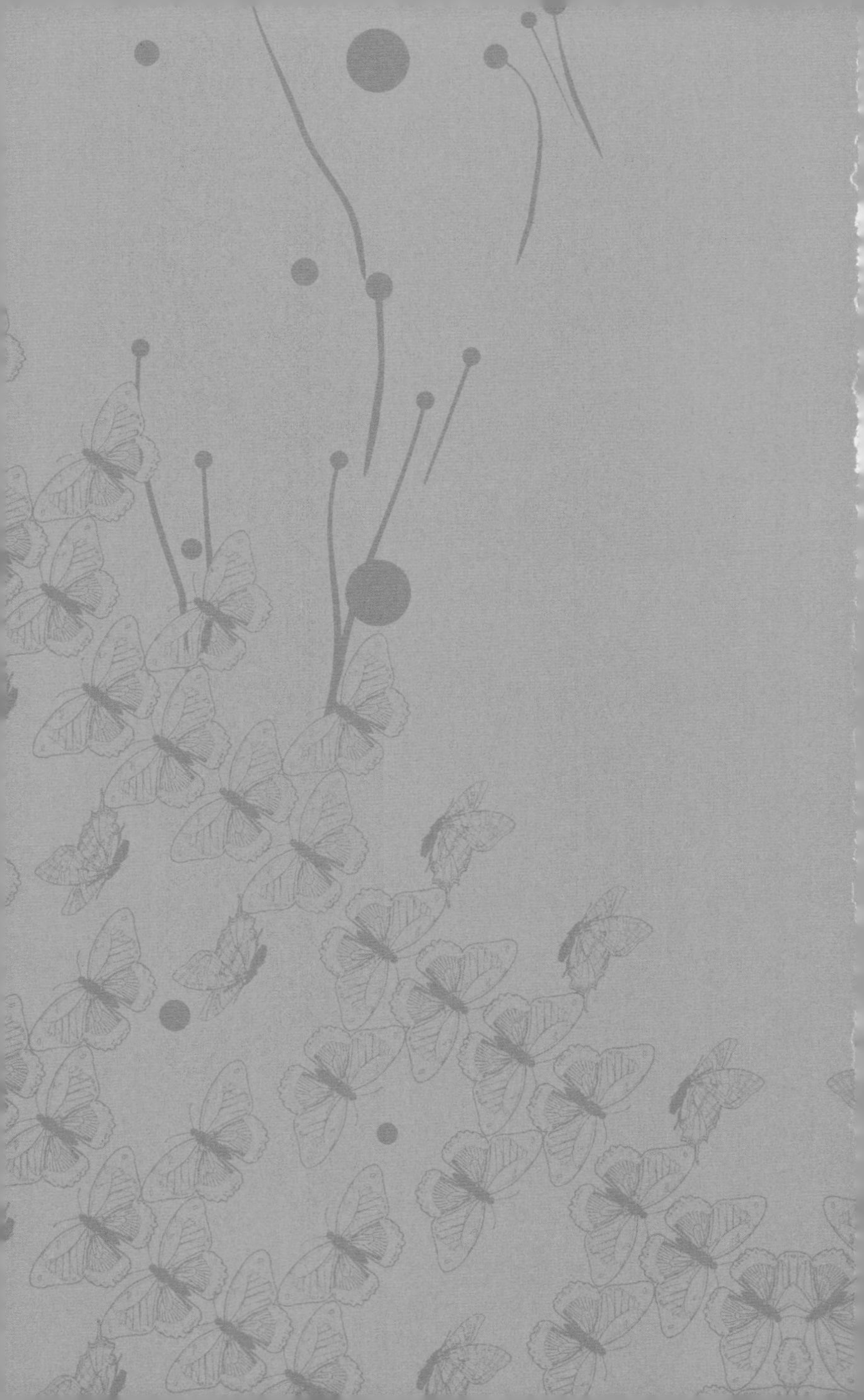